"마음이 따뜻한 그대에게 드립니다"

님께

드림

나와 우리요원들은,

"보이는 것은 다 죽여라"

"명령만 내리면 하느님도 쏜다"

"체포되면 자폭하라."

"보지도 듣지도 말하지도 마라"

는 명령 속에 살인 병기로 길들여졌다.

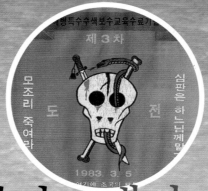

전설의 해병대

†노영길 지음†

망치

전설의 해병대 망치

2012년 4월 12일 초판 1쇄 발행
지 은 이 · 노영길

책임편집 · 김구현 | 본문디자인 · 투타 | 표지디자인 · midadesign
내용감수 · 망치 동지회원 일동

펴 낸 이 · 서희식, 김구현
펴 낸 곳 · 부모마음
주   소 · 서울시 영등포구 영등포동 6가 77-7 흥무빌딩 3층, 부모마음 출판국
전   화 · 02-2068-0903, 010-3016-9455
팩   스 · 02-3667-0903
이 메 일 · midadesign@naver.com

도서공급처 · 도서 출판 행복한 마음 (전화 02-334-9107, 팩스 02-334-9708)

해병대 8·12망치 동지회
카   페 · http://cafe.daum.net.mc812hammerforce
              · http://cafe.daum.net/hammerforce
전   화 · 011-793-2552, 010-6231-6836, 010-7293-2587
이 메 일 · ydroo@hanmail.net

이 책을 바칩니다

연평폭격으로 전사한 해병대. (2명)
고 서정우 하사, 문광옥 이병.

제2연평해전에서 전사한 해군. (6명)

천안함에서 전사한 해군. (46명)
그리고
고 한 준위.

마지막으로 고인이 된 해병대 망치요원 동지들.

당신이 대한민국입니다

프롤로그

해병대 망치(8·12)요원들의 기록

이 기록은 1981년부터 1984년까지 3년 동안 한시적으로 대북특수공작
작전(명시임무)을 수행했던 대한민국 해병대의 전설적인 응징보복요원(812
요원 또는 망치요원부른다.) 이야기다. 우리해병 모두가 그렇듯이 해병대 시
절 누구나 한 가지 쯤은 국가와 민족을 위한 혹독한 훈련과 작전을 기억
할 것이다. 나 또한 그 시절을 기억하며 나의 해병대 시절을 회상해 본다.

우리요원들은 해병대 신화로 기록되고 세계대전사에서 최고의 승전보
로 기록된 선배해병 월남전 짜빈동 전투요원의 후예들이다. 우리요원들
의 일부는 짜빈동 전투를 지휘했던 지휘관이 이끄는 무적의 해병대, 해
병 ○사단에서 차출되었다. 짜빈동 전투에서 우리해병은 적 1개 연대 급
의 공격을 1개 중대 급의 병력으로 막아내고 대승을 거두었다. 우리해병

망치(8 · 12)요원들도 이러한 선배해병의 정신으로 무장하여 NLL 서부전선에서 사투를 건 작전을 수행하였다.

우리요원들과 함께 하는 '망치'라는 용어는 많은 의미를 함축하고 있다. 망치란 적에게는 치명적인 살인무기가 될 수 있지만 아군에게는 귀한 연장으로 쓰이는 망치의 속성을 본받은 우리요원들의 '작전명'이다. 우리요원은 '망치 같은 용맹심으로 적의 요충지인 정수리를 한 방에 박살내고 신속하게 빠지라, 만약 체포되면 장렬하게 자폭하라.'는 망치 속에 담긴 무언의 명령을 상징하며 창설된 비 편제부대이다. 부대라기보다는 미국의 그린베레 같은 소수정예 특수 게릴라요원들이다..

현실은 아니었지만 백령도와 연평도에서 어쩌면 해병 1개 여단이 북한 해상육전대(우리의 해병대) 6만 명을 상대로 짜빈동 전투 같은 치열한 전투를 치러야 하는 끔찍한 상황이 일어날 수도 있다. 이곳에 주둔한 북한 해상육전대는 6 · 25 이후 지금까지 차곡차곡 실전작전을 쌓아 놓은 백령도와 연평도 등 서해 5도 우리의 전략적 요충지를 상륙 · 점령하기 위한 부대이다. 여기에 이들을 포함한 특수남파 상륙침투 부대요원(무장공비) 20만 명이 이곳에 포진되어 있다고 하니 이들의 음모를 가히 짐작할 만하다. 그래서인지 서해 5도는 언젠가는 어떤 형태로든 이들의 상륙 · 점령이 일어날 수 있는 바람 앞 등불의 처지이다. 우리요원들뿐 아니라 많은 군사전문가, 천안함 폭침을 예견했던 모 철학자 등, 총선과 대선을 치루는 해에 무력 상류작전 또는 국지전이 이루어질 것이라고 확신하고 있다.

지금도 일촉즉발의 긴장감이 상존하는 이러한 지역, 이러한 상황에서 우리요원들은 서해 5도 NLL선상을 서성이며 침투·기만작전을 수행하였다. 우리가 작전을 수행할 때 북한군은 우리의 망치작전 수행능력을 숨죽이고 지켜보면서 마땅한 대응전략을 수립할 수 없었다고 한다. 그 당시 우리요원은 세계 유래 상 전무후무하다고 할 만큼 군에서 받을 수 있는 모든 전천후 특수훈련을 이수한 세계 최강 소수 정예요원들이기 때문이다. 이러한 요원들은 우리 군에서 우리 해병대에서만 차출할 수밖에 없었다. 그 당시 우리해병에서 8·12요원에 차출되면 살아서 돌아올 수 없다고 운명으로 받아들였다. 그때도 힘 있고 빽 있는 자제들은 이를 교묘히 피해갔지만.

우리해병만이 이러한 혹독한 지옥훈련을 견딜 수 있었고 해병정신만이 죽음의 공포를 이겨낼 수 있었다. 그리고 명시임무 수행이라는 목표를 앞세우지 못하고 해병 전지훈련으로 위장할 수밖에 없었던 이유는 이것이 유엔군의 묵인 하에 정전위반을 피해갈 수 있는 유일한 방법이기 때문이다. 이것이 우리요원들이 국가의 보호를 받을 수 없는 족쇄가 되었다.

그리고 후에 밝혀진 얘기이지만 우리요원들은 침투공격루트는 있었지만 퇴각로가 없는 인간폭탄이었다. 그러니 그들이 우리를 두려워 할 것은 너무나 당연한 일이 아니겠는가.

만약 해병 8·12요원들이 지금까지 있었다면 그런 사태는 어림도 없는 일이다.

지금 망치처럼 용맹스런 우리요원들의 이야기는 역사의 뒤안길로 사라져 후배 해병들에게는 전설로만 전해진다. 그래서 이렇게 해병 8·12요원에 강제 배속되어 피비린내 나게 겪었던 우리의 생생한 실화를 이야기로 엮어 본 것이다. 이 기록을 남겨 놓지 않고는 하루도 발을 죽 뻗고 잘 수가 없었다.

또 이 기록은 해병대 요원이면 누구나 이 만큼의 훈련과 작전을 수행한 경험이 있었을 것이다. 하지만 이 기록은 해병에서 운이 좋은 특수요원들이라고 뽐내던 시절도 잠시 그만 이들의 한이 맺힌 절규이고 가슴을 흥건히 적시는 피눈물이기도 하다.

다른 한편으로는 이 고통을 국가에 대한 충성으로 여기고 온몸으로 받아들인 300여 명의 젊은이. 이들이 엄연히 두 눈 뜨고 살아 있는 현실임에도 불구하고 30여 년 동안 기록에서 지워져야만 했던 과거 우리의 슬픈 역사이기도 하다.

1981년은 많은 경쟁 국가를 물리치고 88올림픽 개최권을 획득한 바덴
바덴의 기적을 이룬 해이고, 1984년은 북한에서 수해지원(쌀:7천 톤-5만
섬.)을 받던 해이다. 먼 훗날 우리요원들의 망치작전이 성공
적으로 88올림픽을 마무리 할 수 있게 한 것은 명백한
사실이다. 하지만 이 88올림픽 성공개최의 '숨은 공로'
말 그대로 '숨은 역할'을 하고 '숨은 공로자'로 만 남았
다. 바로 이 역사적 숨은 공로가 우리 부대가 계속 존속하지 못하고 소
리 없이 역사 속에서 사라지게 만드는 계기가 되는 시대의 아이러니다.

격동의 1980년대 초
나는 국민의 4대 의무 중 하나인 병역의무를 수행하기 위해 군문에 들어
섰다. 당시 나는 일반 청년들과 같이 평범한 젊은이들 중 한 사람에 불과
했다. 그래서 그런지 나의 생각은 단순했다. 해병대가 좋아서 입대한 것
이 아니라 복무기간이 타군보다 짧았고 대학생 신분이라 복학일정과 맞
았기 때문에 택한 것이다.

단지, 남보다 신체 건강하고 비교적 우수한 체력을 갖추었다는 이유 때
문에 특별한 교육에 차출되었다. 그리고 인간의 한계를 뛰어넘는 가혹한
교육을 통해서 대북 공작요원으로 맞춤·조련되었다. 상상을 초월한 고

강도의 교육 도중에 부상자가 속출하였고 사망자도 발생했다. 그 광경을 지켜보는 일은 고통이었다.

나와 우리요원들은,

"보이는 것은 다 죽여라.",
"명령만 내리면 하느님도 쏜다.",
"체포되면 자폭하라.",
"보지도 듣지도 말하지도 생각하지도 말라."

는 명령 속에 살인 병기로 길들여졌다.

해병 8·12요원의 임지였던 대한민국 국토 최북단 서해 백령도와 연평도. 우리에게 특명으로 명시된 공격목표 지역인 북한의 월래도와 대수압도는 우리 코앞에 납작 엎드려 있었고, 장산곶과 해주지역도 손에 닿을 듯 가까웠다.

그곳에서는 우리의 인권이 철저하게 유린되었고, 면회, 외출 등 최소한의 기본권마저도 무시되었다. 일반인에게 우리요원들의 망치이야기를 들려주면 흔히 실미도 684부대의 아류인 마냥 호도하는 경우가 많다. 하지만 우리요원과 실미도 684부대와는 판이하게 다르다. 영화의 강한 인상 때문에 우리보다 이들이 더 슬프고 가슴 아픈 사건으로 기억한다. 일상생활에서는 악화가 양화를 구축하는 법이다. 그들은 끝내 훈련을 견디지 못하고 전원 탈출하여 수도권까지 진입하여 전원 장열하게 사살되는 광경이 일반인에게 깊게 각인되어 이들의 슬픔을 오래토록 기억할 뿐이다.

이들은 훈련 도중에 일어난 사건이다. 우리요원들은 이들과 달리 300여 명이 3년 동안 작전을 수행한 해병 최정예요원이다. 누구에게도 보호받지 못하는 최전선 서해안 NLL선상에서 매일 밤 북한과 치열한 심리전과 물리적 작전을 견주었다. 혹한기 3개월을 제외하고. 천안함 폭침사건으로 국민들에게 잘 알려진 세계에서 세 번째로 물길이 세고 부유물이 많아 시계가 흐린 곳에서. 이것은 매일매일 목숨을 건 사투를 벌인 것이다. 칠흑 같은 어둠과 살을 에는 혹한의 추위 속에서.

요원 선발과정도 이들과 달랐다. 이들은 사형수나 장기수, 포악한 범죄자, 사회에서 버림받은 문제아들을 선발기준의 우선순위를 두었지만 우리는 그렇지 않았다. 우리요원은 정규 병역의무를 수행하러 입대한 정규군으로서 신원이 확실하고 해병대의 모든 지옥훈련을 제일 잘 받은 인원들이다. 이런 선량한 군인들 중에서 선발하여 살인병기로 담금질시켜 특수 북파 공작요원으로 작전을 수행한 것이다. 우리요원 중에는 육군, 공군, 해군에서 실시하는 모든 특수훈련을 이수한 자가 수두룩했다. 우리를 북한의 124군 부대나 실미도 684부대와 비교하는 것은 우리요원들

을 모독하는 일이다. 우리요원은 이들보다 몇 단계 더 잘 조련된 특수정
예요원들이었다.

북한의 124군 부대가 은밀 침투를 위해 눈밭에서 수 km를 이동하는 훈련
을 받았다면, 우리요원은 인내력과 지구력을 단련하기 위해 이들보다 더
끔찍한 훈련을 견뎠다. 한겨울에 물속에서 수 시간 동안 움직이지 않는
저체온 훈련과 105kg에 가까운 고무보트를 머리에 얹고 1주일 내내 잠
을 자지 않고, 밤새도록 산과 계곡을 옮겨 다니는 훈련을 받았다.

북한의 124군 부대는 30kg의 완전군장으로 무장하고 시간당 12km를 주
파하는 급속 행군훈련을 받았지만, 우리요원은 야간에 중무장하고 6~7
명이 머리위에 105kg의 보트를 매고 산과 계곡을 시간당 12km로 주파하
는 훈련을 받았다. 북한의 124군부대가 청와대를 공격하기 위해 황해북
도 사리원에 있는 인민위원회 청사를 이용해 실전연습을 반복했다면, 우
리요원은 북한의 공격지점을 가건물로 만들어 그곳에서 생활하면서 계
속하여 반복훈련을 하였다.

김신조 부대 31명은 침투조, 습격조, 탈출조 등 3개 조로 나누어 청와대
를 습격하기로 했으나, 우리요원은 정찰조, 엄호조, 돌격조로 나누었다.
우리부대가 그들과 다른 점은 탈출조가 아예 없었고, 구체적인 탈출 계획
도 없었다. 임무를 완수한 후 적 해안에서 보트를 타고 전속력으로 백령
도와 대청도의 일정한 방향으로 도주하는 것이었다. 아군의 지원이란 보

트를 추적하는 북한 경비정의 접근을 차단하는 해안포 지원밖에 없었다.

또한 매일 선착순 구보 등으로 수㎞를 구보하고, 매주 12㎞ 산악과 해안 기록구보를 해서 김신조 부대요원이라 하더라도 풀어놓으면 1시간 안에 쫓아가 잡을 수 있었다.

일부 군사전문가들은 북한의 124군 부대는 전원 군관으로 이루어진 부대이며, 대단한 부대라고 평가한다. 하지만 우리요원에 비하면, 124군 부대는 배낭 매고 급속 행군만 뛰어났을 뿐 아무런 능력도 발휘하지 못하였고, 우리 측 경찰과 첫 조우하여 4시간 만에 혼비백산 한 오합지졸이었다.

이런 우리요원들은 외부와 완벽하게 차단된 우리만의 공간에서 낮에는 은밀한 살인교육을 받았으며, 밤이 되면 악천후에도 아랑곳없이 먼 바다를 향해 보트를 띄웠다. 그리고 매일 긴장과 공포 속에 북방한계선(NLL)을 넘나들었다. 임무 완수 후 원대복귀해서도 이미 인간병기로 개조되어 살벌해진 우리에게는 선후임 대원들조차 접촉을 꺼려했다. 훈련이나 작전 실행 중에서도 몇 명이 목숨을 잃었지만 정신과 육체 모두 만신창이가 되어버린 요원들 중 2명은 부대 내에서 스스로 목숨을 끊어버리는 일까지 발생했었다.

아, 우리는 그 시절, 그 고통을 어찌 잊을 수 있겠는가! 조국에 충성한다는 명분에 용솟음치는 패기와 불굴의 용기를. 하지만 그 이면에 도사린 서슬 퍼런 검은 눈동자와 잔인함의 극치를.

조국을 구하기 위해서는 목숨을 초개와 같이 여기고 두둑한 배짱을 젊음의 정수리 깊게 박아야 한다는 구호 아래 피똥 터지고 살을 에는 살인적인 추위에도 아랑곳 하지 않고 앞만 보고 달리던 우리!

시간과 공간이 멈춘 칠흑 같은 어둠. 그 어둠을 즐기면서도 산더미 같이 밀려오는 검은 파도의 아가미 속으로 금방이라도 빨려 들어 갈 것 같은 절박함에서 보잘 것 없는 조디악 7인승 보트(프랑스제)와 페다링에 의지한 채 똥오줌을 못 가리며 안간힘을 쓰던 우리!

우리는 누구를 위해 그토록 사나운 짐승들의 포효로 발악하며 잔인한 악마의 모습을 닮으려고 했는가!

말로는 이루 형용할 수 없는 고통과 절망감을 등짝에 짊어지고 매일 밤 바다를 포효했던 우리는 이 세상에서 버림받은 인생의 낙오자 그 이상도 그 이하도 아니었다. 어떤 때는 모골이 송연할 정도의 악몽을 꾼 적도 있다. 평소 제대로 된 따뜻함을 한 번도 남에게 베풀지 못하고 연탄재를 마구 걷어 찬 업보 때문일까. 아무리 의식을 확장시켜 생각해도 도무지 손에 잡히지 않은 미궁의 미스테리였다. 누가 우리를 이리로 내몰았을까?

이 모든 것이 역사의 빛바랜 추억으로 간직하기엔 너무나도 슬픈 잔상들이 많이 떠올라 그냥 구겨 넣기에는 서글픈 생각이 든다. 생사를 같이 했던 전우들의 응어리진 설움은 그냥 값진 추억이라고 묻어두자. 하지만 지금까지 연평해전, 대청해전, 천안함 폭침사건, 연평도 피격사건 등 우리와 같은 희생이 계속 이어지고 있으니 얼마나 통탄할 일인가. 그리고 시간이 지나면 국민들 뇌리 속에서 희미한 기억으로 사라져 가고 있으니 앞으로 그 누가 국가와 민족을 위해 귀중한 목숨을 기꺼이 바치려 하겠는가.

군을 떠난 지 어언 30여 년 가까운 세월이다
그러나 악몽과도 같았던 군 시절의 기억은 아직도 끈질기게 따라다닌다. 우리요원들 대다수의 영혼은 아직도 임지 부근을 배회하며 적진 침투용 고무보트에 승선하여 중무장한 채로 대기하던 그 밤에 머물러 있다. 외상 후 스트레스 장애(P T S D)를 호소하고 있는 것이다.

귀에 딱지가 앉도록 보안이라는 말로 우리 입을 막아왔던 우리의 기록들. 이제야 조심스럽게 독자들에게 펼쳐놓는다. 우리를 조련하여 사지로 내몰았던 이들은 역사의 장막 뒤로 숨어버렸다. 다만 영문도 모르는 채 끌려가서 사경을 헤매다 돌아온 우리는 수십 년의 세월이 흐른 후 다시

만났다. 어느 누구도 그때의 일을 떠올리기 싫어한다. 그래서 이 일이 더 어렵게 진행된다. 쓸쓸하게 지난날 젊음의 파편들을 찾아 모으며 퍼즐을 맞추듯 조각조각 정리해 나가고 있다. 군 장성을 비롯한 일부 지휘관들의 양심선언과 고백도 이 글을 쓰는 데 커다란 도움이 되었다. 그분들께 진심으로 고마움을 전한다.

이제 안개 속에 가려져 있던 우리의 실체가 점점 구체화되어 드러나고 있다. 그 시절 우리는 무엇이었으며 살벌했던 그 현장에는 무엇 때문에 실려가 머물다 돌아왔는지.

이 책을 살아있는 해병 8·12요원 모두의 이름으로, 불행했던 그 시절 고된 훈련 중 사망했거나 스스로 짧은 생을 마감한 전우들의 영전에 바친다. 우리해병들은 이들의 죽음을 헛되이 내버려 두서는 안 된다. 선배 해병들과 이들이 있었기에 우리해병의 정신과 혼은 영원할 것이다.

그들의 외로운 넋에 조그만 위안이 되기를 바라며.

- 해병 8 · 12 요원에게 -

해병이여 영원하라

망치여 영원하라

그때 그 시절

우리를 지탱했던

우리의 전우애와 함께

우리의 충성심과 함께.

지금도 우리망치 마음의 안식처

백령, 연평이 불타고 있다.

그들이 우리를 부르고 있다.

우리 모두 마음 모아

그들을 위로하자.

그들을 지켜내자.

오늘도 연봉바위 회오리물결이

우리에게 손짓한다.

콩 돌 해안 콩 돌들 우리 귀를 간질인다.

다시 일어서야 한다.

우리의 전설을 일깨워야 하다.
해병의 정신을 살려내야 한다.

해병이여 영원하라
망치여 영원하라
해병이여 영원하라
망치여 영원하라
조국 통일 그날까지
그날의 함성을 영원히 기억하자.

2012년 1월 1일

화곡동 누항에서

관점과 줄거리

서해 5도 NLL는 우리나라의 영해이지만 우리가 마음을 놓고 오가는 곳이 아니다.

연평도폭격 천안함폭침 대청해전, 연평해전, 어선납치 등등. 남북한은 지금도 서해 5도 해상과 NLL를 사이에서 분쟁이 일어나면서 소리 없이 치열한 공방전이 진행되고 있다.

서해 5도의 작전권을 가진 미국과 연계하여 북파특수작전을 실행해야 했지만 비밀리에 이루어지는 한국군 독자적인 대북응징보복을 위한 망치작전을 해병대에서 이미 특수교육(해병특수수색 UDT공수 저격수)을 이수한 정예해병을 강제 차출하여 8·12요원(일명 망치요원)을 북파특수공작요원으로 양성하였다.

박정희 정권에는 제1기의 경제개발이 이루어 졌다면 제2의 경제 성장의 도약이 된 것은 88올림픽이었다. 1980년대 전두환 정부는 국내외 정치적, 사회적 혼란기 속에서도 세계 경제대국으로 갈 88올림픽개최국으로 선정되자 북한은 긴장 속에.

남북한공동개최 요구가 무산되자 의도적으로 영·공·해를 침범했다. 대남간첩침투 도발은 물론 서해에서는 서해 5도와 해상을 고립시키기 위해 북방한계선(NLL)을 무시하고 자의적으로 남방한계선을 주장하면서 휴전선에 북한특수군 전진배치로 남침 할 여는 군사행동으로 위협했다.

정부는 한반도에 전쟁 가능성의 불씨를 북한군 군사요충지인 서해와 황해도에 위치한 지휘부와 섬들을 대남도발 근원지로 확신하고 이곳을 폭파 초토화시켜 제거하는 계획적인 전략전술로 망치요원들을 비밀리에 아군이 보호 할 수 없는 서해 해상과 NLL선상에 투입 목숨을 건 망치작전을 실행함으로서 국가안보와 평화적인 88올림픽 개최에 지대한 공헌을 하였다.

하지만 구국의 차원에서 이루어진 망치작전이 어떠한 이유로 묻히고 말았지만 시대가 바뀐 지금이라도 반드시 역사에 기록되어 명예를 회복하고, 국가에 충성을 다 했다는, 기억하는 존재로 남고 싶다는, 망치요원들이 바라는 마지막 소망을 전하는 것이다.

첫째 1980년 초 획기적인 경제개발과 선진국 진입에 호재로 88올림픽 개최국으로 선정되자 남북한은 6·25이후 냉전시대 최고조의 전쟁위기에서

둘째는 국가는 병역의무로 복무하는 장교, 하사관, 사병을 강제 차출하여 북파특수공작원을 양성하기 위해 북파특수공작훈련과 북파특수공작 임무를 마치면 최고의 예우를 한다는 약속에 인간한계를 뛰어넘는 가혹하고 혹독한 훈련으로 인권이 유린되는 억압과 폭력 앞에 휘둘리어 인간병기로 길들어져 북파특수공작원이 된 8·12요원들은

"심판은 하느님께 맡기고 보이는 것은 다 죽여라."
"명령만 떨어지면 하느님도 쏜다."
"체포되면 자폭하라."

는 명령에,

셋째는 완벽하게 준비된 북파특수공작원으로 선발된 망치요원들이 최북단 서해 5도 북방한계선(NLL)선상을 넘나드는 죽음의 전장으로 내몰린 채 목숨을 건 작전 활동에 특별한 희생과 봉사로 헌신적인 공헌을 하였지만 평화적인 88올림픽 성공개최 앞에 남북한 회해무드가 조성되면서 북을 공격하는 이들의 존재가 발각되면 골치 아픈 부대로 전락하자

상부에서 해체하라는 명령에 보안상 은폐 왜곡 기록되면서 망치부대는 그 시대에 아픈 상처를 남기고 전설 속에 사라져가야만 했다.

이들이 용기와 희망을 가지고 젊은 한 순간 가장 치열하게 살아온 인간사의 처절한 삶에서 무너지거나 오뚝이처럼 일어서며 살아가는 망치요원들의 면면들을 잘 보여주는 기록의 내용에서.

– 법대생에서 휴유증으로 학업을 포기한 유○○ ~~~
– 용기를 가지고 명문 법대를 졸업한 김○○ ~~~
– 3대독자로 북파특수공작원에 차출된 박○○ ~~~
– 요원 하나라도 살려서 고향땅으로 보내야 한다는 가슴 따뜻한 가장
   나이 많은 최고참 선임하사 김○○ ~~~
– 망치훈련으로 처음 고인이 된 고 이○○을 사랑한 아름다운 여군
   특전사 하사의 눈물 ~~~
– 생사가 달린 요원들의 안전을 위하여 북파훈련을 못 받겠다고
   탈영한 장교 ~~~
– 김일성 목을 따서 순직한 고 이 광석 영전에 바치겠다는 서○○ ~~~
– 30년이 지난 지금도 망치요원의 옷을 항상 입고 잠을 잔다는
   김○○ ~~~
– 무당이 된 김○○ 무일도사 ~~~
– 큰 교회 목사가 된 이○○ ~~~

- 이유 없이 죽으러 가는 연평도에 못가겠다고 탈영하여 잡혀온
  권○○ ~~~
- 망치훈련과 망치작전 휴유증으로 부대에서 자살한 두 병사의
  우정 ~~~
- 훈련과 특수임무수행으로 심리적 압박에 시달리다 영구적인
  정신장애가 된 김○○. 그리고 저애보다 하루만 늦게 죽는 것이
  소원이라는 그의 어머니의 한 맺힌 절규 ~~~
  등등

선량한 국민의 자식들은 병역의무로 갔다가 국가가 시키는 대로 8·12요원(북파특수공작원)이 되어 거센 파도를 헤치며 험준한 산악과 하늘을 누비다 이름도 없이 훈장도 없이 숨지거나 병든 몸이 되어 가족의 품으로 돌아가야 했던 사실이 분명한 만큼, 국가는 반드시 이 진실을 밝혀 주어야 할 것이다.

서해 5도의 섬과 바다 NLL는 망치요원들에게는 악마의 섬이고 바다는 죽음의 선상이었지만 국가는 구국의 섬이고 평화의 바다였다.

망치요원들을 부당하게 차출하여 절대복종을 강요하며 무지막지한 북파특수공작훈련과 북파특수작전 활동을 수행하는 과정 하나하나에 냉

전시대의 다 같이 희생자가 된 망치요원 지휘관 관계자들의 증언 실체에 근거하여 취재한 실화라는 점에서 중복되는 부분도 많겠지만 이들의 존재를 자연스럽게 알게 되고 저자는 이 기록을 위해 이들의 이야기를 수기형식으로 서술한 것이다.

이 기록은 단순하게 기록성만을 갖고 있지 않고 주인공인 망치요원들이 군사정권 시대에 광주이야기, 아웅산 사건 등 아픈 상처를 이기고 평화적인 88올림픽개최국으로서 국가 발전의 획기적인 선택에 특별한 희생을 강요당하며 복종해야하는 과정에서 특수임무를 수행 했지만 위정자들의 책임회피로 피해자가 된 사실들을 조명하면서도 국가가 어떻게 해야 하는지를 묻고 싶다.

그 당시 장래가 촉망되던 순수한 청년들이 비록 가난하고 힘없고 빽 없는 평범한 집안의 자식들이라고 하지만 국가의 명령에 꿈과 좌절 희망을 겪어면서 투철한 국가관 가족애 진정한 해병대 사랑. 전우애. 계급을 뛰어넘은 우정과 동지애 일과 사랑 이별의 아픔까지 다루고 있어서 이야기를 읽다보면 깊은 한숨과 함께 가슴 뭉클한 감동적인 사연들을 만나게 될 것이다.

차 례

아홉째 마당 – 망치의 추억

에필로그

이야기에 들어가면서

하나, 둘, 셋

하나 – 망치로 다시 태어나다

1997년 8월 초순경, 자정 가까운 시간

아직까지 주위의 네온사인이 서로를 견제하며 원색적인 기운을 내뿜고 있는 시간. 나는 양어깨에 물을 흠뻑 머금은 듯 무거운 양어깨를 짊어지고 성산대교 북단 강변북로 부근에서 택시를 내렸다. 삼복더위 초입에 술까지 만취한 나는 다리 위를 하염없이 터벅터벅 걸었다. 아무 생각이 떠오르지 않고 머리가 멍한 가운데 가슴을 짓누르는 두려움만 밀려오고 있었다.

어제까지 나를 향해서 비추던 태양이 어느 듯 자취를 감추고 어둠의 여신만이 나에게 손짓을 내밀고 있다. 세상이 아득했다. 건설현장의 기대 부푼 공사가 막바지에 접어들 즈음 때 아닌 복병을 만난 것이다. 기대가 크면 실망의 낙차폭도 깊은 법. 이제까지 소설 속에서나 남의 일로만 여

겼던 현실이 바로 내 앞에 덩그러니 버티고 나를 옥죄고 있다. '부도, 부도' 말로만 들었지 나와는 생소한 일에 부닥치니 아무 것도 보이지 않았다. 동분서주 온힘을 다 쏟아 보았지만 점점 더 나의 몸과 마음만 만신창이가 되어가고 있었다.

그때 나이 겨우 30대 후반, 온 세계를 걸머질 만큼의 패기로 세상과 맞닥뜨려왔다. 그 흔한 실패는 국어사전에만 있는 것이지 현실에 존재하는 것인 줄을 모르고 승승장구하던 나에게 재기불능의 사업실패란 나락이고 절망이었다. 무엇보다 자존심이 상해 견딜 수가 없었다. 가족들은 두말할 것도 없고 주위 친지나 동료들에게까지. 하지만 출구가 보이지 않았다. 빛은 어디에도 없었고 온 세상은 칠흑(漆黑) 같은 암흑 그 자체였다. 돌파구가 보이지 않으니 은산철벽에 갇혀 발버둥치는 신세가 되었다. 부처님도 찾아보았고 나를 구원할 그 어떤 절대자도 찾아보았다. 아무도 대답이 없었다. 다만 나를 바라보고 있는 아내의 얼굴과 나의 피붙이, 그들이 나타나 하염없이 두 눈에 닭똥 같은 물길만 내고 있었다.

약 300m쯤 걷다 멈추었다. 내 마음을 훔친 듯 강물은 탁했고, 강물 위를 떠다니는 불빛도 흐릿했다. 마음에 담고 있던 친구도 이런 일에는 속수무책이었다. 항상 내 마음 언저리에 있으면서도 나에게는 힘과 용기 그 자체였고 이 친구 앞에서 떳떳하리라 다짐했던 나의 바람도 저 강물이 시샘하듯 다 씻어 가 버린다. 차라리 만나지 않을 것을. 조금 전 술자리를 털며 친구가 윗도리에 구겨 넣어준 여비 삼만 원과 그 친구의 동정 섞인 충고가 가슴을 짓눌렀다. 모든 것에서 탈출하고 싶다. 어디론가 훨훨 날아가고 싶다. 윗도리를 벗어 강물에 던졌다. 나도 따라 강물에 뛰어들었다. 잠시 후면 모든 것이 끝나있을 것이라 믿으며.

의식을 되찾았을 때, 나는 강물 위를 떠내려가고 있었다. 살려는 의지나 삶에 미련조차 없었는데 생존 본능이 내 생명을 지탱하고 있었다.

십 수 년 전 해병 북파 특수공작대 8·12요원으로 치를 떨며 견뎌 냈던 훈련. 이것이 내가 선택한 길을 가로 막고 있었다. 이제까지 기억 저만치 색 바랜 앨범 속에서나 자리를 지키고 있던 추억이 나의 뇌리를 강타한 것이다. 떠내려가는 생사의 갈림길에서도 잊혀진 전우들의 이름과 생생한 얼굴이 나를 떠받치고 있는 것이다. 그들을 보고 싶다. 이제까지 보이지 않던 출구가 바로 내 앞에 있었다. 출구가 보인다. 나는 지금까지 어디에서 헤매고 있었나. 내게 할 일이 있다. 순간적으로 스쳐간 일이었지만 몇 겁이 지나간 것 같다. 한참이 흐른 뒤 나는 내 몸과 영혼까지 지배한 그 생존훈련 덕에 스스로 구조되어 이 세상으로 귀환하고 있었다.

약 4 km 남짓 떠내려 온 것 같다. 난지도 남단에 상륙하여 매캐한 연기와 쓰레기 타는 냄새를 맡으며 한동안 주저앉아 있었다. 어찌된 일인가 조금만 맡아도 속이 매스껍던 매캐한 연기가 나를 위로하고 있으니 이를 어떻게 해석할 수 있겠는가. 일구월심으로 매달렸던 부처님의 은덕과 가피 외에는. 일체(一體)는 유심조(唯心造)가 아니겠는가. 세 시간은 물에 떠 있었나 보다. 다시 걸었다. 온갖 쓰레기와 악취 가득한 난지도에서 몸과 마음과 입은 옷이 젖은 채로 걷고 걸어 강서구 화곡동에 있는 집으로 돌아왔다. 눈이 휘둥그레진 아내와 곤히 잠든 아이를 보며 삶을 다시 꾸려가기로 마음을 고쳐먹었다. '망치가 나를 거듭 나게 했구나.' 이 말 한마디에 생사를 건 나의 어처구니없는 행동을 위안 받으면서 아내 옆에서 큰 대자로 다리를 뻗었다.

나는 해병 8 · 12요원 출신이다.
해병 북파특수공작대 8 · 12요원.

내 젊은 시절, 조국과 민족을 위해 이 한 목숨 기꺼이 산화하리라 맹세했던 대한민국 해병.

그때는 그랬다. 늠름한 대한 해병의 빨간 명찰에 노란 글씨도 자랑스러웠지만 그 중에서 해병의 꽃이라고 할 수 있는 최정예 해병 8 · 12 요원에 선발된 것도 젊음의 으스댐과 함께 영광스러웠다.

조국과 이 민족을 위해 젊음을 불사를 수 있다는 자부심에 강철을 씹는 마음으로 지옥훈련을 감당해 냈다. 나만 그런 것이 아니었다. 내일을 기

전설의 해병대 망치

약할 수 없었고 죽음의 공포가 순간순간 내 육신과 영혼을 위협해도 우리는 서로를 의지하며 밤낮으로 밀려오는 생사의 경계선을 일상생활로 받아드렸다. 하지만 보람도 있었다. 풋풋한 남자들의 세계에서만 느낄 수있는 숫놈들의 냄새, 텁텁하지만 우리만의 냄새가 있어 좋았다. 부대원들의 새까맣게 그을린 피부 색깔을 보면서 굳센 동지애를 느꼈다. 박달나무 같은 팔뚝의 불끈하게 솟아난 힘줄에서 뚝뚝 떨어지는 완력의 기운을보고 인간의 무한한 가능성도 읽었다. 세상 사람들은 684 실미도 부대원들의 학습효과가 있었던지 우리를 보고 무시무시한 전과자들로 상종할수 없는 괴물들이라고 손가락질을 해도 그때는 좋았다. 훈련받다 먼저 산화한 동료들의 초롱초롱한 눈망울이 나의 뇌리를 쥐어짜지 않는 한.

꽃다운 나이에 안타깝게 먼저 떠난 전우들 몫까지 살아내야 할 살아 있는 해병 8·12요원. 이제까지 잊고 살았던 시절을 깊게 반성하면서 그영혼을 지키리라. 망치여 다시 모여라, 살아 있는 해병이여 다시 뭉치자.

나를 일깨워준 생사를 건 향연이 끝난 후 나는 아직도 대한민국 해병 북파 응징·보복특수공작대, 해병 망치요원으로 살아가고 있다. 짧다면 짧은 기간이었지만 왜 이렇게 나의 평생에 지울 수 없는 멍울로 내 가슴을물 드리고 있는가.

둘 - 앞으로 우리가 해야 할 일

가슴이 텅 빈 것 같은 공허감과 좀처럼 잠을 이룰 수 없어 뜬 눈으로 보내던 내가 기지개를 편 것은 그 사건이 있고 며칠이 지난 후였다. 한강에 몸을 던진 내가 얼마 후 생을 마감하는 길을 택한 것이 아니라 그 반대의 길을 향하고 있는 것은 본능적이라고 보기보다는 운명적인 길이 아닌가 여겨진다. 나와 함께 몸과 마음을 함께 한 전우들의 소리 없는 아우성이 나를 이리로 내 몬 것이 아닌가도 생각된다. 특히 먼저 간 전우들의 영혼이 저 생에 안착하지 못하고 이승의 구천을 맴 돌며 나를 잠 깨운 것은 아닌가 하는 깊은 상념에도 젖어 본다.

인생의 깊은 수렁을 맛본 자만이 생의 기쁨과 환희를 느낄 수 있다고 한다. 정말 맞는 말인 것 같다. 나의 절망과 생의 포기를 망치가 내 뒤통수를 내리쳐 일깨운 것은 해병 8·12요원으로서 할 일을 회피하지 말고 마

전설의 해병대 망치

무리를 잘 지우라는 경책이다. 이 일을 겪고 보니 한 생각 한 번 돌리니 세상이 밝아 오고 보람된 일이 나를 반기니 더 없는 즐거움이 밀려온다. 그래 이제 남은 생은 해병 8·12요원과 함께 하고 망치의 명예회복에 매진하자. 여기까지 생각이 미치자 이제 구체적인 계획을 세우고 일의 우선순위를 정해 한 걸음 한 걸음 발걸음을 옮길 일만 남았다.

먼저 옛 수첩을 뒤적였다. 내 기억 속에서는 아득히 멀어진 것만 같던 기억의 편린들이 하나하나 되살아나기 시작했다. 우선 제대 후에도 나와 가깝게 지내던 박광호 선배를 찾아가 이 일을 상의해 보자. 박 선배는 내 뜻을 이해하겠지. 하지만 용기가 나지 않았다. 나 자신부터도 망치시절의 잔상을 지우려고 생각했던 적이 한두 번이 아닌데 불쑥 찾아가 잊었던 쓰라린 과거를 들추어내게 하는 것은 무리일 것 같았다. 그래도 용기를 내자. 무지가 용기를 낳는다고 아무 조건 없이 도움을 한번 청해보자. 박 선배를 수소문하여 전화 수화기에 손가락을 올려놓았다. 이게 웬 일일까. 박 선배도 나와 똑같은 생각을 하고 있는 것이 아닌가. 거두절미하고 이 일을 바로 시작하자는데 의견이 일치했다. 뜻밖의 큰 수확이었다. 박 선배의 합류는 나의 뜻을 굳히는데 결정적인 역할을 했고 해병 8·12요원들의 명예회복을 하는데 급물살을 탔다.

일단 우리 사무실을 이 일을 하는데 전초기지로 삼고 다음 날부터 박 선배는 나의 사무실로 출근하기로 했다. 출근 후 일착으로 지워진 기억을 되살려 전우들의 연락처와 근황을 파악하기 시작했다. 의외로 옛 전우들이 모여들기 시작했다. 박 선배는 다소 생활에 여유가 있어 이 일에 더욱 매진할 수 있었다.

출근 첫날 박 선배와 기우린 술잔은 밤을 새워 이어졌지만 내 일생동안 이렇게 의미 있고 기쁘고 보람찬 경우는 드물지 싶다. 우리 한번 끝까지 옛 전우들의 명예회복에 혼신을 쏟자. 이 일을 하면서 어려운 상황에 봉착할 때마다 내 귓전을 때리는 채찍으로 돌아온다. 박 선배 정말 고맙습니다.

나의 성격은 해병대 8 · 12요원답지 않은 너그러운 편이고 조금은 낭만적이다. 그래서 그런지 어릴 때 문학에 뜻을 둔 적이 있을 만큼 깔끔하지가 않다. 매사에 물에 물 탄 것 같다. 사람 좋다는 말을 수 없이 들었지만 진정으로 나를 위해서 하는 소리인지 분간이 안 가지만 내 성격을 고쳐야 한다는 충고로 받아 드리고 있다. 이런 탓에 박 선배를 곤욕스럽게 한 적이 한두 번이 아니다. 하지만 박 선배는 꾹 참고 이를 잘 이겨 낸다. 박 선배의 깔끔한 성격은 일을 하는데도 그대로 나타난다. 박 선배는 우리 일을 하는데 중추 역할을 하는 사무총장직을 수락하고 모든 일을 주관하고 있다. 이번에 박 선배 둘째 아들이 청소년 국가 대표선수가 되어 박지성을 능가하는 축구선수가 되기를 마음속으로 빌어 본다. 이것만이 내가 해 줄 수 있는 박 선배에 대한 나의 보답이다.

전설의 해병대 망치

박 선배와 상의했다. 먼저 우리를 지휘한 윗선의 지휘관부터 찾아보자. 여기에 합의를 보고 수소문 끝에 당시 훈련대장 홍 모 대장을 찾았다. 뜻밖의 수확이었다. 홍 대장은 우리와 가까운 거리에 있었고 이 일에 적극적인 관심을 표명하였다. 그 이후 해병 8 · 12요원에 대한 자료와 비밀담을 얻을 수 있었다. 그리고 30여 년이 지난 우리해병 8 · 12요원들을 결집하는데 많은 도움과 버팀목이 되어 주었다.

셋 – 마음을 추스리고

"탕, 탕, 탕탕탕⋯⋯⋯."
"친구야! ○○○야! 정신 차려!"

삽시간에 우리 요원들은 물속에서 고개를 들지 않고 있다.
순식간에 일어난 일이다. 평양의 김일성 궁전을 쑥대밭으로 만들고 탈출한 기쁨도 잠시, 가장 환호하고 보호해 주어야 할 아군의 잠수함에서 뿜어진 기관총 사례로 환영사를 대신한 요원들. 그 사건이 있은 후 이들은⋯⋯⋯.

사건은 이렇게 전개되고 있었다.

'살아남은 자의 슬픔'

오늘의 작가상 수상자 박일문의 소설 제목이 아니다.

지난 해 『SBS』서울방송에서 인기리에 종영한 미니시리즈 「시티헌터」의 1회분 첫 부분 도입부의 한 장면이다. 우연히 이 드라마를 시청하고 갑자기 머리가 찡하고 심한 현기증을 느꼈다. 이내 오한이 들고 온 몸이 후들거리기 시작했다. 진땀이 나고 몸은 불덩이처럼 달아올랐다.

외상 후 스트레스 장애! 이것만은 아닌 것 같다. 갑자기 해병 8·12요원의 일그러진 인물 몽타쥬가 이들 대원들과 오마쥬(hommage, 불어에서 온 말로 '경의의 표시' 또는 '경의의 표시로 바치는 것'.) 되어 파노라마 같이 스쳐 간다. 오늘은 일을 쉬어야겠다. 냉장고의 보리차를 한 잔 마셨다. 그래도 머리를 쥐어뜯으며 뒷골이 당기면서 눈앞에 아른거리는 것이 희미하게 신기루처럼 나타났다. 현실인 것 같고 꿈인 것 같은 상황이 오랫동안 지속되었다.

우리도 그들과 같은 운명 속에 놓일 수 있었겠구나. 그러면 어떻게 되었을까?

지금도 그때의 암울한 시절에 머무르고 있어 이 사회로 돌아오지 못하는 대원들이 얼마나 많은가. 살아남은 자의 슬픔이 이런 것인가? 다시금 그대의 그 악몽이 나의 머리를 쥐어짠다.

칠흑 같이 어두운 23시 20분경

누군가 나를 불렀다. 같은 망치인 선배 박 요원 같았다. 완전무장한 채 비장한 눈빛으로 나를 내려다보고 있었다. 사태가 심상치 않음을 감지했다.

"노 해병, 임무다. 실제상황이야. 얼른 군장 꾸려라. 이제 정말로 가는갑다."

이 말이 들림과 동시에 며칠 전부터 감기몸살로 오한이 일고 현기증이 나던 것이 언제 오한이 나고 현기증이 있었느냐는 듯 불덩이 같은 기운은 삽시간에 사라지고 몸도 가벼웠다. 간단히 군장을 갖추고 연병장에 나섰더니 전 요원이 도열해 있었다. 소대장이 도열한 요원들을 세밀하게 살폈다.

"씨발, 올 것이 왔구만. 이 날 잡아먹으려고 살을 찌어 났구만. 하려면 하라고 그래. 누구든지 모조리 쏴 버릴게."

악과 깡 밖에 남아 있지 않았다. 하지만 마음은 너무나 포근했다. 모든 것을 포기하고 달려드는 실전은 살기가 충만했다. 인간이란 이성적 판단보다 숙련된 관습이 더 지배하는 모양이다. 실전 같은 훈련에 익숙한 우리들은 모든 것을 잊었다. 다가오는 산더미 같은 파도를 무난히 넘길 수 있다는 자신만이 눈앞에 자리 잡고 있었다.

전설의 해병대 망치

마음 속 각오는 이렇게 먹었지만 온몸에서는 식은땀이 배어 있었다. 옆을 보아도 절망이고 위를 보아도 나를 버리는 것 같았다. 전우들의 눈길은 두려움 속의 용기가 섞여 있는 묘한 스릴이 느껴졌다. 새까맣게 위장된 얼굴에 두 눈만 살기를 품고 맹수의 눈을 닮아 있었다. 서로가 서로를 봐도 어깨가 으쓱하며 경계심이 느껴진다. 이들이 아까까지 같이 얼굴을 맞대며 같은 내무반에서 형제 같이 부대끼던 우리의 전우란 말인가. 이들이 좀 전까지 순진한 얼굴로 농담하며 웃어대던 나의 동료란 말인가. 왜 이들에게서 이질감을 느끼며 인간병기의 살벌한 기운만 느껴지는가. 내 눈이 의심대고 내 마음에 의문이 간다. 정말, 정말, 정말·········.

"모두 각오는 되어 있으리라 믿는다. 그동안 여러분들은 오늘을 위해 피땀을 쏟으며 훈련에 임해왔다. 오늘이 바로 그 결실을 맺는 날이다. 이번 임무를 완수하면 요원들 모두는 조국과 해병대의 영웅으로 길이 남게 될 것이다. 포상과 예우도 따를 것이다. 그동안의 훈련을 바탕으로 한 치의 오차도 없이 임무를 완수하자. 전원 생존하여 귀환할 것을 믿는다. 각자 장비들을 재점검하라, 이상."

소대장의 우렁차고 위엄스런 명령도 우습게 보였다. '씨발, 너는 무슨 용기로 우리한테 이래라 저래라 해, 너나 나나 다 똥이야.' 시커멓게 칠해진 위장된 내 얼굴에 어딘지 모르게 촉촉한 물기가 흘러내리고 있었다.

요원들은 장비를 다시 살피기 시작했다. 투투 총, 각검, 대검, 독침, 석궁, 로프, 폭약 각 25파운드, 개인 장비인 K-1과 실탄 180발, 수류탄 2발, 야간 투시경과 슈트 오리발을 확인하고 꼼꼼히 챙겼다. 요원들 모두 늠름했다.

"자, 출발이다. 니기미 씨발 좆·········."

대장도 뭔가 두려움이 있는가 보다 욕으로 자기의 내면의 두려움을 숨기려고 하고 있으니·······. 욕도 가끔 필요충분조건이 되는 때가 있다.

팀별로 고무보트를 매고 콩 돌 해안으로 내려섰다. 그런데 주저앉은 몇몇 요원들이 보였다. 소대장은 이미 눈치 챈 듯이 그들을 열외 시키고 준엄하게 명령을 내질렀다. 모두 시커멓게 위장된 얼굴에 눈만 멀뚱멀뚱거릴 뿐 불안과 긴장으로 사위(四圍)는 고요했다. 이들은 처자식을 두고 있는 나의 고참(군대에서 상급자를 칭하는 군대용어)들이었다. 순간적으로 어머님의 얼굴이 지나간다. 소희의 둥그스름한 미소와 함께. 눈물이 앞을 가린다. 그런데 무엇이 나를 떠미는지 두 팔에 힘이 불끈 솟는다.

"각 조, 상황 보고하라."

"정찰 이상 무."

"엄호 이상 무."

"돌격 이상 무."

"각 팀 진수."

소대장의 명령에 따라 마음은 무겁지만 신속하게 움직이기 시작했다.

가을의 백령도 바닷물은 벌써 얼음장처럼 차다. 그 물살을 가르며 조심스레 적진을 향한 항진이 시작되었다. 월래도 적 진지의 서치라이트가 칠흑 같은 가을바다를 훑고 있었다. 망치의 보트 행렬은 먼 바다를 돌다가 월래도 2㎞ 해상에서 대기했다. 혹여, 적의 탐조등에 노출될까봐 몸은 최대한 보트에 밀착했다. 이 때 묘한 감정이 오버랩된다. 기쁨과 두려움의 교차된 지점에 오르가즘 같은 희비 쌍곡점이 아른 거린다. 진정한 용기일까. 인간한계의 두려움에 처한 나약함인가.

03시 06분

작전이 개시되었다. 그 이후는 생각하고 싶지 않다. 하늘의 별이 무수히 쏟아지든지 눈앞의 시야가 흐리든지 무조건 배팅이다. 은밀하고 신속 정확한 페달링(노젓기)으로 1.5㎞를 접근했다. 적진으로부터 불과 500m거리. 침 삼키는 소리도 조심해야 할 지점. 척후 스윔어(안내원) 둘이 소리 없이 수영으로 적진지에 침투를 시도했다.

긴장 속의 정적. 여기서도 묘한 감정이 일었다. 잠수용 손목시계의 초침소리조차 귀에 거슬리는 긴장된 순간이었다. 긴장을 즐긴다는 표현이 이 분위기에는 더 적절한 표현인 것 같다. 해안에서 적 초병을 살해하고 공격 루트를 확보한 척후 스윔어의 신호가 왔다. 정찰조가 신속히 접근했다. 해안에 상륙한 정찰조는 장애물을 제거하고 교두보를 확보한 후 사주경계에 들어가며 신호를 보내왔다. 적 초병의 슬픔이 우리의 기쁨이지만 시간이 조금만 지나면 운명이 뒤바뀔지도 모른다.

엄호조도 신속하게 이동했다. 엄호조가 해안에 도착하자마자 정찰조는 진군해 나갔다. 뒤 이어 우리 돌격조 보트가 해안에 상륙했고 임무 수행 후 탈출을 위해 보트 선수를 해상으로 돌려놓고 해안 경계에 들어갔다. 앞선 정찰조와 엄호조가 각 초소 초병들을 순차적으로 살해하고 인민군복으로 갈아입은 뒤에 무기를 탈취하고 통신망을 절단했다. 이들은 불과 200m가 채 안 되는 목표물에 1시간 가까이 신중하게 접근하면서 주변에 장애요소들을 철저히 제거해나갔다. 이어서 무기고로 접근 경비병을 은밀히 살해하고 시체를 은닉했다. 말로 표현하니까 이렇게 하지 피를 말리고 오금이 저리는 몇 분간의 지옥과 천당여행이었다. 늦은 가을인데도 옷이 흥건히 젖었지만 추위를 느끼지 못할 정도로 긴장했다. 인간은 요상한 존재라고 생각할 수밖에 없다. 그 이상은 생각중지, 인간포기다.

이제 목표는 내무반. 내무반을 제압하기 위해 입구 양쪽을 경계하며 돌발 상황에 대비했다. 돌격조 요원들은 상황실로 진입, 상황실에 있던 두 명을 살해한 후 통신 장비를 완벽하게 훼손했다. 주요 문서 일부도 탈취한 돌격조는 이곳에 누워 있던 적의 기지 책임자 격인 인민군 중좌를 포박하고, 입에는 자살 방지와 방성용으로 테이핑을 한 후 정찰조에 인계했다. 폭파 장치를 완료한 돌격조는 신속히 해안으로 이동하여 주변 경계에 들어갔다. 돌격조의 철수를 확인한 정찰, 엄호조는 병사에서 취침 중인 적들에게 수류탄과 연막탄을 동시에 까 넣은 후 연발 사격으로 적이 미처 대오를 갖추기 전에 완벽하게 궤멸했다.

산발적인 적의 총성이 들려왔다. 어느 곳에선가 숨어 있던 적이 퇴각하는 정찰, 엄호조를 향해 사격하고 있었다. 돌격조는 그 방향으로 집단 응사하며 두 팀이 귀환할 때까지 엄호했다. 잠시 후 그 총성도 멎었다. 우리 돌격조의 지향 사격으로 사살되었는지 아니면 도주했을 터였다.

요원들 모두 무사히 철수하자 적 주요시설에 설치한 폭약들을 폭파하기 시작했다. 요원 전원이 승선하자마자 보트는 우리 진지를 향해 전속력으로 귀환했다. 요란한 폭발음과 치솟는 화염을 지켜보며. 적 해안포 진지에서 뒤늦게 우리를 향한 사격이 있었지만 이미 상황은 끝났고 우리는 안전지대로 접근하고 있었다.

여기에 돌발변수가 있었다. 파도가 높고 물살이 너무 세다. 요원들이 힘차게 노를 저었지만 생각하는 방향으로 가지 않고 우리 측 위험·사격지역으로 흐르고 있었다. 다 해놓은 밥에 재 뿌리는 상황이 속담에만 있는 것이 아니라 우리의 눈앞에 긴장으로 다가 왔다.

04. 30분

우리 부대 앞 콩 돌 해안에 무사히 도착한 시간이었다. 작전 개시 1시간 24분 만에 적 기지를 복구불능 상태가 되도록 철저히 파괴하여 무력화시킨 것이다. 납치한 적 요인과 서류 등은 대기하고 있던 기무사 요원과 여단 해병들에게 인계했다.

해안에 정렬한 요원들을 흐뭇하게 바라보던 소대장.

"각 조별 인원 장비 보고."
"정찰, 인원 장비 이상 무."
"엄호, 인원 장비 이상 무."
"돌격, 인원 장비 이상 무."

요원들이 입은 부상이라야 경미한 찰과상이 고작이라 망치 체면상 부상 보고를 할 정도가 아니었다.

"요원들 모두 정말로 수고했다. 오늘 여러분의 전과는 해병 승전 역사에

전설의 해병대 망치

새롭게 기록되리라 믿는다. 여러분들은 국가의 영웅이다. 국가는 여러분을 결코 잊지 않을 것이다. 여러분들과 함께 참전했다는 사실이 매우 자랑스럽다. 지금부터 부대로 이동, 대한민국에서 가장 편한 자세로 휴식하도록.”

망치(8 · 12)요원 시절

군대를 경험한 남자들이 그러하듯이 제대해도 한동안 꿈을 꾼다. 꿈에서 깨어나도 현실과 구분을 하지 못할 때가 가끔 있다. 수 없는 작전과 임무수행에 취해 밤마다 꾸어지는 꿈을 묶어 보았다. 매일 실시하는 작전과 임무수행도 이와 똑 같았다. 이번 드라마를 보고 새삼스레 다시 되살아나 내 가슴을 쥐어짜듯이 나를 압박한다. 그 시절에 나를 너무나도 괴롭히던 신기루 같은 환상이다. 그래서인지 아니면 임무 수행에 대한 압박 때문인지 죽든 살든 하루 속히 적진에 뛰어들고 싶은 마음이 간절했다. 기다림 속, 그 고통의 시간들이 바로 지옥이었다. 망치 임무를 마치고 백령도를 떠나올 때, 살아 돌아가고 있다는 기쁨에 앞서 마음 한 구석이 무거웠던 이유도 몸과 마음이 만신창이 되고서도 못 다 이룬 꿈 때문이었을 지도 모른다.

몇 년째 꾸지 않았던 망치의 꿈이 현실에서 생생하게 내 앞을 가리며 재현되었다.

해병 망치요원시절 수 없이 반복되던 작전이다. 그래서 그런지 꿈도 꾸지 않았는데 어떻게 현실에서 이러한 상황이 일어나지. 그 시절 너무나 상상작전을 현실 같이 그리던 것이 오늘 생생하게 복기된 것이다. 이러다가 나도 다른 요원과 같이 백령도 망치요원시절로 돌아가 영영 이 사회로 돌아오지 못하는 것은 아닐까.

TV를 그냥 켜 놓은 채 지난날을 조용히 복기해 보았다. 사라진 우리요원들의 기록을 찾으러 전국을 배회했던 몇 년, 소기의 결과도 이루지 못하고 포기한 채 현실로 돌아와야만 했던 회한. 같은 요원들한테도 의심의 눈초리를 받으며 자의반 타의반 중간에 하차해야만 했던 억울함 등 모든 것이 오버랩 되어 내 눈앞에 주마간산(走馬看山)같이 지나간다. 지금 비록 몸은 망치 곁을 떠나있지만 마음만은 늘 망치 곁을 떠나지 못하고 있다.

지난 6개월 동안 하루도 빠짐없이 차를 몰았다. 이제 모든 것을 접고 제2의 인생을 살고 싶었다. 한동안 잊고 지냈던 망치의 멍울이 나를 지배하는 순간부터 해병 망치요원으로 살았던 몇 년의 일을 접었다. 계속 이 일에 종사하다가는 가족이나 동료들에게 너무나 큰 굴레를 씌우는 것만 같아 당분간 생업으로 돌아 왔다. 이러다가는 가장 중요한 시절을 살아가는 자식들에게 우리보다 더한 멍에를 지우는 것 같아서이다. 배움이란 적절한 기간이 있는 법. 이 기간을 놓치면 또 한 번 평생을 후회의 늪에

전설의 해병대 망치

서 헤어나지 못할 것 같다. 생업으로 돌아온 이유치고는 너무나 궁색한 변명이지만 어쩔 수 없었다.

내 젊음의 초반에 일어났던 엄청난 일을 복원시키고자 했건만 현실은 이를 거부했다. 앞으로 남은 생 해병 망치요원으로 살아가겠다고 다짐하고 뛰어들었지만 나에게 지워지는 짐은 내가 감당할 수 없는 일이었다. 가장 가까이서 나를 지켜보고 있던 나의 부인마저도 생업을 접고 우리요원의 명예회복과 역사의 기록에 매달리고 있는 나의 처지를 원망했다. 무엇보다 너무 오래된 일이라 현실적 난관은 나와 몇몇의 요원들의 힘만으로 부딪치기에는 너무 역부족이다. 같이 생사를 같이 했던 요원들도 생각이 각각 달랐다. 지금의 처지가 그때 그 시절하고는 많이 다른 점도 있겠지만 개인의 영욕에 매달리는 것 같아 마음이 편치 않다. 하지만 마음을 달리 먹었다. 본귀환처(本歸還處). 송충이는 소나무를 먹고 사는 법. 모든 것을 접고 다시 우리요원들의 기록을 찾아 이렇게 붓을 또 들었다.

올해는 유난히도 비가 많이 왔다. 비가 많이 오는 날 야간에 택시를 몰면 지난 30여 년 전의 생각이 떠올라 감회가 새롭다. 억수같이 쏟아지는 빗속을 유유히 운전하는 나를 보고 손님이 내가 안쓰러운지 아니면 위험해서 겁에 질려 하는 소린지 한 마디 한다. "쉬었다가 갑시다." 곧바로 나의 해병 망치요원생활을 들려주면 안심이 되는지 아무 말 없이 "책 나오면 꼭 연락해 주세요." 하며 명함을 건넨다.

억수 같이 비가 쏟아지는 날 차를 몰면 30여 년 전으로 돌아간다. 칠흑 같이 캄캄한 밤 달빛 없는 무 월광의 어둠 속으로 코만드-5에 몸을 의지 하고 바다를 질주하면 공포와 두려움에 치가 떨린다. 하지만 지금은 그때가 그리워진다. 오늘 같이 비가 억수 같이 퍼붓는 날에는·········.

나는 지금 택시를 모는 것이 아니라 해병 망치요원시절의 환상에 젖어 물속에서 보트를 모는 것 같아 더 정신이 맑고 경쾌하다. 남들은 오늘 같이 양동이로 쏟아 붓듯이 오는 비가 무서워 서행운전이나 운전을 포기하지만 나는 마냥 즐겁다. 돌이킬 수 없는 그때 그 시절이 그리워서 그런 것일까. 정말 NLL선상에서 정신을 바짝 긴장하고 귀를 쫑긋 세우며 눈을 부릅뜨고 보트에 몸을 실었던 그때가 그립다. 그때는 고도의 긴장과 칠흑 같은 공포의 연속이었지만. 지금 악천후의 장맛비가 나를 위로 하는 것 같아 고된 육체에 조금은 위안이 된다. 천생 나는 망치인가 보다.

전설의 해병대 망치

돌아올 수 없는 해병 망치(8·12)요원(북파 응징·보복 특수요원)

조국의 풍전등화에
몸 바쳐 지켜낸 용사여.
바다에서 젊음 바친

그 이름 대한민국 해병대 망치요원.
뜨거운 열정으로 혼신을 다하여
바다 속을 헤쳐 보았지만
전우의 목소리는 멀어져만 가고
홀로 서해 바다에 넋이 되었다.

거센 파도와 추위는 전우의
영혼마저 빼앗아 갔지만
가족을 사랑하고 전우를 사랑한
당신의 영혼은 해병 망치요원.

가슴에 스며드는 미안함에
차마 고개를 들을 수가 없어서
당신의 영혼과 그 명성이
역사에 기록되게 하겠소.

먼저 간 해병 망치요원의 못다 한 삶은

조국과 민족의 이름으로

당신들의 고귀한 희생은

대한민국 국민이 잊지 않도록 하겠소.

영원히 가슴속에 간직한

살아있는 해병 망치요원의 끝없는

사랑은 당신들과 함께

영원히 기억하도록 역사에 남기겠소.

다시는 못 올 그 길을 외로이

떠나갔지만 오늘도 해맑은

서해 바다는 웃고 있네요.

하늘도 당신을 외롭지 않도록 하겠소.

대한민국 해병대 망치(8·12)요원이 현충일에 올림

전설의 해병대 망치

북방한계선(NLL)과 망치

첫째 마당

1. 망치의 부활을 바라며

지금도 우리망치는 망치(8·12)요원의 부활을 염원하며 잠을 이루지 못한다. 밤이 되면 텅 빈 서해 5도의 무인경비를 보고 우리 정부와 군은 무슨 생각을 하고 있을까? 30여 년 전 생사의 사선을 넘나들며 서해 5도 NLL 선상을 지키던 망치요원들의 함성은 무엇이란 말인가? 구호로만 맴도는 철통같은 방비가 바로 이것이란 말인가?

북한지역에 전진 배치된 유도탄기지의 레이더가 가동되거나 해안포 발사 징후가 포착되면 우리해군 함정이 안전구역으로 피항된 상태인 텅 빈 백령도와 연평도는 무슨 대책으로 방어할 것인가?

북한의 특수부대는 약 18만 명으로 추산된다고 한다. 그중 그들을 포함한 북한 최정예병력 20만 명이 옹진반도에 배치하고 있다. 그중 해상육전대(한국의 해병대) 6만여 명이 백령도 북쪽에 위치하고 있고 이들의 임무는 서해 5도 상륙작전이라고 한다.

해병 1개 여단이 북한 해상육전대 6만 명을 어떻게 상대할 수 있을까? 이들의 상륙은 얼마 남지 않을 것으로 보인다. 김일성 출생 100년이 되는 2010년을 강성대국으로 주장하고 김정은에 이르는 3대 세습이 이루어지는 해. 전지작전환수권이 미국에서 남한으로 환수되는 해. 남한에서는 총선과 대선이 치러지는 해. 우리의 주변국인 미국, 소련, 중국, 일본과 함께 우리나라도 지도자가 교체되는 해. 이제 NLL지역이 미국의 관할 지역에서 우리에게 넘어오는 해 무엇인가 일을 저질 것이 예상된다. 어쩌면 현실이 될 수도 있을 것이다. 제발 현실이 아니길 바란다. 하지만 근래에 일어나고 있는 현실은 그럴 가능성을 충분히 가지고도 남는다. 지금까지 일련의 침략행위는 이 상륙작전의 종지부를 찍을 전초작업이 아니었을까? 벌써 이들은 NLL 서해 5도의 전투를 위한 수십 년 간의 기상조건, 해저지도, 조석간만의 차이, 물의 흐름, 위장귀순 등 모든 조건의 가상시나리오를 완성한 것이 아닌가. 이들의 장기간 실전작전으로 축적된 모든 힘을 언젠가는 써먹을 때가 있을 것이다. '그때가 지금이 아닌가?' 의심되는 대목이다. 이 지역에서 작전을 했던 우리요원들이 잠을 이루지 못하게 했던 이유들이다.

지금 우리가 너무 쉽게 간과하는 것이 있다. 요즘 굶주림과 온갖 핍박을 못 이겨 자유대한으로 무동력 뗏목에 의지한 채 귀순하는 새터민이 많다. 이들을 의심하는 것이 아니라 이들의 행동에 이해하지 못할 대목이 너무 많다는 것이다. 그곳에서 망치작전을 수행한 8 · 12요원들에게는.

서해 5도에는 앞에서도 언급했지만 북한 최정예부대 20만 명에 해군력 또한 집중적으로 배치된 지역이다. 이 지역을 무동력선으로 뚫고 나온다는 것은 낙타가 바늘구멍을 통과하는 것보다 더 어렵다. 이런 곳을 훈련도 받지 않은 민간인들이 어떻게 철통같은 경계를 무사히 통과할 수 있겠는가. 이들의 묵시적 동조가 없으면 도저히 일어날 수 없는 군사작전이다.

아직까지 확인된 바는 없지만 일본이 만주에서 저질은 731마루타부대가 연상된다. 인체세균 생체실험을 한 731부대를 연상하는 것은 멀쩡한 민간인들을 서해침투의 실험 대상으로 삼아 작전을 감행하고 있으니 민간인을 통나무를 의미하는 마루타로 간주하는 것이 아닌가. 그래서 731마루타 부대를 연상한 것이다. 이들은 민간인을 마루타로 삼아 생사를 건 사투를 벌이게 하여 일거양득의 이익을 노리고 있다. 정말 선량한 민간인을 부추겨 남하를 감행하도록 유도하는 것이 아닌가 생각한다. 아무리 여러 수를 가지고 꽤 맞추어 봐도 현실에서 일어날 수 없는 상황이 버젓이 일어나고 있다. 상식적으로 생각해 보면 나의 말이 공허한 것이 아니라는 생각이 들 것이다.

군 간부와 짜고 몰래 뒷돈을 주고 눈감아 주는 것 같이 위장하여 이 작전을 시행하는 것이다. 남하하는 민간인에게 안전을 보장해 주면서 남하를 부추기는 것이다. 그리고 뗏목을 타고 남하하는 그들을 면밀히 관찰하여 미래의 작전을 계획하고 수립하는 것이다. 나중에 북한 특수부대가 민간인으로 위장하여 무동력선으로 상륙을 시도할 수도 있다. 정말 눈 부릅뜨고 경계해야 한다.

향후 서해안으로 남하하는 이들을 가지고 분명히 시비를 건다. 어떠한 명분을 가지고 시빗거리를 만든다. 협상의 유리한 고지를 점령하기 위해서도 인위적으로 시빗거리를 만든다. 국제적인 큰 이슈를 만들어 우리를 궁지로 몰아넣는다. 그것은 모종의 개성공단에 관한 것이 아닐까 상상해 본다. 그래서 일거양득의 이익을 노리고 행하는 작전이라고 한 것이다.

또 하나의 가상된 시나리오가 포착된다. 지금 서해안에서 중국어선이 불법으로 조업을 강행하고 있다. 여러 척의 배가 밧줄이나 쇠사슬로 서로를 연결하여 묶고 배수진을 치며 우리 해양경찰에 도전하고 있다. 마치 해 보려면 마음대로 해 보란 듯이. 8~10여 척이 서로를 꽁꽁 묶고 무력도발을 연상케 할 만큼 도전적이다. 마치 우리 해양경찰의 방어력을 시험이라도 하듯이. 이러한 일련의 사태가 일어나도 우리의 대처방안은 미온적이다. 만약 이 가운데 북한의 어선으로 위장하여 북한의 군함이 끼어 있으면. 우리요원들이 신경이 날카로워져서 하는 얘기가 아니다. 그곳에서 근무한 경험이 있는 우리요원들은 모든 경우의 수를 열어 놓고 작전을 수행하던 때가 생각나 충분히 그럴 수 있다는 우려에 잠을 설친다.

서해 5도에서 조업을 하는 어부나 어선을 평범한 어부나 어선으로 봐서는 큰 낭패를 본다. 이들은 군 첩보요원 내지 몇 십 년 간 한 지역에서 고도로 훈련받은 특수요원들이고 어선은 반잠수함 내지 소형군함으로 봐야 한다. 유사시에 바로 돌변할 수 있는 시한폭탄이고 떠 있는 지뢰다.

만약 서해 5도에서 이들의 막강한 최정예부대의 기습 상륙작전이 감행된다면·········,
이들이 우리의 군과 양민들을 인질로 삼아 서해 5도를 점령한다면·········,
이로 인해 수도권이 이들의 타격권에 들어간다면··········.
정말 생각할 수도 일어나서도 안 될 시나리오에 진저리가 쳐진다.

그만큼 서해 5도가 남북한을 막론하고 중요한 군사적 요충지란 것을 입증하는 것이다.

우리는 최신형 무기를 너무 신봉하고 믿는 것 같다. 그러나 북한군은 최신형무기에 맞는 특수요원들은 전술적인 준비와 비대칭전략을 분명히 준비하고 완비했을 것이다. 북한이 우리에게 최대의 위협을 주는 것은

전설의 해병대 망치

최신형 무기가 아니라 북한 특수부대들이다. 그러나 그들에게도 그들과 같은 게릴라 전술에 능한 우리망치요원과 같은 특수부대는 최대의 위협이 될 것이다. 북한은 공격위주의 훈련에 능숙하지 방어능력은 우리보다 부족한 것 같다.

1980년대 국내 정세의 혼란과 일촉즉발의 전쟁위기 속에서 시기적절한 전략과 전술로 NLL지역과 조국을 지켜낸 정부와 해병대 지휘관 그리고 망치요원. 우리 해병대에는 죽음을 불사하는 해병혼으로 무장되어 서해 5도의 NLL선과 조국을 지켜낸 망치요원이 있었다. 그들은 적은 물론 아군에게도 표적이 되어 서해 5도의 황천 바다를 떠돌며 국가의 명령에 한국판 가마가제가 되어야만 했다

그들은 조국과 해병혼을 위해서 죽음보다 더한 고통으로 지옥 같은 훈련을 이겨냈다. 그리고 인간병기가 되어 임무완수를 위해 죽음의 문턱을 수없이 넘나들며 살아 왔지만 조국은 한 장의 휴지조각처럼 사용하고 용도폐기 하였다. 하지만 소리 없이 사라져 간 진짜 영웅 해병대 전설의 망치요원은 노병이 되어 아직도 살아남아 있다.

30년 전 역시 서해 5도의 NLL선은 평온하지 않았다. 긴장과 공포로 둘러싸인 최후의 격전을 기다리고 있는 일촉즉발의 화약고였다. 물 위에서만 이를 지켜보니까 마냥 고요하게 비칠 뿐이었다. 지금의 NLL선이 무

참히 유린을 당하고 있는 것과 같이 그때도 아무런 관심 밖에 있었을 뿐 긴장과 공포의 연속이었다.

서해 5도의 NLL은 작전 통제권이 유엔사령부에 있고 이승만의 북침을 봉쇄하기 위하여 유엔이 북방한계선을 정한 것이다. 1972년 이전까지는 북한도 묵시적으로 동조하다가 1972년 이후 이 지역의 중요성을 깨달아 부단히 문제제기를 하고 있다. 북한도 자의적으로 남방한계선을 긋고 그들의 주장을 굽히지 않고 있고 궁극적으로는 NLL을 허물려고 한다. 이에 대한 대화도 남한을 배제하고 북·미 대화로 남한을 고립시켜 그들의 의도대로 서해 5도와 수도권을 장악하려는 의도적인 행위를 하고 있다.

이보다 더 위험한 것은 우리 군 자체에서도 공조체제가 원활하게 이루어지지 않고 있다는 사실이다. 육지는 육군담당이고 해안에서 바다 2㎞까지는 해병대 관할이고 2㎞ 이상은 해군 관할 구역이다. 그리고 서해 전체관할은 유엔이다. 서로 자기주장만 하면서 서로의 협조를 구할 수 없다면 서해는 무주공산이나 다를 바가 없다. 상륙작전을 펼치는 해병대가 헬리콥터나 소형군함 한 대도 없는 가운데 어떻게 상륙을 시도하고 그들의 상륙을 막을 수 있겠는가. 해양경찰보다 못한 것이 아닌가.

그리고 하루빨리 서해 5도에 해군기지를 건설해야 한다. 뒤에서 본격적으로 언급하겠지만 풍랑이 좀 심할 때나 밤이면 평택기지로 피항간 군함

전설의 해병대 망치

만 기다리다가 10분 거리 안에서 출동할 수 있는 체제를 갖춘 북한을 어떻게 방어하고 또 공격할 것인가.

얼마 전 육·해·공의 공조체계가 원활하지 않아 해병대 훈련이 많이 축소되었다는 얘기를 듣고 해병대 헬리콥터 구입 전 국민운동이라도 벌여야 하지 않겠나 하고 분통이 터졌다.

100여 년 전 강화도에서 일본 전함 운용호가 광성진을 포격 한 후에 침략은 하지 않고 바다에만 포격을 했다며 '일본은 이거 훈련이야.' 라고 변명하자 조선 정부는 이에 적절하게 대응하지 못하고 우왕좌왕 하였다.

조선 정부는 '어떤 날은 양이를 몰아내자고 했다.' 가 '어떤 날은 일본군이 그냥 훈련 온 거라 했다.' 가 '일본과 화친하자 했다.' 가 결국에는 일본과 불평등조약을 맺고 말았다.

근래에 와서는 NLL을 공동구역으로 하자.
남·북한 불가침 조약을 맺자.
비방하는 확성기를 철수하는데 동조하자.

결국에는 공동구역에 중국 어선이라고 속여 야금야금 침범(살라미작전)을 합법화 하면서 서해교전으로 희생만 당하고 말았다. 2010년 연평해전이 있기 전 북한이 연일 NLL을 향해 포를 날렸다. 며칠간 해안에 배치된 다양한 포를 수백 발을 쐈다. 좀 전까지 인천 앞바다까지 자기네 영해라고 주장해왔는데 이번에는 아예 선박항해 금지구역을 선포했다. 그때 그와 같은 행위는 천안함 폭침사건의 사전 정지작업과 신호탄이 아니었을까. 그리고 연평도폭격보다 더 큰 공격적인 그림을 그리고 있었을 것이다.

1980년대에도 그들은 그렇게 주장하며 남한을 호시탐탐 노리고 있었다. 그러나 그 당시 제 5공화국 정부에서는 NLL를 완벽하게 사수하였다. 오히려 북한군에 위협대상이 되어 도발이 예상되거나 도발되면 강력하게 응징보복 당한다는 망치요원들의 활동은 대남도발을 억제하고 남침을 모면하게 한 큰 역할을 했던 것이다.

1차, 2차 연평해전에서 햇볕정책에 발목이 잡혀 소나기 같은 총성이 울리는 데도 변변한 대항도 못하고 아까운 대한의 남아들만 희생시켰다. 그러나 지난 2009년 11월 10일 잦은 NLL침범으로 수정된 교전규칙에 따라 현장 지휘관의 적절한 대응으로 적들을 격퇴하는 전과는 잘된 것이다. 그 보복의 일환으로 천안함 폭침과 연평도 폭격을 자행했다. 하지만 지금도 북한은 끊임없이 도발하고 있으며 단지 포탄을 작전개념으로 NLL 이북에 떨어지도록 쏘아 올리며 포탄은 NLL 이남으로 넘어가지 않았다고 주장한다.

북의 포탄이 예고도 없이 NLL에 떨어졌다면 이는 도발행위다. 그것은 해상북방한계선이기 때문이다. 정전위반을 하고 있는 것이다. 북은 살라미 전술(상대방이 눈치채지 못하게 조금씩 밀고 나가는 것)를 구사하며 야금야금 그렇게 도발적인 행위를 자행하는 데도 남쪽이 묵인하면 더 큰 사태가 벌어진다는 것을 예상해야 한다.

지금까지는 통상적인 훈련이라고 주장하지만, 이를 강력히 억제하지 않으면 일반적인 관례가 되고 다음 단계는 예측할 수 없는 상황이 발생한다. 우리요원들은 이 지역을 방치하면 일촉즉발의 국가위기상황이 초래할 것이라고 이구동성으로 예견했다. NLL선을 넘는 순간 사태는 매우 심각해진다. 이 선이 무너지는 순간 바로 남북은 또 다른 참상을 각오해야 한다. 이곳에서 생명을 담보로 작전을 수행한 사람으로서 직감적·육감적으로 판단한다는 비판이 있을 수 있으나 우리의 눈에는 보인다. (2010년 1월 29일 '큰 공격' 망치 카페에서 예언.)

북한의 NLL도발은 계속 될 것이다. 틈만 나면 서해바다에 긴장을 고조시키려고 할 것이다. 꽃게 철이 다가 오면 NLL에서 중국 어선들이 우리 고기들을 잡아가고 있다. 여기에는 북한의 의도적인 계획이 있을 수도 있다. 중국 어선이라고 속여 무엇인가 또 다른 도발적인 계획이 있을 것으로 예측된다. 그 속에 포함된 북한의 어선은 소형 군함이라고 보면 된다. 어선은 북한 특수요원이 활동하는 전투함이다. 위장한 중국 어선들은 고기를 잡으면서 그곳에서 그들의 지시에 의한 것인지 확인할 수 없지만 자의적·타의적으로 그물들을 놓아 우리 어선이나 군함의 침범을 막는 역할을 하고 있다. 하지만 그물의 깊이가 27m를 넘지 못한다고 한다. 그 밑으로 그들은 소형 잠수함의 잠행은 물론 유사시 침략의 전술로 삼을 것이다. 우리요원들이 그곳에서 작전을 수행할 때 그물 때문에 어려움을 겪은 적이 한두 번이 아니었다.

그들은 우리가 생각하는 평범한 어선이라고 착각하면 큰 오산이다. 다년간 훈련되고 무장된 소형 군함이고 일반 어부가 아니라 어선으로 위장된 고도로 조련된 특수부대원이다. 백령도와 연평도는 조류가 빠르다. 바다 속 해구에 거대한 강물이 흐르는 것처럼 휘감아 돌면서 바다 밑에서는 돌 구르는 소리가 요란하다.

특히 연평도의 경우는 북한의 용매도, 대수압도를 지척에 두고 간조 때 얕은 바다는 모래사장 갯벌 자갈밭으로 변하여 북한군이 언제든지 상륙작전을 감행할 수 있는 지역적인 특성을 가지고 있다. 방어를 고수하고 있는 우리는 순식간에 바닷물이 빠져서 만약 북한의 평범한 어선이라고 착각하고 방관하다가 갑자기 소형 군함으로 돌변하여 상륙을 시도한다면, 아니 앞에서도 언급했듯이 무동력선으로 자유를 찾아 남하하는 새터민으로 위장하여 상륙을 시도한다면 연평도를 포함한 서해 5도는 삽시간에 그들 수중에 넘어가고 서해 5도의 방위선은 무너질 것이다.

그러면 수도권의 방위도 보장받을 수 없다. 그곳에서 작전을 수행한 우리요원들이 이구동성으로 우려하는 경우는 그 지역은 그들에게 상당히 유리한 입장에 놓여 있다는 것이다. 유엔사의 작전지휘권 지역이기 때문에 순간적인 판단을 고려한 우리 군의 독자적인 작전권이 미치지 못하고 있다. 이것이 우리망치요원들이 미군의 승인 없이 독자적인 작전을 수행한 증거이기도 하다. 북한에게 서해 5도의 웬만한 분쟁은 정전위반사례로 돌려버리면 된다. 전면전으로 확산될 우려가 없이 남한을 위협하고 협상의 유리한 명분을 획득하는 도랑치고 가재 잡는 일거양득을 얻을 수 있는 전략·전술의 요충지다.

NLL이 무너지면 수도권 서쪽은 무방비가 되어 인천공항은 마비가 되고 수도권은 순식간에 그들의 수중에 들어간다. 이것이 그들이 노리는 NLL을 침범하는 특별한 이유가 바로 여기에 있다. 산불이 발생되면 근원지로부터 열이 발생되어 열로 인하여 피부나 호흡기에 자극이 되어 사망할 수도 있듯이 NLL이 무너지면 바로 대한민국이 무너지는 몸서리 칠 현실이 된다.

얼마 전 서해 5개 도서에 전력증강 무기배치와 노후무기를 교체하고 북한을 강타할 수 있는 해안포와 장사포를 배치했다고 했다. 그러나 이와 다르게 타군이 쓰다 남은 낡은 무기였다고 한다. 연평도 포격 때 이에 굴하지 않고 해병들은 인간방패가 되었다. 포탄이 억수같이 쏟아지는 상황에서도 철모가 불타 녹는 줄도 모르고 전차에 뛰어 올라 탄약을 장전하여 적에게 발포하며 적을 무찔렀다. 또 강철 같은 의지 하나로 아무리 강력한 무기와 싸운다 해도 반드시 이긴다는 세계최강 대한민국 해병대가 살아 있다는 것을 증명하였다. 여기서도 짜빈동 전투(1967년 2월 14일~2월 15일 동안 캄보디아 국경 부근에 위치한 작은 마을인 짜빈동에서 일어난 북베트남군과 대한민국 해병대간의 전투)의 신화가 귀신 잡는 해병혼과 결합하여 무한한 힘을 발휘하고 있다. 우리망치요원들도 바로 해병이었다. 그것도 죽을 때까지 제대를 하지 않는 영원한 해병이다.

해병 연평부대 임준병 상병, 철모가 타는지도 모르고 북한군에 응사했다. 철모는 해병대 박물관에 안장을 지시했다.

전설의 해병대 망치

2. 소리 없는 전쟁이 치열하게 진행되고 있는 NLL

소리 없는 전쟁은 총탄이 불꽃 튀는 치열한 전투보다 더 전투적이고 무서운 법이다. 본래 소리 없는 고요함이란 모든 시끄러움을 몽당 머금은 곳에서 일어난다. 지금 서해 5도 NLL은 휴전 이후 60년의 전략·전술이 함축되어 언제 어느 때 터질지 모르는 최북단 최전선의 화약고다. 이 화약고가 터지면 물밀듯이 밀려오는 그들의 짐승 같은 만행을 막을 도리가 없다. 지금 그 문고리가 헐거워져 곧 열쇠가 허물어져 가고 있다.

성벽(城壁)의 성문(城門)이 뚫리면 그 성이 함락되는 것은 시간문제다. 서해 5도가 뚫리면 수도권이 함락되고 수도권이 뚫리면 남한 전체의 반은 뚫린 것이나 마찬가지다. 서해 5도 NLL은 바로 한반도의 낭심이요, 수도권 방어의 최후 보루이기 때문이다. 그 징조가 하나 둘 수면 위로 떠오르고 있다. 그렇게 되면 60년 전쟁의 상흔을 말끔히 씻고 중단 없는 전진으로 세계 10위권의 고도압축 성장이 한낱 물거품이 되어 6·25 이전의 보릿고개로 돌아가게 된다. 그곳은 30여 년 전 8·12 해병망치가 생사를 국가에 맡기고 철통 사수하고 있었던 곳이다. 그들이 숨을 죽이게 그들의 목덜미를 꼼짝 못하게 낚아채고서.

이것은 너무나 자랑스러운 자부심이고 영원한 해병의 혼과 정신이 깃든 귀신 잡는 해병의 전설로 남아있다.

2010월 3월 26일 밤 백령도 NLL 근처

천안함이 폭침당하고 46명의 전사자가 발생하였다. 또 다른 초계함이 북쪽을 향하여 사격하고 조명탄을 쏘아 올리며 전투기가 출격하였다. 그리고 8개월 후 육지에서는 연평도 폭격으로 해병 장병과 무구한 민간인이 북한의 해안포에 희생되었다.

이것은 전쟁이었다.

그 누가 서부전선에 이상 없다고 말 할 수 있겠는가?

남한의 최북단 서해 5도의 백령도와 연평도 부근은 대한민국 해병대와 해군이 언제 터질지 모르는 화약고에서 국방을 담당하고 있다. 하지만 항상 정부는 이런 저런 구실과 핑계로 '서부전선 이상 없다' 는 책임 없는 정치인들의 말장난에 군사와 장비를 감축하고자 하였다. 다시는 이런 한가한 말장난에 놀아나 참혹한 비극으로 되돌아와 우리의 아들들은 물론 우리 국민들의 잔혹한 희생이 없도록 해야 한다. 서해 5도 NLL의 침범행위는 바로 보복·응징한다는 원칙에 의해 철저히 지켜져야 한다.

북한의 김정일은 2003년 이라크 자살특공대를 벤치마킹해서 각 군에 육군 총폭탄, 공군 불사조, 해군 인간어뢰를 만들었다고 한다. 이들은 해상육전대원(우리의 해병대) 중에서도 체격과 정신력이 뛰어난 '전사' 들로 구성되며 최고 대우를 보장받으면서 지옥 훈련을 받고 죽음을 불사하고 적과 싸우는 '인간어뢰들' 이라고 한다.

하지만 남한에도 1980년대에 대북 응징·보복부대인 해병 망치요원들이 있었다. 이들은 NLL 바다에 진수하는 동시에 아군의 지원이나 후방의 지원 요청도 없었고 지원할 수도 없는 고립무원에서 오직 명시임무를 수행하고 있었다. 이들의 임무는 북한의 요인암살 및 납치, 적 특수기지 폭파, 적의 전력을 약화시키는 기만작전 등 이었다. 임무를 완수하고 살아오든지 만약 체포되면 적군과 함께 산화하는 것이었다. 생존의 퇴로가 없는 극지의 최전선에서 가미가제특공대의 역할을 하였다. 적에게 노출되는 것을 우려해 소수 최정예공작원으로 편성되었다. 전지훈련으로 위장을 하고. 대한민국의 8·12요원들은 해병대란 자부심으로 북한의 해상저격대보다 강력한 요원들이 있었다는 사실을 국가와 국민은 생생하게 기억해야 할 것이다.

국가를 위한다는 거창한 명분과 국가적 예우에 대한 약속을 굳게 믿으며 국가의 부름에 응했지만 국가는 그 때의 임기응변적인 위기사항을 넘기고 비밀문건으로 묶어 지금도 그 사실을 왜곡 은폐하고 있다.

엄연한 사실임에도 책임지는 지휘관이 없다. 명령을 하달한 소속을 모른다. 대한 해병임에도 해병의 지시를 받지 않는 것으로 보인다. 모든 것이 베일에 가린 채 국민을 기망하고 있다. 이런 면에서 만약 우리망치요원들에게 희생자가 생겼다면 국가적 소모품으로 일회용 밴드나 두루마리 화장지 그 이상도 그 이하도 아니었을 것이다. 만약 우리가 망치작전으로 천안함 폭침과 같은 결과가 발생하여 전사하였다면 시체도 없는 장례를 치루고 어떻게 처리 되었을까?

지금 이 시점에서 다시 생각해보니 분통이 터질 일이다. 정부는 과연 책임을 지고 끝까지 보살펴 주었을까? 모든 것은 비밀인데.

망치요원들은 국가를 믿고 목숨 걸고 사선을 넘나들었던 후유증으로 몸이 망가져 죽어 가는데 아무런 대책 없는 국가는 이들에게 큰 죄를 지고 있는 것이다. 2010년 3월 26일, 북한에 의해 침몰한 천안함의 함수가 떠내려 온 곳. 해변에서 약 1해리 지점, 미터로 환산하면 1.8㎞ 지점, 이곳이 차마 눈엔들 잊을 수 있는 곳인가? 우리요원에게. 세계에서 파도세기와 조석간만의 차가 세 번째로 심한 곳. 칠흑 같은 어둠과 거대한 해류가 강물처럼 소용돌이치며 해구(海溝-바다 밑바닥에 좁고 길게 도랑 모양으로 움푹 들어간 곳.)를 따라 바닷물이 빠르게 흐르는 곳. 작전 때마다 돌발적인 돌풍과 악천후에서도 고무보트에 목숨을 건 페달링(노젓기)과 전투수영으로 해안에 접근하던 곳. 그 참사를 보고 그때 그 시절 참혹한 참상이 파노라마 같이 떠오른다.

그 때 우리요원들은 국민들의 관심 밖에 있었고 모든 악조건의 중심에서 생사를 건 사투를 벌이고 있었다. 다행히 우리는 작전을 전후하여 그 험한 바다와 위험한 전쟁터에서 단 한 명의 사상자도 용납하지 않고 살아 돌아왔다. 날마다 작전에서 벌어질 상황을 진지하게 예의주시했고 무사히 생존 할 수 있는 일이라면 열띠게 토론하고 고민했다. 어떻게 하면 살아 돌아 올 수가 있을까. 우리요원들은 북파특수공작 훈련과 작전에 서로를 의지하며 혼연일체로 뭉쳤다. 만약 우리가 평소에 특수공작 훈련과 특수공작 작전수행을 소홀히 했다면 많은 사상자가 수시로 배출되었을 것이고 세상에도 알려졌을 것이다.

천안함 함수를 수색하는 곳

다년 간 해상 특수훈련에 숙달된 SSU요원들이 입수 후 3분을 견디지 못하고 잠수를 포기해야만 한 지역. 여기를 우리요원들은 안방같이 드나들었다. 그것도 칠흑 같이 캄캄한 어둠 속에서. 먼 바다 NLL선상에서 북파특수공작 작전을 마치고 귀환하는 해안 2㎞ 지점. 천안함 함수가 떠내려 온 소용돌이 바닷물이 있는 지점. 여기부터는 아군을 적으로 가상하여 적의 표적지를 초토화하는 실전을 수없이 수행하던 실전훈련 장소였다. 이곳은 백령도에서 11㎞ 떨어진 북한지역 ○○도를 침투하기 위하여 북파 특수공작훈련을 수없이 반복하고 실전훈련을 했던 곳이다.

천안함 폭침으로 망치요원 시절을 다시 짚어 보았다. 망치가 목숨을 담보로 한치 앞도 보이지 않는 캄캄한 밤, 먼 바다에서 작전하고 돌아오면서 표적지역에 침투훈련을 하기위해 대기하던 자리. 이 자리가 공교롭게도 천안함 함수가 떠내려 온 곳이다 보니 밤 새워 사건보도에 귀 기울어진다. 새로운 보도가 터져 나올 때마다 그때 그 시절의 참혹했던 기억이 새록새록 떠오르며 나를 옥죄고 있다. 어느새 눈가에는 설움에 북받쳐 하염없는 눈물이 솟는다.

밤마다 우리의 귓가를 간질이던 바다 속 깊은 곳에서 해류에 밀리는 조약돌 소리. 심청을 살려내 신화적 전설 속에서 우리의 가슴 속 깊숙이 자리매김하게 했던 인당수 연봉바위의 기적처럼 우리의 천안함 대한의 아들들이 살아서 돌아왔으면 좋겠다고 빌고 또 빌었었다.

소용돌이 물길 속에서 심청의 기적처럼 바다에 잠겨있는 우리의 아들들이 용맹스럽게 살아온다면 얼마나 좋겠는가. 정말 마음 속 깊이 빌었다. 30여 년 전 우리요원들이 바로 그들의 처지가 아닌가. 그 당시 우리요원들은 살아 있어도 산목숨이 아니었다. 매일 매일 죽음의 여신과 입맞춤하고 있었다. 그 어두운 그림자는 지금도 가끔 나를 감싸고 있다. 장병들의 유족과 같은 마음으로 빌어 보았지만 그 곳을 누구보다 잘 아는지라 누구보다도 분노가 치밀어 온다. TV로 사건의 소식을 실시간으로 접하면서 일어섰다 앉았다를 반복하다가 쥐락펴락 하는 주먹으로 허공을 치면서 통곡하였다.

그곳은 접전지역이고 소리 없이 전쟁이 진행되고 있는 전쟁터인데!
그런 지역에서 우리의 천안함이 어찌하여 경계를 풀고 잠을 자고 휴식을 하고 있었단 말인가. 반격이나 대항도 한 번 못하고 한 방에 폭침되었다는 말인가. 우리의 아들들이 제대로 된 구조도 못하고 그 험한 바다에 수장이 된단 말인가?

그곳이 어떤 바다인데·········.

그것을 모르는 지휘관이 아닐진대 정신이 있었는가? 없었는가? 땅을 치고 통곡할 일이다. 좀 더 치밀하게 바다를 살피고 경계를 했더라면.

이번 천안함 인명구조 진행상황을 주시하면 국민들은 알았을 것이다. 그곳이 얼마나 위험하고 험한 바다 지역인가. 우리요원들은 그곳에서 캄캄한 밤이면 밤마다 죽음을 초월하고 임무를 수행하던 곳. 가끔 우리요원들도 조류에 떠밀려 작전의 출발지역을 찾아오는데 시행착오를 수 없이 경험한 곳이다. 그 곳은 조석 간만의 조류 차이가 심하고 해수가 차가와 3~4월 날씨면 저 체온증으로 1시간 이상을 견디기가 어려운 곳이다.

우리요원들도 83년 4월 중순 경

해군소속 북한함이 백령도 천안함 폭침지점과 불과 1.5㎞ 떨어진 지점에 있는 장촌항에서 스크루가 어망에 감겨 운행을 하지 못할 때 수중에 잠수하여 어망을 제거한 적이 있다. 불과 몇 분 사이에 슈트를 제외한 손과 목 부분의 맨살이 부풀어 올라 살을 에는 듯한 바닷물의 차가운 온도가 얼마나 무서운 것인지 실감하기도 한 지역이다. 지금처럼 잠수하기에 좋은 장비가 없었던 그 시절에 방한 방수도 되지 않는 위장복으로 매서운 바다와 칠흑 같은 어둠을 감싸 앉기에는 역부족이었다. 강인한 해병 정신력과 똘똘 뭉친 전우애, 철저한 국가관이 없었다면.

저자는 함미가 있는 그곳의 얼마 떨어지지 않은 지역에서 1982년 가을, 육군 소령이 해안에서 수석(돌)을 줍다가 지뢰 폭발사고로 해상 절벽에 걸쳐 있는 시체를 해상에서 절벽으로 올라가 수습한 적이 있었다. 그 곳에는 해안과 해상에 많은 지뢰와 어뢰가 매설이 된 아주 위험하고도 험한 지역이다. 우리요원들은 3년에 걸쳐 그곳에서 생활하면서 그곳을 너무나 잘 안다고 자부한다. 그곳은 물이 혼탁하고 조류가 빠른데다 해수가 차가와 천안함 시체 인양과 함선인양은 상당한 어려움을 겪을 수밖에 없었을 것이다.

지금까지 우리요원들이 있었다면 누구보다도 이 지역의 해저지형과 물살의 흐름, 해저지도, 기후조건에 익숙하여 수색작업을 원활히 수행하지 않았을까. 지금처럼 수색작업이 어려움에 봉착할 때에. 우리요원들이 지금까지 존재했었다면 이러한 사태를 미연에 방지하고 사고에도 많은 협조가 되지 않았겠나. 아무런 도움이 되지 못함을 아쉽게 생각하며 남의 일 같지 않고 마음이 울컥한다.

여기에서 우리요원의 후손인 백령도 해병특수수색대도 해저 30~40m는 충분히 잠수하는 능력이 있는데도 왜 배제 되어야 하는지 도무지 이해가 가지 않는다. 인명구조에 너와 나가 없는데. 이 대목에서 많은 아쉬움이 남는다.

그 곳은 난장판의 전쟁터 같은 명령과 고함이 오가는 전선이 아니고 고요한 전쟁이 소리 없이 진행되고 있는 곳이다. 언제든지 돌발적으로 교전이 진행되는 기습 접전지역이고 치열한 전쟁터다. 다만 물밑에서 이뤄지고 있으니 수면 위에서는 고요한 평화지역 같지만 수면 아래는 불꽃이 튀고 있는 지역임을 되새겨 보아야 한다.

천안함이 폭침 당한 곳은 소리 없는 전쟁터이므로 내·외부를 따질 소재가 아니다. 나라를 지키다 기습폭침을 당하면서 적과 교전도 못하고 전사하고 산화한 것이다.

NLL 근처에서 전투태세를 유지하지 않은 것은 두고두고 후회해야 한다. 해상전투에서 경계 실패로 외부의 소행으로 침몰했든 스스로 침몰했든 NLL 경계의 소홀함이 안겨준 치명타다. 다시는 천안함과 같은 비극을 되풀이해서는 안 된다. 우리의 아들들이 남북대립의 역사에서 희생되었다는 사실을 똑똑히 기억해야 한다.

이 비극을 생생히 기억하고 앞으로 NLL에서 전투태세든 경계든 전투가 발생되는 경우에 적극적인 대항을 해야 한다. 그래하지 않는다면 당장은 위기를 넘길 수 있겠지만 그 다음에는 더 크게 북한의 의지대로 놀아나기 십상이다. 북한은 수십 년 전부터 서해 5도를 국지전으로 점령할 계획을 세우고 실전과 같은 작전을 수 없이 수행해 오고 있다. 이제는 북한에 굴종적인 자세로 평화를 지키려는 생각은 버려야 한다.

NLL이 왜 화약고인지 이번 천안함 참사가 잘 보여주고 있다. 북한의 핵무기, 화학무기, 테러공격이 무용지물이 되도록 확고한 안보 시스템이 가동되어야 한다.

30여 년 전에도 NLL과 휴전선은 전쟁위기로 국민들은 불안해하고 국가

안보 위기가 왔다. 그러나 시기적절하게 창설된 망치(8·12)요원들의 맹활약은 대단했다. 한때는 권력자의 자랑으로 사랑을 받았지만 88올림픽이 가까이오자 남북은 화해무드가 조성되면서 권력자의 애물단지가 되었다. 하지만 성공적인 88올림픽 개최를 간접적으로 도왔다는 자부심은 우리요원들에게 두고두고 위안이 되고 있다.

이때는 NLL과 휴전선에도 봄날은 오고 있었다. 그러자 그동안 헌신적인 훈련과 북파특수공작 작전계획을 수립하여 망치작전을 성공적으로 이끈 교육대장은 예편되었고 이 부대는 자취를 감추고 말았다.

우리요원들을 백령도와 연평도에서 철수시켜 해병 1사단으로 복귀시켰다. 망치작전에 참여한 장교는 **'약속대로 망치소대를 유지해 달라.'** 는 간절한 소망도 묵살당한 채 이유 없는 전출, 진급누락, 전역조치를 당했고, 고참 하사관들은 타 부대로 전출되었다. 흔적을 지우기 위한 고육지책이 아니었나 생각되는 대목이다. **남은 요원들은 전역하거나 뿔뿔이 흩어져 부대생활에 어려움을 겪으며 지냈다.** 북파특수공작원요원이란 이유로 각종 힘든 훈련과 작전에 타의 반 차출되었고 실전경험과 노하우로 해병대의 각종 훈련에 참가하여 두각을 나타냈다. **하지만 그 동안 쌓인 정신적, 육체적인 후유증에 병든 몸과 마음은 순직과 죽음으로 이름을 대신하게 되었다.**

상사 고 우영길, 중사 고 심재근, 병장 고 송승인, 상병 고 이광석, 하사 고 우동준, 상병 고 홍광식은 훈련과 작전 및 그 후유증으로 산화하였고, 상병 김영남은 영구적인 정신병원 신세로, 상병 정상용은 불명예제대 등 8명의 망치요원들은 쓸쓸히 우리 눈에서 멀어져 갔다.

북파특수공작훈련과 망치작전 임무를 수행하면서 복무 기간 중 순직, 자살, 정신병원, 불명예제대 등 희생자와 수많은 부상자가 속출하는 광경을 가까이에서 지켜본 망치요원들은 정신적 육체적 공허감에 시달리다 제대를 하였지만 사회로 돌아오지 못했다. 대다수가 북파특수훈련과 특수공작 임무수행 과정에서 생겨난 그 후유증으로 병마에 시달리며 많은 요원들이 젊은 날에 사망하거나 장애인이 되었고 대부분 한두 가지 병마를 가지고 사회에서 곤고한 삶을 살아가고 있는 오늘의 현실이 되었다.

백령도와 연평도에서 망치로 있으면서 북한의 행태를 지켜보면 우리가 꼭 알아야 할 것이 있다. 그들은 예상 가능한 도발이나 정상적인 사고를 벗어난다. 그들의 행위는 예고되지 않는 행동들을 하고 있다. 북한은 항상 예상치 못하는 기획된 도발행위를 하고 있다. 북한은 지금도 NLL에서 야금야금 침범을 합법화하여 미국과 상대하며 남한을 고립화 시키는 전술(통미봉남)을 끊임없이 쓰고 있다. 그러나 더욱 위험한 사실은 남한에서 북한의 이런 행위를 은근히 동조하는 종북세력들이 늘어나고 있으며 교육계로 진출했는가 하면 연대하여 정치세력화를 이루었다.

이번의 천안함 희생을 계기로 서해 5도에 빈번히 발생하는 북한의 도발 행위에 단호한 응징대책은 망치요원 같은 부대를 창설하여 북한의 게릴라전에 맞대응해야 한다. 어떠한 도발도 용납하지 않는 강경한 조치가 되지 않는다면 더 큰 재앙이 반드시 올 것이다. 그 당시 망치요원들이 벌였던 NLL선상에서의 망치작전은 북한이 대남도발 전쟁억제력에 직간접적인 영향을 주었던 사실을 반면교사로 삼아 일전 불사의 태도를 취해야 할 것이다.

아직도 평화를 바라는 서해 5도 주민이나 해병들은 「망치부대가」노래를 부르고 있다.

「망치 부대가」

내 뺨에 뽀뽀하고 해병대에 가신 오빠
오실 때 좋은 선물 사가지고 오신댔어요.
순아는 걱정이 없어 엄마가 있으니까
이북의 김일성을 혼 좀 내어 주세요.
망치부대 우리오빠 귀신 잡는 해병대~

내 뺨에 뽀뽀하고 해병대에 가신 아빠훈련이 고되다지요.
낙하산도 타신다지요.

영자는 걱정이 없어 엄~마가 있으니까

김일성 개새끼래 혼 좀 내어주세요.

망치부대 우리아빠 귀신 잡는 해병대~

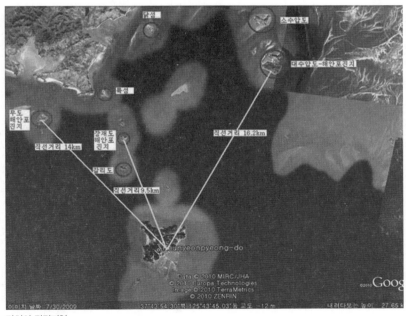

망치의 작전지역

전설의 해병대 망치

3. 북한의 신문고가 아니다

북한은 그들의 사정이 어려울 때마다 NLL에서 일을 벌이고 남한은 질질 끌려 다니며 그들이 원하는 대로 다 들어준다. 뭐주고 **뺨** 맞는 꼴이 된다. 서해 5도 NLL은 북한의 소원을 다 들어주는 현대판 신문고가 되었다. 이제 북한을 위한 이 신문고를 철수해야 한다. 신문고를 잘못 두드리면 당한다는 것을 이제는 가르쳐야 한다.

연평해전, 서해해전, 천안함 폭침, 연평도 폭격 등으로 남북 간의 무력충돌이 발생할 때마다 단골로 등장하는 단어가 있다. 바로 서해 5도 북방한계선 NLL이다. 우리 민족의 비극이었던 6·25 동란이 1953년 정전협정을 끝으로 휴전이 된지 어언 60년 가까운 세월이다. 이제 한반도는 세계 유일의 분단국가로 남아 있다. 우리 강산을 마음대로 건너다닐 수 없는 서글픈 상황 속에 실향민들은 이산의 아픔을 간직한 채 고령으로 하나 둘 세상을 뜨고 있다. 정전으로 포성은 멎었지만 우리는 종전이 아닌 휴전 상태에 있다. 휴전이란 전쟁을 잠시 멈추고 있음을 뜻한다. 이곳은 아직도 6·25의 불씨가 이어지는 전쟁이 진행되고 있는 전쟁 지역이다. 예고도 없이 갑자기 접전이 되고 교전이 되며 기습적으로 전쟁이 일어나는 곳이다. 대다수의 국민들은 나와 관계없다고 오랜 평화 속에 안보불감증에 걸려 있는 것만 같다.

아무렇지도 않게 잊혀지고 있지만 이곳에서는 우리의 아들들이 야금야금 각종 전투에서 죽어가고 있는 현실을 망각해서는 안 된다. 30년 전에도 우리요원들은 온 몸으로 전쟁터에 잡혀가는 심정으로 그곳에 갔다.

일부는 북파특수요원이 되기를 거부하며 탈영과 자해도 하고 두려움에 떨며 정신이 나가 병원으로 후송도 했다. 저승사자 같은 지독한 비참함을 참고 이겨내며 블랙홀 같은 NLL에 빠져들어 교전지역에서 살고 싶다는 본능에 죽이지 않으면 죽임을 당하는 그곳에서 용하게도 임무를 수행하고 살아 나왔다.

북방한계선(Northern Limit Line-약칭 NLL)은 1953년 7월 27일 정전협정 당시에는 언급이 없었다. 육상 한계선만 설정하고 그곳에 남북 간의 무력 충돌을 피하기 위해서 남북 간 양쪽 2km는 비무장지대(DMZ)로 지정했었다. 북한 측은 1972년까지는 이를 준수했고, 군사적 충돌도 발생하지 않았다. 그때는 해군력의 전력을 소진해 혹시 남한에서 쳐들어오지나 않을까 노심초사하며 우리의 뜻을 받아들였다. 그 이후 해군력을 회복한 북한은 정치적 이해관계에 따라 북방한계선을 무효라고 주장하면서 무력시위마저 서슴지 않았던 것이다. 우리 측은 1992년 체결된 「남북 합의서」 제11조에 명시된 "남과 북의 불가침 경계선과 구역은 1953년 군사 정전 협정에서 체결된 군사분계선과 그동안 양측이 관할해 온 구역으로 한다."는 조항을 근거로 완강하다.

김대중 정부의 햇볕정책과 이를 계승한 노무현 정부의 유화정책을 틈타서 북측은 오히려 북방한계선 무력화에 더욱 기승을 부리고 있었다. 전쟁을 바라는 국민들은 없겠지만, **역사는 영원한 동지도 영원한 적도 없음을 가르치고 있다.** 불행하게도 우리 민족은 남북이 서로 다른 체제 속에서 서로를 향해서 총부리를 겨누고 있는 것이 현실이다. 영해(領海)를 내어주는 것은 우리의 영토를 양보하는 것이며, NLL이 무력화되면 수도권은 적의 비수 앞에 목을 들이미는 꼴이다. 세상의 질서는 힘에서 비롯된다는 것이 불변의 진리다. 그러므로 진정한 평화는 강력한 국방력에서 비롯된다고 믿는다. 힘의 우위에 서야 양보와 타협도 가능하다. 힘에 밀리면 굴욕과 복종만 강요될 뿐이다.

서해의 화약고 NLL

소리 없는 전쟁터 NLL에 우리의 아들들이 죽어가는 데도 북한의 소원을 다 들어주는 현대판 신문고가 된 NLL. 이제 북한은 NLL 신문고를 두드리면 얻어터지고 세계의 동네북이 되어 외톨이가 된다는 것을 알게 해야 할 것이다

우리 국토를 사수하기 위해 서북단 백령도에 우리 해병 ○여단은 병력이 있고, 연평도에 병력이 철통방어를 하고 있지만, NLL를 사수해야할 해군 함정은 기지조차 없다. 파도만 높게 일면 우리 해군 함정은 서둘러 평택기지로 회항하기 바쁘다. 해군 함정이 수백 km 떨어진 기지로 회항하고 나면 우리 NLL은 도둑에게 노출된 빈집이나 다름없게 된다. 긴급 상황이 발생할 경우, 북측은 옹진반도 인근 기지의 전함들이 수 분 이내에 북방한계선(NLL)에 집결할 수 있는데 반해서 평택이나 인천항에서 출동하는 우리 함정은 수 시간이 소요될 수밖에 없다. 북방한계선을 비우는 것은 우리 집 대문과 안방을 열어 제치고 집을 비우는 것과 같다. 연평도와 백령도에 하루 속히 해군기지를 건설해야만 하고 망치요원 같은 북파특수요원들을 배치해야 하는 이유다.

육상한계선은 적의 침공을 막기 위해 철조망을 설치할 수 있고 적의 예상 침공로에 지뢰나 클레이 모어도 설치할 수도 있지만 바다 한 가운데에 있는 해양한계선에는 금조차 그을 수가 없다. 잠시만 한 눈을 팔아도 적이 도발할 수 있다. 북방한계선 사수가 무엇보다 소중한 까닭이다. 우리요원들은 비록 소규모 병력이었지만 대한민국 국군이 독자적인 작전

권이 없는 서해 5도에서 NLL를 넘나들며 임무를 수행하던 1982~1984년 3년 동안은 NLL에서 적의 어떠한 도발도 없었다. 망치가 그들에게는 그토록 두렵고 성가신 존재였음이 분명했다. 이제는 신문고가 아닌 두드리면 반드시 당한다는 사실을 알려 주어야 할 것입니다

4. 전쟁발발이 항상 있다

이 글을 마무리 할 때 쯤 '서해 5도에 조만 간 무력도발이 자행될 것이다.' 는 우리요원들의 우려(http://cafe.daum.net/mc812hammerforce 망치카페에서 예견)가 '천안함 폭침과 연평도 포격으로 현실화 되었다. 또 이 글에서 서해 5도는 북한이 오랫동안 준비한 상륙작전이 감행될 것이라고 예견했다. 그것은 나만의 생각이 아니고 최근 언론에서 북한 무력도발의 가능성과 여론공작인지 이에 대해 예견하는 몇 개의 기사를 발췌해 보았다.

"평양발 '전쟁설'은 北 체제결속용 여론공작" 前 보위부간부
"점쟁이·상인 통해 의도적 유포" (서울=연합뉴스)

2011년 6월 서울 여의도 국회의사당 앞에서는 한국전의 참상을 기록한 사진들을 전시하는 작품전이 열렸다.

최근 북한 주민 사이에 확산되는 '2012년 전쟁설' 등의 유언비어가 북한의 정보기관이 체제결속 차원에서 일부러 퍼뜨린 것일 수 있다는 주장이 6월 24일 제기됐다.

북한의 정보기관인 국가보위부 출신 탈북자 임혁수(가명·45)씨는 보위부가 과거에도 체제결속이 필요할 때마다 점쟁이와 보위부에 협조하는 시장 상인들을 통해 '전쟁설'이나 '위기설'을 의도적으로 유포했다며 특히 점쟁이들은 보위부의 특별관리 대상이라고 밝혔다.

임씨는 "북한 당국으로선 내년을 '강성대국 진입의 해'로 선포한 상황에서 주민동원 등 체제결속이 필요한 시점이라며 전쟁설도 이런 의도에서 나온 것일 수 있다."고 주장했다.

'2012년 전쟁설'은 내년에 남북 간에 대규모 국지전이나 전면전이 일어난다는 소문으로, 최근 평양을 비롯한 북한 주민들 사이에 퍼지고 있는 것으로 알려졌다. 최근 평양 일각에서 나도는 것으로 알려진 김정은 주도의 '통일전쟁' 소문에 대해서도 탈북자들은 북한에서 늘 있던 얘기로 현실성이 없다고 입을 모았다. 당 간부 출신 탈북자 장명호(가명·51)씨는 북한의 후계자 김정은이 김정일에게 조국통일을 강성대국 선물로 올리겠다고 다짐했다는 소문에 대해 "김정일도 김일성 앞에서 '조국통일 선물'을 다짐했다."며 "김정일은 1993년 북핵위기 때 김일성 앞에서 '이번 기회에 조국을 통일하겠다.'고 호언장담하기도 했다."고 전했다.

대학생 출신 탈북자 박모(31)씨는 평양시에서 지하철을 세우고 '반항공훈련'(민방위훈련)을 했다는 소문에 대해서도 "2000년대 초 평양에서 대학을 다닐 때 1년에 한 번 이상씩 반항공 훈련을 했다."며 "북한이 수시로 해오던 것으로, 훈련할 때는 항상 지하철을 세웠다."고 말했다.

남북관계… '1983∼85 패턴' 재연되나? <small>(아시아투데이)</small>

도발과 협력… 무엇을 되풀이할 건가?

"역사는 되풀이하지 않는다. 그러나 인간들은 되풀이한다."

18세기 프랑스 계몽주의 작가인 볼테르(Voltaire)의 말이다. 남북관계의 부침(浮沈)을 볼 때마다 볼테르의 명언이 떠오른다. 남북관계는 예나 지금이나 '경색-유화 사이클'을 반복하고 있다. 정부 고위당국자는 기자들과 만난 자리에서 북한의 남북 비밀접촉 폭로 이후 더욱 어려움에 처한 남북관계 전망에 대해 "남북관계가 멈춰 안 가는 것은 아니다."며 "경색된 채로 가지는 않을 것이다."고 말했다. 어느 시점이 지나면 다시 대화국면이 재개될 수 있다는 점을 시사한 것으로 풀이된다.

통일에 대한 '진지한 열망'에도 불구하고, 남북관계는 역대 정권의 필요에 의해 왜곡된 형태로 발전해 온 것이 사실이다. 정권이 바뀌고 위정자(爲政者)만 바뀌었지, 남북관계를 다루는 본질은 변하지 않은 듯하다. 우리 사회에서 보수(우익)와 진보(좌익)는 꿰뚫는 심원한 논리를 지닌, 민족 전체의 열망을 아우르는 대북정책은 아직 들어보지 못했다. 정권의 성격이 바뀔 때마다 대북정책 역시 갈지자로 움직였다. 북한 또한 김일성–김정일 독재 정권을 유지하기 위한 대남정책, 그 이상도 이하도 보여주지 못했다.

1983년 아웅산 테러 vs. 1984년 수해지원

1983년 10월, 북한은 미얀마를 방문 중이던 전두환 전 대통령을 비롯한 대한민국 정부 요인들을 암살하기 위해 아웅산 폭탄 테러사건을 일으켰다. 전 전 대통령은 다행히 목숨을 건졌지만 서석준 부총리 등 엘리트 관료 및 취재기자 등 모두 17명이 사망했다. 말 그대로 천인공노(天人共怒)할 만행이었다.

북한은 아웅산 폭탄 테러사건 한 달 전에도 폭발사건을 일으킨 바 있다. 1983년 9월 대구광역시 삼덕동에 위치한 미국문화원 정문 앞에서 폭발물이 터져 고등학생 한 명이 숨지고 경찰서 직원 등 4명이 중경상을 입었다. 이 사건은 같은 해 12월 다대포 해안에서 생포된 북한 공작원 전충남과 이상규에 의해 북한소행임이 확인됐다.

지난 2009년 10월 아웅산 사건 26주기를 맞아 서울 동작동 국립현충원 아웅산 순국외교사절 묘역을 참배하고 있는 권종락 전 외교통상부 제1차관.

미얀마 정부는 1983년 11월 4일 아웅산 폭탄 테러사건이 북한의 소행임을 공식 발표하고 북한에 대하여 단교(斷交) 및 정부인정 취소 조치를 취하는 한편, 한국에 조문 사절단을 파견했다. 국제연합(UN)에도 이 사건이 북한의 소행임을 공식 보고했다. 북한은 사건 당사자임을 부인했다. 30년 가까이 지난 현재까지도 부인으로 일관하고 있다.

교착상태에 빠진 남북관계는 그러나 다음해인 1984년 9월 서울·경기 일원에 내린 폭우로 인한 수해와 관련해 북한이 쌀 5만 석, 시멘트 10만 톤, 기타 의약품 등을 제공할 것을 제의하고 우리

측이 전격 수용하면서 반전의 계기를 맞이했다. 이후 남북 간 경제회담과 적십자회담, 체육회담 등이 잇달아 개최된 바 있다.

2010년 천안함-연평도 도발 vs. 2011년 수해지원?

2010년 북한은 두 번의 천인공노할 만행을 저질렀다. 우리 군은 3월 북한의 천안함 공격으로 한 주호 준위를 비롯한 귀중한 해군용사 47명을 잃었다. 뒤이어 11월 연평도 포격으로 군인과 민간인 4명이 사망했다. '역시나' 북한은 두 사건이 자신들의 소행임을 부인하고 있다. 불행하게도 "바른 남북관계 정립을 위해 어떤 형태로든 두 사건을 매듭짓고 가야 한다."는 우리 정부의 정당한 요구는 이번에도 받아들여지지 않을 것 같다. 죽은 김정일에게 정권의 정당성을 지키는 일은 절대선(絕對善)과도 같기 때문이었다.

지난해 천안함 폭침사건의 여파가 조금씩 사라질 무렵인 8월 대한적십자사(한적)가 북한에 통지문을 보내 수해지원 의사를 표시했다. 북한은 다음 달 쌀과 중장비, 시멘트 등을 보내달라고 호응했고 한적은 쌀 5000톤과 시멘트 1만 톤, 생필품 등 100억 원 상당의 지원을 결정했다. 남북은 이산가족 상봉을 위한 적십자회담을 열기로 합의하기도 했다.

여기까지는 1983년 북한 도발 이후 1984년 수해지원, 그리고 이어진 각종 남북회담과 1985년 이산가족 상봉의 패턴과 흡사하다. 그러나 북한은 남북 적십자회담을 며칠 앞두고 연평도를 공격했다. 우리 측은 즉각 수해지원을 중단하고 대북경계태세에 돌입했다. '1983~85 패턴'은 재연되지 않았다.

2011년 다시 '1983~85 패턴'이 재연될지를 놓고 관심이 쏠리고 있다. 올 들어 계속된 호우로 인해 북한 지역은 또다시 상당한 규모의 수해를 입은 것으로 알려졌다. 정부 고위 당국자는 6월 15일 "지원 여부를 판단하거나 결정할 만큼 수해 상황에 대해 판단을 하기는 이른 시점"이라면서도 "상황 여부에 따라 판단할 문제"라고 밝혀 수해지원 가능성이 여전히 남아 있음을 시사했다.

또 무엇을 되풀이할건가?

1984년의 '수해지원'은 이듬해 남북 이산가족의 역사적인 첫 상봉으로 이어졌다. 아웅산 폭탄 테러사건의 비극에도 불구하고 전두환 정부의 '실용적' 판단은 수많은 이산가족들의 한을 푸는 계기로 작용했다. 그러나 1987년 11월 북한은 또다시 '도발'을 되풀이했다. 바그다드에서 서울로 가던 대한항공 858편 보잉707기가 북한공작원에 의해 공중 폭파됐다. 한국승객 93명과 외국승객 2명, 승무원 20명 등 115명이 전원 사망했다. 공교롭게도 사건 장소는 아웅산 폭탄 테러사건이 발생했던 미얀마였다.

얼마 전 미얀마에 다녀왔다. 수도인 내피도에 위치한 미얀마 외교부를 방문하니 북한 외교관이 타고 온 것으로 보이는 흰색 벤츠 차량이 주차돼 있었다. 인공기가 선명히 나부끼고 있는 모습이 복원된 미얀마-북한 간 관계를 대변하는 듯 했다. 아웅산 폭탄 테러사건 이후 북한과 국교를 단절했던 미얀마는 지난 2007년 북한과 국교를 회복했다. 양국관계는 '핵 커넥션' 등과 맞물려 꾸준히 발전하고 있다. 국제사회에서 고립된 국가끼리 다시 뭉친 형국이다.

국제사회는 물론이고 우리 정부는 대북 식량지원 및 수해지원 등 인도적 사안을 매개로 다시 남북관계의 사이클 전환을 시도하고 있다. 이명박 정부 출범 이후 경색국면을 벗어나지 못했던 남북관계가 대화국면으로 접어들 수 있을지에 대한 문제는 국내는 물론 해외 한반도 전문가들 모두에게 초미의 관심사이다.

2011년 3월 서울 종로구 주한미국대사관 앞에서 대북쌀지원 재개를 외치는 시민단체 회원들.

대북 식량지원 특히 쌀을 포함한 인도적 지원이 시작되면 한반도 정세는 분명 단기적으로 훈풍을 맞이할 것으로 예상된다. 아직은 예측하기 힘들지만 나아가 금강산 관광 재개, 이산가족 상봉 재개 등이 성사될 가능성도 배제할 수 없다. 다만 남북관계의 부침을 통해 경험한 트라우마(trauma)에서 벗어나는 일 또한 쉽지 않다. 일부 대북 전문가들은 "북한의 추가 도발 가능성이 가장 높은 시기는 2011년 하반기"라고 지적했다. 북한이 제3차 핵실험 및 장거리미사일 발사 등의 형태로 도발을 일으킬 가능성 또한 다분하다.

남북관계에서 무엇이 어떤 형태로 또다시 되풀이될지 알 수 없다. 다만 '경색-유화'의 사이클을 반복하면서 지루하게 경험해 온 북한의 도발과, 대북정책의 실패를 되풀이하는 위정자들을 생각해 볼 때 셰익스피어의 표현이 조금이나마 위안이 될 지도 모르겠다.

"자연 가운데 흠이 있다면 그것은 인간의 마음속뿐."

정말 앞을 예측할 수 없는 오리무중으로 국민들의 불안만 고조시키고 있다. 모든 정황증거를 비추어 볼 때 2012년은 우리에게 매우 위험을 내포하고 있는 해가 될 것이다. 양대 선거가 놓여 있고 미국, 러시아, 등 많은 나라에 지도자 교체시기다. 북한도 3대 세습이 이루어졌다. 이런 점을 미루어 보고 남한 내 친북, 종북, 연북세력의 움직임을 눈여겨보면 심상치 않은 조짐이 보인다. 이를 극복하는 방법은 철통같은 국토방어와 국민들의 신 안보의식의 고취만이 이를 해결할 수 있는 대안이다.

특히 서해 5도는 우리 대한민국의 낭심이고 수도권 방어의 전략적 최 요충지다. 두 눈 똑바로 뜨고 지켜야 한다. 김정일의 세습이 시작할 때 1·21청와대 무장공비 침투사건 외 일련의 군사도발이 있었다. 내부결속과 대외적 잔악성을 과시하기 위해. 지금도 그러한 상황이 일어나지 않으라는 보장이 아무 곳에도 없다. 그때와 같은 상황이니까.

5. 예비역 장군의 증언 1

2009년 7월 1일, 모 장군님께 전화를 했다. 목소리가 카랑카랑했다. 차
분하게 우리요원들의 명예회복을 위해 고생이 많다는 위로를 전하며 말
을 이어 나갔다.

"먼저 본인의 기억으로는 대대장 재임시절, 대통령 특별지시로 대북 응
징·보복을 목적으로 필요한 부대원을 선발하여 북파 특수공작훈련을
위해 특수수색대로 파견한 사실이 있었다. 그리고 북파 특수공작훈련을
받은 8·12요원 일명 망치요원(북파특수공작원)을 연평도 파견 시 출전신
고를 직접 받은 바 있다. 작전을 위해 생명을 보장 할 수 없는 막중한 임
무가 주어진 망치(8·12)요원들에게 상부의 중요 정신교육 지침에 의거
생환 시 국가가 최고 예우를 한다고 강조하고 격려와 용기를 북돋아 주
었던 사실도 있었다."

"그 이후 나는 우리 부대에서 차출된 망치요원 또는 망치요원(북파특수공작원)들을 연평도로 보냈다. 연평부대장이 너희들을 수임받아 어떻게 운용 했는지 나는 모른다. 다만 너희들은 평시에 북파를 목적으로 전문적인 훈련을 받은 **북파특수공작원**이란 사실은 명백한 것이고 특수 작전활동을 위하여 연평도로 파견한 것은 사실이다. 그리고 망치북파특수공작원들 즉 너희들의 운용과 명령하달은 제2함대 합참 그 윗선에서 관리를 하였을 것이다. 그러나 나라가 어려운 이 시기에 망치요원이 행한 망치작전의 존재가 세상에 알려지면 국가에 도움이 되는지를 곰곰이 생각하고 주변의 협조를 구하고 어려운 일이 있으면 언제든지 찾아오라."

이 장군님의 당부의 말씀은 우리요원들에게는 천군만마 같은 원군이 되었고 망치요원동지회가 더 굳건하게 결합하는 계기가 되었다.

대한민국 해병대 장군으로 처음 망치요원(북파특수공작대, 일명 망치요원.)들의 존재 자체를 기억하고 인정하시며 퇴임 후에도 군문에 몸을 담고 있던 때와 마찬가지로 조국의 미래와 안위를 염려하는 노 장성의 충정에 잔잔한 감동과 감사를 전하고 싶다.

천안함 폭침사건 1년 전 [예비역 해병소장 정○본(2009년 9월 운명)]

6. 예비역 장군의 증언 2

2009년 7월 19일, 예비역 해병소장 차 모 장군님께서 전화가 왔다. 그 당시 백령도 ○여단장으로 재직하셨던 분이다.

"고생이 많다. 보낸 서면을 잘 받았다. 그리고 **너희들은 부대가 아니고 망치(8·12)북파특수공작원들이다.** 부대는 부대장이 있어야 하고 너희들은 **망치(8·12)북파특수공작원들이라고 해야 맞는 것이다.**"

"예, 시정하겠습니다."

"그런데 광화문에서 너희들도 가스통 들고 나가지 않았느냐. 나는 너희들은 이미 그들과 같이 보상을 받고 예우를 받은 줄 알 고 있었는데."

전설의 해병대 망치

"예, 우리요원들이 아니고 M I U요원입니다."

"그래 너희들도 같이 하지 않았느냐."

"예, 저희들은 그냥 국가만 믿고 기다리고만 있었습니다."

"그래, 내가 도와줄 것이 있으면 언제든지 연락하라."

"예, 잘 알겠습니다, 장군님."

"저희들은 장군님을 생생히 기억합니다."

"응, 그래."

"장군님, 우리망치들을 기억하십니까."

"그렇지 않아도 편지을 받고 옛 수첩을 찾아보았다. 1982년 4월 23일
장촌항에서 너희들을 망치요원으로 신고 받은 사실이 있었다. 나는 너희
들을 상부의 지시로 해병 ○사단에서 북파 특수공작교육을 받은 요원들
을 해병 ○여단에서 수임 받아 북파 특수공작임무를 수행하는데 불편함
이 없도록 하라는 상부의 지시대로 군수물자를 지원하고 관리하였다. 아
군이 보호를 할 수 없는 지역에서 북파작전을 수행한 것으로 기억을 한
다."

"요원들의 권리를 찾고 명예회복도 좋지만 지금 서해 5도가 매우 위태로
워. 그래서 너희들이 행한 작전들이 노출되면 국가안보에도 도움이 되는
지 잘 생각을 하고 매사를 진행하였으면 한다."

"그 당시 망치는 밤마다 그 험한 바다에 나가 작전을 수행했고 분명히 국가안보에 큰 역할을 했다. 망치요원의 북파특수공작 훈련과 작전은 나의 권한이 아니고 상부의 지시대로 분명히 일반 해병들과 다르게 북파특수공작을 목적으로 운용되었다. 다른 분들에게도 정중하고 겸손하게 부탁하고 자료를 찾아 반드시 명예회복을 하기 바란다."며 전화가 끊어졌다.

7. 최후는 자폭

서해 5도 해상과 NLL에서 군사적 충돌을 막는 길은 정전과정에서 미국이 UN의 이름으로 경계선을 합의한 것을 지키는 것이다. 하지만 북한은 미국의 일방적인 합의로 이루어진 북방한계선을 받아들이지 않고 남과 북이 서로 다른 경계선을 주장하고 그 경계가 겹치는 서해에서는 충돌이 있을 수밖에 없다.

서해 5도와 NLL은 분명히 대한민국의 영토 이지만 NLL에서 일어나는 모든 문제는 주한미군이 주도하는 유엔사에서 관할하고 우리 군은 미군에 의존하고 있는 것이다.

미군의 자체 정보수집 능력으로 미국은 충분히 미연에 충돌을 방지할 수 있다. 그러나 서해에서 충돌 할 때마다 우리의 아들들이 희생을 당하는 민족의 생존과 안녕이 심각하게 위협받고 있는 실정이다.

이것을 미연에 방지할 수는 없을까?

NLL과 휴전선을 지켜내야 하는 군은 사태가 발생하면 현장상황과 전투태세에 보고체계를 뒷북치며 누락하거나 제대로 된 보고조차하기 힘든 상황에 놓여 있다. 국익을 앞세운 정치권과 정부는 그 틈새를 파고들어 군 상부의 조직과 현장지휘관을 이간시키고 국군의 사기를 떨어뜨리는 적에게 이로운 일들이 종종 일어나고 있는 것이 지금의 현실이 되었다.

NLL에서 일어나는 크고 작은 전쟁들은 세계적인 이목을 집중하고는 있지만 정작 우리국민과 정부는 이에 대한 적극적인 관심이 없다. 국내에서는 이름도 명분도 없는 순간적인 교전으로 취급당하며 우리 국민들에게는 너무나 쉽게 잊어버리고 만다.

그러나 우리에게 분명한 것은 NLL에서는 지금 전쟁이 일어나고 있다. 우리의 서해 5도를 넘보는 국지전이 여러 각도에서 진행되고 있고 앞으로 북한의 의도된 전쟁의 징후들이 서서히 나타나거나 진행되고 있다. 이것은 바로 이제까지 축적된 서해안 전쟁 노하우를 집결하여 서해 5도의 대규모 상륙작전으로 이어질 것이다.

NLL에서 작은 전투와 전쟁은 이름과 명분 있는 6·25전쟁도, 월남전도 아닌 냉전시대 서해 5도에서 NLL를 기점으로 일어난 분쟁지역의 소규모 마찰로 폄하되기 싶다. 하지만 천안함 폭침, 연평해전, 대청해전, 어선납치, 백령도상공 미그기침범, 해안포 발포 등등 수많은 침범에서 보듯이 이를 명확하게 규명해야 한다. 대응과 보복공격으로 이어지는 교전에서 총탄이 오가며 접전되고 작은 전투가 실제적인 전쟁터와 같은 희생자가 끊임없이 이어지고 있다. 이것은 분명 지나가는 마찰로 인한 교전이 아니라 작은 전쟁이다.

서해 5도 NLL에서 수많은 교전으로 남북한은 승리와 패배를 거듭 했지만 30년 전 전두환 정부는 미국의 의존과 간섭 없이 비밀리에 한국군 독자적 전략전술로 북한의 대남도발과 남침의도를 완벽하게 봉쇄한 망치작전이 있었다.

이 작전으로 서해 5도 NLL와 휴전선을 완벽하게 사수하였으며 한반도에서 일촉즉발의 전쟁위기에 대한민국을 구하는 엄청난 공헌을 하였다. 그러나 망치작전의 활동이 발각되면 휴전협정 위반과 정전협정 위반으로 남북한 긴장이 조성되는 등 선진국으로 진입하는 경제도약에 발판이 되는 88 올림픽 성공개최가 불투명하다는 이유로 우리요원들은 사라져야만 했다. 한 톨의 두루마리 화장지에 찢겨진 한 장의 휴지조각처럼 사용하고 용도 폐기한 것이다.

해병대 북파특수공작요원들은 국가의 강요에 의해 이름도 없는 전쟁터에서 특별한 희생과 봉사로 대한민국의 진정한 영웅이 되어 있었지만 안타깝게도 전사에 기록 없는 무명용사가 되어 전설이 되어 살아져 가야만 했다.

망치(8·12)는 6·25 용사도 월남전 용사도 아니다. 그러나 망치북파특수공작원인 우리요원들은 무명용사가 아니다. 소리 없이 전쟁이 진행되고 있는 서해 5도 NLL에서 백척간두에 서 있던 조국을 지키기 위해 몸을 던졌던 진정한 해병대 망치요원들이었다.

서해 5도의 NLL이 위기에 처한 지금, 국가는 우리 국토를 수호해 줄 누군가를 간절히 원할 것이다. 30년 전에도 지금과 같은 위험에 놓여 있을 때 우리망치(8·12)북파특수공작원들은 혹독한 지옥훈련을 거쳐 악마의 바다로 불리는 NLL 비무장지대에서 사선을 넘어 북에 침투하는 임무를 수행하며 우리 국토를 수호했다. 그러나 우리요원들은 국가의 초법적인 반인륜적인 인권의 사각지대에서 신음하며 아직도 역사의 뒤편에 가려져 있다.

조국이 어려웠던 시절, 오로지 국가의 명에 따라 내 강토를 지켜내야만 한다는 충정으로 험한 폭풍우와 맞서 뜬눈으로 밤을 지새웠던 우리망치의 역사를 이제는 제자리를 찾아 기록해야만 할 것이다. 그래야만 위기에 처한 서해 5도에서 우리 후배 해병들도 국가를 믿고 조국을 위하여 우리 망치요원인 망치부대 선배들처럼 혼신을 다해 조국을 사수할 것이다.

NLL은 남북화해 협력정치와 별개로 지켜야 할 곳이고 엄격한 규칙에 의거 공세적으로 지켜져야 한다. 그리고 정부는 이렇게 서해 5도를 지키는 해병대를 축소 운운하는 일은 대한민국을 포기하는 것이며 서해 5도에서 해병대가 독자적인 작전을 할 수 있는 현장지휘권과 전폭적인 현대식 무기와 지원이 되어야 할 것이다.

NLL을 남북협력과 정치에 이용해서는 안 된다. 과거 어떤 분들은 북의 주장에 동조해서 NLL을 버리자는 식의 황당한 망언을 한 적도 있었다. 누가 그런 소리를 했는지 역사는 기억할 것이다. 옛날 독도 문제로 한·일 간에 분쟁이 있을 때 독도를 폭파시키자는 망언을 한 국회의원이 있었다. 어떤 생각으로 그런 망언을 했는지는 모르지만 만약 독도를 폭파시켰다면 지금 어떻게 되었을까. 국익을 위해서 그렇게 했다고 주장할지 모르겠으나 바다도 우리의 영토 일진대 국토의 반은 잃었을지도 모른다. 국토방위는 물론 아직 개발되지 않은 지하자원에서부터 어마어마한 수자원의 보고를 고스란히 넘겨주는 꼴이 될 번 하였다,

지금도 일본은 이 지역을 분쟁지역으로 몰고 가 국제사법재판소로 끌고 갈 수순을 밟고 있다. 북한도 이 수순을 그대로 밟고 있고 수도권 공략의

교두보를 확보하여 우리를 옥죄려고 한다. 정부와 국방부는 현장 지휘관에게 과감한 재량권을 주어 짧은 시간에 현장상황을 파악해 신중하고 과감한 결정으로 NLL를 기필코 사수하도록 해야 한다.

NLL은 어떠한 북의 도발도 강력하게 대처할 수 있는 방어벽을 구축하고 누구도 넘볼 수 없는 군사적 요충을 만들어 놓아야 합니다. 동해안 독도와 함께.

북한은 서해 북방한계선 인근 북측지역 해안과 섬, 우리요원들이 표적지로 지목하여 임무를 수행하던 그 자리에서 해안포 1천여 문을 배치한 백령도 인근 장산곶과 옹진반도, 연평도 근처 강령반도의 해안가를 비롯한 기린도와 월래도, 무도, 대수압도, 용매도 등에 해안포 900여 문을, 군항인 해주항 일원에만 100여 문을 배치했다.

백령도와 장산곶의 거리가 17㎞이고 76.2㎜ 해안포(사거리 12㎞)가 배치된 월래도까지는 12㎞에 불과하다. 연평도와 북한 강령반도 앞바다에 있는 섬까지는 13㎞ 거리다. 백령도와 연평도가 해안포의 타격권 내에 있는 것이다. 천안함 폭침과 연평도 폭격을 계기로 그동안 우리 정부는 앞으로도 적극적인 공세로 전환하여 재워 두었고 감춰 두었던 서해 5도의 NLL에서 막강 군사력을 배치해야한다는 국민들의 의식이 잠에서 깨어났다. 북의 부담은 몇 배로 늘어날 것이다.

앞으로 우리의 대응은 과거와는 다르게 해야 할 것이다. 당장은 방어용 전력이 더 증강되겠지만, 상황에 따라서는 더 많은 최신형 무기와 공세적 자산을 가지고 서해 5도에 상륙도발이 예상되거나 공격을 당하면 망치요원들과 같이 반드시 응징·보복하는 전설의 '북파특수공작대' 일명 망치부대와 같은 특수공작요원이 반드시 부활되어야 할 것이다. NLL은 우리나라의 중심이고 우리가 반드시 지켜야 할 곳이다. 지금 이 순간에도 두 눈을 부릅뜨고 NLL 근해에서 작전하고, 지키는 해병대가 있어서 국민은 행복할 것이다. NLL의 선진 정예강군, 우리 군의 책무는 정말로 막중하다 하겠다.

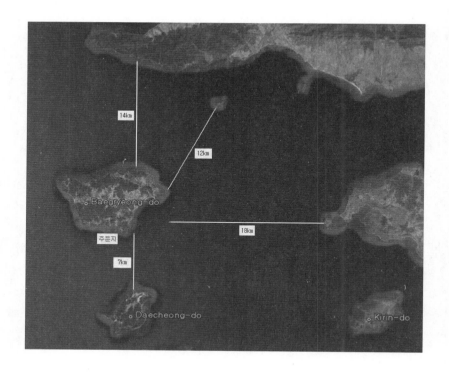

8. 망치는 잠이 오지 않는다

지금도 우리들은 잠이 오지 않는다. 그때도 이러한 사태의 조짐이 보여 언젠가는 큰일을 벌릴 준비작업의 일환이 아닌가 하는 의구심이 떠나지 않았다. 그런데도 여기에 대해 장기적 준비태세나 방어력 구축에는 누구 하나 신경을 쓰지 않았다. 다만 이 지역을 지키고 있는 해병 지휘관들만 족보 없는 부대의 설움에 동네북이 되어 노심초사하고 있을 뿐이다. 여기에 육군, 공군, 해군, 해병의 자리다툼에 발목이 잡혀 적절한 공조태세와 공조작전이 이루어지지 않고 있다. 애비 없는 군대인 해병대만이 발을 동동 구르고 있으니 한심하기 그지없었다. 우리요원들이 이토록 잠을 이루지 못하고 있는 이유가 바로 그것이다. 서해 5도 NLL에서 우리요원들이 사라진 이후 백령도와 연평도의 그 험한 바다를 누구보다도 잘 아는 우리요원들이 그토록 우려하고 염려한 사태가 그대로 재현되고 말았다. 천안함 폭침과 연평도 폭격을 보면서 이 글을 탈고할 무렵 1년 전,

이 글을 처음 쓸 때 NLL 지역. 이 지역을 방치하면 일촉즉발의 국가위기 상황을 초래할 것이라고 예견했던 망치(8·12)요원들.

그 지역을 그렇게 허술하게 방치해 놓는 것이 아닌데 북한이 수시로 자기의 영해라고 영유권을 주장하며 그때도 억지 작전을 펼치며 서로가 전투력을 행하던 곳인데.

특히 백령도와 연평도는 요소요소마다 침투방지용 지뢰나 클레이 모어, 수뢰 등의 폭발물이 산재해 있는, 그 곳에서 작전을 수행했다.

천안함 폭침을 보면서 정부와 국방부에서는 국민들에게 침몰의 원인이 내부의 소행이냐 외부의 소행이냐를 놓고 다양한 의견을 내 놓고 있다. 섣부른 판단이라고 오해의 소지를 안고 있는 발언이지만 그곳에서 작전을 수행한 경험으로 볼 때 이러한 중간 결론에 이르게 된다. 저의 개인적인 의견이지만 천안함 중심부가 강력한 폭발로 인해 반으로 갈라졌고 함미는 폭발의 힘에 의해 진로방향의 반대로 멀어져 빠른 조류에 의해 떠내려가 우리가 훈련하던 지점인 6km이상 밀려왔다.

또 천안함이 두 동강이 난 것을 볼 때 분명 외부의 소행이라는 생각이 든다. 사곶 잠수함 기지에서 며칠 동안 자취를 감춘 북의 잠수정이나 반잠수정에 의한 기뢰설치나 어뢰사격, 특수 기습파괴조의 폭파장치일 것이다. 그 당시 아군에서 발포한 것은 새떼를 오판해서 사격했다고 발표했지만 북의 비행기록이 있는 것으로 미루어 보아 그들의 소행에 대한 것도 배제할 수 없다. 왜 새떼가 밤중에 하늘을 날고 있었을까 되씹어 볼 사항이다. 달아나는 그들의 반 레이다 고속잠수정의 엔진소리가 한 밤중에 곤히 자는 새떼의 잠을 깨우지는 않았는지 의심해 볼 사항이다.

왜냐하면 북한의 특수요원들은 충분한 그런 능력이 있다. 우리나라의 어뢰발사도 세계적인 수준이라 미국도 인정하지만 침몰함의 생존자들이 간간히 증언하는 내용을 들어보면 분명 외부의 충격이라고 말하고 있다.

북한의 특수요원들은 반잠수정을 타고 반 레이다 카버를 장착한 채 아군의 레이다 망을 피해 서해 5도를 제집 드나들듯이 하고 있다. 그들은 기뢰를 설치하고 함선의 스크루 소리나 통신 전파 탐지기를 감지하는 기뢰를 장치, 함미에 달라붙도록 하고 먼 곳에서 원격조정하는 고도의 기술을 가졌다. 그리고 이런 가정도 할 수 있다. 땅굴파기의 명수인 그들이 해저에는 땅굴을 파지 않았다고 누가 장담할 수 있겠는가. 그들이 이번 작전을 위해 그들의 NLL 지역에 사전 정지작업을 위해 며칠 동안 사격을 가하지 않았는가. 모든 것이 의문투성이다.

육지와 가까운 곳에 침몰한 것은 어쩌면 북한의 전략 전술에 기만을 당한 것이 아닌가 한다. 북한은 우리가 상상할 수 없는 게릴라 전술을 가지고 있다. 소위 우리나라 전문가들이 얘기하는 수심 27m 지역은 잠수함이 다닐 수 없고 수심이 더 깊어야 다닐 수 있다는 것은 전문가들의 상상이고 북한의 전략 전술은 우리들의 상상을 초월한다. 그들은 언제 어느 곳에서도 기만전술, 위장전술, 침투전술을 수시로 변경시키고 어떤 악조건 속에서도 임무를 수행하는 것이 그들의 전술이다. 이미 그들에게는 자살특공대가 있다고 하지 않는가. 엄격히 말해서 망치요원들도 자살특공대가 아니었나 의심이 간다. 지금 생각을 해 보면 더욱 그런 생각이 들고 망치의 구호를 보면 더욱 그렇다.

백령도와 연평도의 후배 해병들에게 희생만 강요하는 모습을 보면 눈물이 난다. 그러나 우리 해병후배들은 전설의 「**망치 부대가**」를 소리높이 부르며 영웅이 되고 싶어 한다. 우리 해병대는 죽어서 영웅보다는 살아서 영웅이 되고 죽어서는 신화가 되고 싶다고. 지금이라도 정부와 지휘관들은 일이 터져서 죽고 희생을 해야 기억하는 습성을 버리고 목숨을 다하여 조국을 지키고 소리 없이 사라져 저 간 해병대와 망치요원을 국가는 반드시 기억을 해야 할 것이다.

해병대는 잊혀지고 있지만 살아있는 해병정신은 다시 국민의 관심 속에 부활되어 군이 제대로 NLL를 수호 할 때 남북의 대화와 통일의 장이 열린다. 해병은 50세가 넘으면 다시 입대하는 마음이 되어 해병전우회를 찾는다고 한다.

한번 해병은 영원히 제대하지 않는다.

전설의 해병대 망치

나와 망치 요원

둘째 마당

1. 긴급상황

1982년 4월 중순

국방부에서 육·해·공군 장성 여덟 분이 백령도 해병 ○여단장 차 모 장군의 안내를 받고 북파특수임무 수행을 위한 망치작전에 투입될 우리요원들을 최종점검차 내려왔다. 이들은 임시로 지어진 단상에서 시범을 참관하기 위하여 먼 곳의 바다를 응시하고 있었다. 먼 바다를 나간 망치요원들은 평소대로 해상 기습침투의 안내조인 정찰조가 해안에서 상륙 침투하여 갑자기 그들의 앞에 불쑥 나타나자 일부 장성들은 탄성을 자아내며 대단히 만족해하는 것 같았다. 잠시 후, 목표물이 정확하게 폭파되고 화력이 집중되자 육군 장성이 화들짝 놀라며 대장에게 물어 본다.

"실제 실탄 사격이냐."

"예, 우리는 넘어가 실전해야 되기 때문에 실전과 똑같이 실탄사격과 폭파를 하고 있습니다."

그 말에 놀란 모든 장성들은 의자에서 일어나 뒤로 물러서며,
"이 사람아, 여기 장군들이 얼마인데 실탄사격을 해."
무척이나 당황한 모습이었다.

시범이 끝나고 장성들은 북의 표적지와 똑 같이 지어진 우리의 숙영지를 돌아보며 요원들과 망치대장에게 질문을 한다.

"작전 모형도를 보면서 처음 해안침투지역에서 절벽을 올라가 입초병을 살상하는 것이 힘들지 않느냐?"

"예, 요원들은 숙달이 잘되었고 힘들지 않습니다."

활궁, 독침, 저격용 무성무기, 투투소음총, 암벽로프 줄을 일일이 점검을 하기도 하고 적의 상황실과 병사 무기고 부두에 정박한 함정의 규모 등 질문을 주고 받으며

"요원이 몇 명이냐."
"예, 25명입니다."

공군 장성이 질문을 던진다.

"침투하면 몇 명이 가는 거야."

"예, 저는 18명만 데리고 넘어 갈 것입니다.

육군 장성이 또다시 물었다.

"아니, 장교가 둘인데 다 넘어가는 거야."

"아닙니다. 장교는 저 혼자 갈 것입니다."

침투장비인 해병대 고유의 IBS고무보트와 최신형 고속정보트인 코만도-5 보트를 가리키며 질문을 한다.

"이 둘 중에 어떤 장비로 침투하는가?"

"예, 저는 해병대 IBS고무보트로 침투할 것입니다."

잠시 후 그들은 당혹스러운 듯,

"왜 고속정 보트를 사용하지 않는지."

의문스럽다는 듯이 질문을 던진다.

"예, 저 코만도-5 보트는 고속정이고 성능은 월등히 뛰어나지만 적의 총을 맞으면 객실이 분리가 안 되어 좌초되면 탈출을 할 수가 없기 때문에 총을 맞아도 객실이 분리되는 IBS고무보트를 사용할 것입니다."

전설의 해병대 망치

그날 시범을 참관한 장성들의 얼굴은 올 때보다도 환히 밝아 대만족을
하며 떠나갔다. 얼마 후.

1982년 4월 말경

소대장은 낮 시간, 상부로 부터 실제 상황에 대기하라는 긴급명령을 하
달 받는다. 막상 명령을 받고 보니 몸과 마음이 갑자기 무거워진 대장을
보니 인간이기에 공포와 두려움 앞에서는 나약한 존재인가 보다. 그래도
불끈 주먹을 쥐며. 평소 각오한 일이지만 좀처럼 불안감이 가시지 않는
다. 고민에 빠진 소대장은 혼자만이 침투 시 숙지하라는 침대 밑에 숨겨
둔 「실행지침서」를 보면서 조용히 마음의 정리를 하였다.

때마침 기러기 한 떼가 "까악, 까악" 소리를 지르며 날아간다. 지금의 이
심정은 날아가는 새떼보다 편치 못하다고 생각하니 인간은 만물의 영장
이라는 말이 공허하게 여겨진다. 갑자기 어머님의 얼굴이 우울하게 머리
를 쥐어짠다. 아무도 공허한 마음을 위로해 줄 수가 없다.

소대장은 그래도

"그래, 부딪혀 보자. 하지만 내가 죽더라도 저 요원들은 하나라도 살려
서 고향땅에 보내야 할 텐데."

요원들 하나하나의 모습을 머리에 그리며 침투요원을 선발하고 있었다.

저녁이 되었다. 평소와 다르게 돌격팀, 엄호팀, 정찰팀 외에 작전에 투입되어 살아 돌아오는 요원들을 수습하기 위하여 부소대장의 1개 팀을 별도로 남기며 각 팀마다 TNT 50파운드 더 싣고 완벽한 무장을 한 채 곧바로 북을 향하여 바다에 진수하였다.

그날따라 밤은 무 월광이었다. 고무보트와 간격이 조금만 멀어져도 앞뒤 보트가 보이지도 않는다. 소위 말하는 침투하기에는 최고의 좋은 날이었다. 실제상황인지도 모르는 요원들은 나를 따라오고만 있었다.

여느 때와 같이 NLL선상을 넘나들며 대기하고 있던 몇 분 후, 우리 팀에게 두 대의 무전기 중 한 대에서 송곳 같은 실제침투 명령이 떨어졌다. 우리요원은 항상 상부로부터 실제상황 명령을 받는 무전기 1대와 군수지원을 받는 ○여단 본부와 연락을 취하는 무전기 1대, 도합 2대의 무전기를 소지하고 있었다. 그때 벌써 우리의 임지보다 적지가 가까워지고 있었다.

곧바로 뒤편의 고참 팀장에게서 무전이 왔다.

"소대장님, 어디로 갑니까."

"실제상황이다."

고참 팀장은 잠시 말문이 닫혔는지 아무 말이 없었다. 가까이서 북한 함정이 다가오고 우리의 표적지에는 평소와 다르게 북한군의 서치라이트가 빛을 발하고 있었다. 잠시 후 상황을 살펴본 팀장이 지금 북 함정에 추격을 받는 것 같다는 연락이 왔다.

소대장은 곧바로
"내가 먼저 들어 갈테니 대오를 흩어, 표적지에서 만나자."

잠시 후 적 함정의 추적을 따돌리는 격전이 시작되면서
평소 훈련대로 파도를 타고 숨 막히는 정적 속에 호흡을 고르며 어두운 바다에서 가까스로 함정의 추격을 뿌리친 우리는 표적지를 눈앞에 두고 어디선가 우리에게 폭음의 세레머니가 펼쳐질 것 같은 환상이 펼쳐졌다.

묘한 고요함에 젖어 서서히 모터 핸들을 잡은 팀장의 손은 긴장하고 있고 앞 선수에 있는 요원은 눈초리는 번쩍이는 섬광처럼 날카로워져 수신호에 멈춘 우리는 잠시 후 북한 초병의 서치라이트가 작동 우리 쪽으로 불빛이 다가왔다. 긴장은 절정에 달하고 모트 소리를 멈춘 중무장한 요원들은 적지의 해안선을 바라보며 운명을 건 페달링으로 전투태세를 유지했다. 보트와 함께 숨을 죽인 상태로 적의 눈을 피해 급속한 조류와 파도를 넘어 처음 접한 죽음의 적지. 한발 한발 악마의 구렁텅이로 소리 없이 다가서자 눈앞에 다가온 표적지는 우리의 숙영지와 똑 같은 모습으로 불빛이 더 밝게 비쳐지고 있었다.

"강 팀장, 네가 먼저 들어 갈테니, 마지막까지 요원들을 잘 부탁한다."
는 비장한 소대장의 목소리.

팀장은 검은 바다 위 어두움에 움직이는 소대장이 있는 정찰조를 향해 거수경례로 말없이.

"필승⋯⋯⋯."

잠시 후 척후병의 안내를 기다리며 우리는 적의 표적지에 도달할 심산으로 서서히 해안절벽으로 접근하고 있을 무렵⋯⋯⋯.

뚜뚜뚜⋯⋯⋯.
상부로부터 또 다른 명령이 떨어졌다.

"긴급 상황이다."
"철수하라, 철수하라, 무조건 철수하라."

"이거 뭐 개 같은 소리야"

작은 무전 소리를 들은 요원 몇 명은 발버둥을 치미 손짓 발짓으로

"팀장님, 왜 안 들어갑니까?"

항의 표시로 빨리 들어가자고 하지만, 팀장은 정찰 팀 무전연락에 정신이 없다.

"명령이다."
"철수, 철수."

상황을 예견한 요원들은 그 짧은 찰나에 갑자기 돌변한 작전에 실망의 빛을 보이면 국가와 사랑하는 가족, 애인 앞에 영웅이 되는 최고조로 오른 긴장감이 폭발하려는 순간 문전 앞만 더럽힌 꼴에 아쉬움을 더 남기면서, 표적지를 뒤로한 체 노련한 팀장이 앞장서고 정찰 돌격 엄호 팀의 번갈아가면서 적 함정 추적을 따돌리는데 돌발적인 높은 파도와 해무에 앞뒤가 도무지 보이지 않는다.

한참을 달리고 있는데 뒤를 따르는 고참 팀장이 "소대장님, 어디를 가세요." 당황하는 수신을 한다.

짙은 해무와 안개 때문에 잘못 잡은 선회방향은 깊숙한 먼 바다 장산곶 부근을 헤매고 있었다. 요원들은 오랫동안 반복훈련을 통해서 적 함정이 우리의 위치추적을 못한다는 것을 확신하고 있었지만 긴장을 늦추지는 않았다. 방향을 선회한 각 팀은 실버 컴퍼스 나침반을 우리의 해안으로 정해놓고. 전 속력으로 달리다 멈추고 달리다 멈추고를 반복. 대오를 갖추면서 달려오는 함정의 추격을 뿌리치며 그들의 시야를 벗어나 우리의 임지로 돌아온 우리들에게 소대장은 더 이상 설명도 하지 않았고 대원들도 알려고 하지 않았다.

그날 이후 1차 망치에게는 실제상황의 상륙명령은 떨어지지 않았다. 하지만 서해 5도 해상과 NLL를 넘나드는 북파특수공작 망치작전은 계속되면서 서해를 고립시키기 위해 북한군이 일방적으로 지정한 남방한계선을 탈환 무력화시키면서 북방한계선(NLL)을 회복하는 전략전술에 의한 기만작전은 계속되었다. 특히 무 월광의 어두침침한 밤이면 요원들은 또 다른 명령을 기다리며,

"팀장님?"
"소대장님?"
"안 들어갑니까?"

더욱 더 조바심을 낸다.

밤새워 전술훈련과 특수임무수행으로 지친 몸을 이끌고 숙영지로 돌아올 때 아침 해무로 바다는 보이지 않고 안개 낀 장산곶 마루에 봉우리만 보이면 그때서야 잠시나마 긴장감이 풀리고 피로가 온 몸을 휘고 있었다.

보트를 머리에 이고 철수 할 때면 누군가 구성지게.

장산~~~ 곳 마루에~~~~

북소리가 나더니~~~~

올인도 하구요~~~

에헤야 에헤야 에헤 헤에야~~~

님만나 보~ 겠네~~~~

노랫가락으로 몸과 마음을 달래며 매일 같이 엄습하는 우리요원들의 하루는 아군이 보호 할 수 없는 곳에서 목숨을 담보한 전쟁터를 누비는 그 자체였다.

망치훈련

2. 우리의 존재가치

해병 망치(8·12)요원들이 존재한 시기가 30여 년을 지나고 있다. 그 긴 시간동안 남북은 NLL선상에서 수많은 희생자가 발생했다. 북한은 NLL 선상에서 무력도발로 남한을 위협하면서 내부권력을 강화하고 남한은 대치상황을 국가안보라는 명분하에 정부의 대북정책에 따라 대북대응 태세도 확연한 차이 있는 것이 현실이다.

국민의 정부를 계승한 참여정부 하의 햇볕정책에서는 암묵적인 평화조 건으로 수많은 대북 사업에 투자하며 대화·협력·상생하며 진행하였다. 하지만 군사적인 측면으로 북한은 NLL선상에서 연평해전을 비롯한 천 안함 폭침, 연평도 무력도발 등 각종 대남도발을 일으키며 희생은 계속 적으로 이어졌다.

앞으로 이보다 더한 NLL 침범사태가 서해 5도 상에서 일어날 것이다. 우리가 백령도와 연평도에서 작전할 때부터 이들은 대규모 상륙작전을 착착 준비하는 모습이 우리요원들은 감지할 수 있었다. 이곳은 지리상 특수지역으로 상륙작전을 감행하기 좋은 입지조건이다. 그리고 서해 5도 지역에 집중적으로 20여만 명이 넘는 최정예요원들을 진지시켰다. 지금까지 30여 년 동안 준비해 왔다면 우리요원들이 생각할 때 앞이 캄캄할 지경이다.

현 정부는 남북이 비핵화를 전제로 상호 협력의 관계에서 햇볕정책을 계승한다고 하였지만 북한은 이것을 대북압박정책으로 판단하고 긴장상태를 유지하고 있다. 그 동안 대북지원과 사업 투자는 핵무기로 돌아와 국민에게 위협을 주더니 드디어 NLL 근처에서 천한함 폭침으로 더 큰 충격과 공포의 대상으로 다가 왔다.

국가를 이끌어가는 지도층과 상류층의 많은 사람들은 본인들과 자제들에게 돈과 권력을 이용하여 병역을 면제받거나 전투를 하지 않는 부대에 배치하지만 힘없고 빽 없는 국민의 자식들은 천안함 폭침과 같은 희생을 당하여도 책임을 지는 자가 없는 대한민국의 현실에 대다수 국민들은 더욱 불안하기만 한 것이 현실이 되었다. 천암함 폭침이 북한 공격설로 본질이 어디에 있든 정치적 이해득실만 따지는 세력과는 분리되어야 한다. 이제는 국가안보가 최우선되어야 한다는 것을 국민들과 병역의무를 담당하는 기성세대나 신세대들은 냉정한 판단을 해야 한다.

특히 신세대들은 또 다시 무력도발이 된다면 여러분들이 언제 어디서든 꽃다운 젊은 나이에 희생이 되어야하는 현실이 앞으로 분단국가를 살아가는 이 나라 대한민국 현실이라는 것을 알아야 한다.

이제는 대한민국 국민과 군은 더 이상 권력과 상류층에 휘둘리며 눈치를 보지 말고 국가와 국민만 바라보는 국가안보에 대응 의지가 확고해야 한다. 과거, 현재, 미래를 불문하고 국가안보의 위기에서 국민을 위한 특별한 희생과 봉사에 대해서는 국가와 국민은 반드시 책임져야 하며 기억할 것으로 믿는다.

망치요원들은 어떠한 남북정치 상황에서 탄생한 부대였을까?
12 · 12사태로 신군부 세력이 권력에 등장하자 1980년 정치의 봄을 기대하던 국민들은 그 동안 유신체제에서 억눌렸던 민주화(?)를 갈망하는 운동이 전국으로 확산되었다. 학생들을 주축으로 민민세력(자유민주와 공산민주세력은 물론 주사파〈김일성 주체사상파〉까지 혼합됨. 일반국민은 독재타도를 주사파와 공산주의자는 정부와 국가타도를 외침.)의 저항으로 연일 시위가 발생되자 급기야 1980년 5월 17일 비상계엄령을 전국으로 확대했다.

80년 5월 18일 아침, 전라도 광주 전남대 교문 앞의 시위는 광주 도심지로 옮겨 시위를 계속 벌였다.

5월 19일에는 계엄군에 분노한 광주 시민들이 학생시위에 동참하면서 1980년 5·18 광주 이야기가 전개되었다. 이를 틈타 북한은 의도적이고 계획적으로 남한사회의 혼란을 부추기고 급기야 정치적으로는 암흑기를 맞이하고 있었다.

이 무렵 신군부는 1981년 3월 3일, 전두환 대통령의 취임으로 제5공화국이 탄생되었다. 전두환 전 대통령은 이 혼란스런 정치적·사회적 상황을 지켜보면서 국민을 안심 시킬 방책으로 1981년 9월 30일 바덴바덴에서 88올림픽 개최지로 서울이 확정되자 국제적 위상을 높일 수 있는 국면전환의 획기적 돌파구를 경제도약의 발판으로 마련했다. 하지만 국내는 북한의 무력도발의 기운이 높아지고 사회혼란과 정치 불신으로 확대되자 세계 각 나라는 한반도에 전쟁이 곧 일어나는 것으로 알려지면서 올림픽 개최국으로서 국제적인 신뢰도가 추락하였다.

이에 북한은 1981년의 동·서·남 해상에 무장간첩 침투를 시작으로 DMZ 내의 총격사건, 대학생들의 선동시위, 백령도상공 미그기 침범, SR71 블랙버드 격추 미수사건, 북한특수군단 휴전선전진배치, NLL침범 등을 일으키는 등 때와 장소를 가리지 않고 수시로 도발을 기도하고 있었고 남한은 일촉즉발의 전쟁위기에 직면하고 있었다.

그래서 전두환 대통령은 강경한 대북경고 성명을 보도하고 한국동란 이후 한국 대통령이 북한에 무력응징을 시사한다. 또 한편으로 대한민국이 세계의 이목이 집중되고 있는 88올림픽 개최국으로 선정되기를 바라는 시기에 정부와 대다수 국민들은 북한의 도발이 불안하기만 했다. 그 동안 대북 보복공작임무를 수행하든 각 첩보부대들의 현실은 전무했다.

공군첩보부대(OSI)는 실미도 사건으로 완전 해체되었다. 그리고 해군첩보부대(UDU)는 실미도 사건과 유사한 결혼식 영내 반란사건이 발생하여 많은 사상자와 인명피해가 속출되는 사고가 발생되어 이 여파로 해병대 첩보부대 MIU가 해체되었다.

이를 측근에서 보아온 상부는 첩보부대의 대북공작 활동과 능력을 그다지 신뢰하지 않았다. 이들 첩보부대들이 7·4 남북 공동성명 이후는 어떠한 대북작전도 하지 않았다. 이 사실을 잘 아는 상부에서는 첩보부대에게 과학정보(도청, 감청) 첩보공작 임무를 부여했다. 이에 상부는 특정부대에 명시한 작전 임무인 '대북 응징보복임무'를 수행할 계획을 수립하게 된다. 극도로 고조된 군사적 대치상황에서 1981년 후반기에 육군(공수특전단)에는 '벌초' 해병대에는 '망치' 작전이란 명칭을 부여하여 상부의 특별지시 2급 비밀로 하달되었다.

당시 해병특수수색대 홍 모 대장은 망치(8·12)계획을 상부에서 직접 하

전설의 해병대 망치

달 받았고 8·12계획에 의해 북파 특수공작원을 양성시켜 대북 응징·보복작전을 완벽하게 계획하였다. 그리고 망치작전을 실행하도록 백령도와 연평도에 가서 직접 침투로 침투지역 철수지역 숙영지를 직접 시찰하고 망치요원을 양성하여 작전지역으로 파견을 보낸 장본인이다

그 당시 홍 모 북파특수교육대장 증언에 의하면

"망치요원들은 상부의 지시에 의해 북한지역에 투입하기 위해 맞춤 조련된 북파 특수공작원들이다. 그래서 교육대장으로서 북한에 침투하여 기필코 목적을 달성하고 살아 돌아올 수 있도록 강도 높은 훈련을 시킬 수밖에 없었다. 전쟁이 아닌 평시에 국가가 병역의무로 복무하는 장·병을 강제 차출하여 특수 훈련을 시키는 것은 드문 현상이다. 특히 적진에 침투하기 위해 복무 기간 내 3~9개월 동안 특수공작훈련을 시켜 북한의 특정 지역에 투입시켜 임무를 수행하게 한 것은 역사적으로 큰 사건이다. 우리 망치요원이 적은 인원으로 국가에 대해 엄청난 일을 했음에도 불구하고 왜 국가나 해병대에서 인정을 받지 못하고 소외 되는지 울분을 참을 수 없다며, 왜 국가가 망치요원들을 홀대하는지 국가와 해병대에서 그렇게 하면 되는지 국가를 원망하고 싶다."

"70년대 이후 확실한 목표 없이 그냥 존재하기만한 첩보부대 소속의 북파공작원들 보다도 80년대 해병 망치요원들은 북파 특수공작계획이란 확실한 개념 및 북파작전 계획을 가지고 북파 특수공작훈련과 실제작전

에 투입되었다. 이렇게 북파 특수공작 임무를 수행한 망치요원들은 분명한 사실로 역사에 기록되어야 한다. 그리고 국가가 나서고 해병대가 하나로 뭉쳐 망치작전이 전사로 기록되고 명예회복이 되도록 한 목소리를 내지 못하는데 대해서도 안타깝다."

"분명한 것은 망치요원들은 서해 5도 아군이 보호 할 수 없는 NLL 해상 북방한계선을 넘나들며 망치작전에 투입되었다. 그리고 적의 코앞에서 주 표적인 군사시설 파괴, 요인암살을 위한 계획적인 기만작전을 실시하였다. 이에 북한은 망치요원들의 기습적인 침투를 막기 위한 대응책으로 그들의 군사배치나 전술적 작전을 많이 수정해야 했다. 그 예로 휴전선에 배치한 북한 특수군단 병력을 망치요원의 활동을 감시하고 대항하기 위해 황해도 해안으로 이동시켰다. 이에 대한 부분은 분명히 재조명되어야 한다. 이러한 혁혁한 전과를 세운 전술적인 망치작전의 승리는 그 당시 남북한 서해와 휴전선에서 전력 균형이 조정되면서 전쟁억지력을 유지하게 한 파급효과를 가져왔다. 이 효과는 전쟁위기에서 엄청난 큰 기여를 했고 이것은 정당한 공로로 평가받아야 한다."

"그리고 망치요원의 훈련은 해병대 역사상 가장 혹독하고 강력한 고강도 훈련이었다. 세계 최강 특수부대에 손색이 없을 정도로 심혈을 기울여 한 사람이라도 더 살리려고 고독하게 최선을 다하였다고 자부한다. 그때도 이 망치요원들에게는 분명히 국가가 특별한 대우를 해야 한다고 수차례 보고를 했다."고 하며 울분을 삼켰다.

1차 망치요원 훈련은 1981년 9월 17일부터 밀봉교육을 시작으로 1982년 1월부터 혹한기 동계해상훈련과 계절과 관계없이 1984년 10월 30일까지 7차례에 걸쳐 300여 명의 북파특수공작원들을 해병특수수색대에서 양성시켰다.

망치계획의 망치작전에 참여하는 요원 선발은 우선적으로 특수교육(UDT, 특수수색교육, 공수, 저격수, 무술유단자)을 이수한 요원을 선발했다. 엄격한 보안 유지 하에 신원조회를 실시한 후 선발했다. 전투 공황증 예방을 위하여 사단 계획 수립 시(임무 분석) 전지훈련 이란 점을 불가피하게 사용함을 강조했다.

당시 해병특수수색대 중대는 해병 제○사단 직할(해병○○○○부대)로서 국내외에서 각종실전 전투 경험과 전군의 다양한 특수훈련을 이수한 우수요원으로서 고도의 발전된 전투력을 유지하고 있는 부대였다. 그러나 상부의 명에 의하여 교육훈련을 전면 중단하고 다양한 경륜과 경험을 한 특수훈련 이수자(UDU, UDT, MIU, 고공침투 등) 중심으로 교관단을 편성했다. 해병대 전 부대에서 활용 가능한 자원을 총망라하여 망치요원을 편성, 임무완수를 위한 북파특수훈련에 심혈을 기울여 계획된 훈련을 실전과 같이 집행했다. 이 작전에 소요되었던 북한 장비 물품은 AK47소총을 비롯하여 TT권총, 독침, 공작교재, 복장, 크리스탈 송수신기, 기타 등은 정보부대에서 지원받았다.

적 R/D 탐지를 피하기 위하여 반 R/D커버 수십 점을 최초로 창원 모 방위산업 업체에서 시험 제작한 것을 직접 구매하여 무장시켰다. 목표 지역의 상세한 특수정보, 해안정보, 항공사진(SR71 블랙버드기 촬영추정.)과 적 성장비 등은 특별작전지시(2급 비밀로 분류.)에 의거 해병 ○사단 특수수색대에서 사단을 경유하여 해군본부에 요청하여 본 작전에 필요한 상세한 정보를 수시로 확보 하였다. 이에 따라 임무지역의 상세하고 정밀한 작전계획이 수립되어 반복적인 표적에 대한 숙지훈련을 실시했다. 중요 정신교육의 기본지침은 적개심고취, 영웅심, 복종심, 담력배양, 해병대 특유의 IBS 야간 기습훈련에 중점을 두고 북한 언어(사투리)사용을 생활화 했다.

그리고 생환 시 처우 등을 주로 주입식 실전 훈련을 시켰다. 망치요원의 일반 및 특수공작 훈련을 위하여 동해안 지역에서 북한 간첩들이 침투한 루트와 독자적인 루트를 개척하였다. 여기서 임무위주의 맞춤형 교육으로 북한의 표적 지역과 유사한 지형을 선정 1~3월까지 주로 야간에 10㎞~30㎞ 지점까지 영하와 황천의 날씨에도 IBS에 반 R/D 카버와 실버 콤퍼스를 장착하고 엔진 또는 페달링으로 접근하였다. 실제 해안방어 배치된 R/D기지, 국가보안 목표 해안초소 등을 표적으로 반복 기습훈련을 숙달 시켰다. 육군지역인 경북 영일군 죽장면 상옥리 등 내연산 1200 고지 일대에서 북한의 장산곶과 옹진반도 지역 일대의 내륙 지휘소가 위치한 유사한 지형을 선정 후 가 시설을 설치하여 목표까지 접근훈련, 실제기동사격, 시설습격, 생존 훈련, 도피 및 탈출, 폭파, 비트구축, 요인암살, 포획 등 다양한 훈련을 실시했다. 망치작전 요원의 훈련 교육대장(특수수색대대장) 외 1명이 백령도와 연평도를 직접 방문하여 현지를 정찰하고 침투지점 선정과 회수지점(철수지점) 등 정밀한 해안 정보를 현지 수집했다.

훈련 상황에 대한 보안을 위하여(숙영지 훈련 장소 선정, 실제 작전을 위한 표적 지역의 모의교장 설치 등.) 대부분 행정적인 사항만 해병 ○여단장과 연평부대장에게 보고 하였고 훈련을 독자적으로 실시했다.

또한 북파 특수공작원교육 기간 중 완벽한 임무완수 후 생환을 위하여 인간 이하의 한계 훈련을 실시하였고 후일 후유증으로 인한 자살충돌과 정신적인 충격에 안타깝게도 많은 요원들이 순직하거나 사망했다.

장교의 증언

밀봉교육을 마친지 채 3개월이 안 되어서 해병대 역사상 그 유례가 없었던 동절기 망치교육(북파특수공작원교육)에 소집되었다. 이 교육도 1차 보수교육(북파특수공작원교육)은 밀봉교육을 이수한 장병들을 중심으로 차출되었던 것이다. 이 교육은 특정한 목적이 없으면 상상조차 할 수가 없는 일이었다. 몇몇 지명된 북파 특수공작원교육 대상자는 훈련을 못하겠다고 자대로 피신했다가 강제로 끌려와 합류했다.

상부의 특명이 있었다고 했다. 교육생 전원은 교육을 마칠 때까지 외출·외박이 일체 금지되었다. 동절기라 추위는 끔찍했다. 체력 강화훈련이라는 미명 아래 혹독한 교육이 이어졌다. 체력훈련으로 선착순 몇 ㎞ 정도가 아니라 10㎞가 넘는 거리를 M-16 소총과 페달을 들고 주야간을 가리지 않고 구보하도록 했으며 정신교육은 적 지역에 침투 경험이 있는 첩보부대 소속 요원이 강사로 동원되어 우리를 교육하기도 했다.

해상 침투 시에는 너무 추워서 일반 잠수복이 아닌 드라이 슈트를 착용해야 했으며 속에는 내복을 껴입었으며 꽁꽁 언 손은 오그라들어서 모터 조종조차 할 수 없을 지경이었다. 정말 혹독한 북파 특수공작훈련이었다. 훈련 중에 우리가 침투할 목표로 서해 북단에 위치한 적진의 여러 섬에 대한 언급이 있었다. 그와 유사한 지역을 특정하여 야간에 해상으로 10~30㎞까지 해상으로 나간 후 적 레이더에 포착되지 않도록 R/D 커버를 덮었다. 침투 해안이 멀어서 육안으로는 식별이 불가능하기 때문에 실버 컴퍼스를 장착하고 팀별로 독자적 방향을 유지하였다. 실제 해안 방어를 위해 배치된 레이더 기지와 국가 보안시설, 해안초소 등을 목표로 반복적인 기습 침투훈련을 했다. 나중에는 영일군 육군 지역인 향로봉 1200고지 일원에 우리가 침투하여 폭파할 기지와 유사한 모형까지 축조하였다. 여기서 실제로 기동사격을 하면서 시설습격 및 폭파, 요인 암살과 납치 등 실전에 가까운 훈련을 이수했다. 또한 임무 완수 후 복귀를 위한 생존훈련, 도피와 탈출 요령도 반복해서 익혔다.

교육을 받는 중에, 특수임무를 완수하고 생존해서 무사히 복귀하면 국가가 최고의 대우를 해 주고 그래야 북파특수훈련 침투교리가 발전한다는 교육도 받았다. 1차 보수교육(북파 특수공작원교육) 당시가 동물적 감각에 의존하는 육안 침투훈련 방식이었다면, 2차 보수교육(북파 특수공작원교육) 시에는 최첨단 장비가 동원된 과학적 훈련이 결합되었다고 할 수 있겠다.

적 지역에서 우리 무기인 M-16실탄이 소진될 경우를 대비하여 적의 무기를 탈취해서 사용할 수 있도록 적성 무기인 아카보 소총까지 동원되어 분해, 조립훈련을 반복적으로 받기도 했다. 당시 우리의 훈련을 위해서 동원된 장비들로는 코만도-5(C-5), IBS 보트에 45마력 엔진을 부착해서 사용했다. 여기에 최첨단 야간 투시경, 그리고 저격용 장비로는 석궁(화살에 맹독을 묻혀 사용.) 외에 3가지의 무성무기 (검, 표창 등으로 3~4m 거리에서 적을 암살하는 무기.), 투투 총(소음 총으로 외형은 M16과 유사하지만 노리쇠가 작고, 기존 탄창에 투투 탄이 들어가도록 개조되었으며 총구에는 회색 소음기를 부착해서 저격 시 저격 사실을 저격수만 느낄 수 있도록 변형된 무성무기.)이 있었다. 그 외에도 양말 속에 자갈을 절반가량 넣어서 적의 뒤통수를 단방에 내려쳐서 암살하는 기술도 연마했다.

대원들은 이미 12㎞이상을 헤엄쳐 나갈 수 있는 수영실력이 갖추어져 있었다. 124군부대보다 빨리 달려야 한다며 산악구보와 야지구보를 수없이 뛰면서 체력을 견디지 못해 뼈가 부러지거나 근육이 파열되어도 목적지까지 뛰어야 했다. 그리고 다음날 아픔을 견디지 못하고 일어나지 못하자 뼈가 금이 가거나 부러진 것을 알게 되는 등 혹독한 훈련을 몸으로 부닥쳐야 했다.

반 레이다 커버가 장착된 고속정 고무보트(북한 함정이 추적을 못하는 고무보트/망치요원이 임무수행한 실제사진)

단검투척 훈련모습

망치(8 · 12) 요원들의 증언

망치요원들은 적개심을 갖고, 두려움을 없애기 위해 담력과 잔인함을 배양하도록 해야 한다며 대원들을 화장터에 끌고 갔다. 거기서 한사람씩 산을 넘어 화장터 고로 속에 들어가게 하고, 타다만 인골을 씹어 먹게 했다. 묘지 안에서 잠을 자거나 대기를 하는 등 인간 이하의 훈련을 하였다. 또 적군이 상상도 못하는 곳에서 임무를 수행하려면 참고 기다려야 한다며 포항 근교에 있는 하수구, 오물통, 똥통 속에 몇 시간씩 몸과 머리를 담그게 하거나 인분도 먹어야 했다.

물고기가 죽거나 등이 굽은 고기가 살고 있는 곳에서 보트를 뒤집어 입수시켜 초과호흡 훈련을 하였다. 낙오자는 오물을 마시게 하거나 접전이 되면 장소불문하고 싸워 이겨야하는 습성과 근성을 키워야 한다고 독하게 훈련을 받아야 했다. 그 당시는 사람이기를 포기하고 짐승같이 움직였다

피고름이나 병원독이 흘러나오는 포항병원 호수에서 소독 냄새와 악취가 진동하는 오물에 머리를 담그고 수중 은닉훈련을 하였다. 숨을 못 참아 얼굴을 내밀면 가차 없이 몽둥이에 얻어맞는 등 정신없이 초과호흡을 반복하였다. 맨몸으로 10m이상 수직 잠수하여 수중결색으로 수압을 받았다. 이때 시간초과로 귀고막이 터지거나 눈과 목구멍에서 피가 흘러나와 수중에서 기절하면 병원으로 후송도 하지 않은 채 낙오자로 분류하여

가차 없이 육지에서 더 심한 특수훈련을 실시하였다.

북한에 침투하여 표적지에서 임무를 수행하고 철수할 때 보트가 전복되거나 고립 시에 대비하여 12㎞를 단숨에 주파하는 전투수영 훈련을 반복하였다. 그리고 수중에서 피나게 탈출훈련과 자폭훈련을 반복하였다. 한여름 지상훈련에 밤낮을 가리지 않는 맹훈련은 상처가 땀에 젖어 곪아터져도 뛰어야 했다. 때로는 모기와 벌레의 습격에 참아야하는 고통을 감수하는 등 인간한계를 뛰어 넘는 훈련을 감당해야만 했다

한 여름 땡 볕 산악구보에 체온을 견디지 못하여 물을 마시지도 못하고 정신을 놓은 동료를 끝까지 부축하여 뛰어야 했다. 북한의 124군 부대보다 산악과 야지에서 더 빨리 뛰어야 한다며 30㎏의 모래를 배낭에 넣고 완전무장하고 시간당 10㎞를 주파하는 급속 행군훈련을 받았다, 지옥주에 배가 고파 썩은 생선을 먹고 식중독이 걸려 온몸에 두드러기가 나도 뛰어야 했고 몸이 하도 가려워 바닷물에 담그며 이를 견뎌야 했다.

야간에 중무장을 하고 6~7명이 머리위에 105㎏의 보트를 매고 산과 계곡을 시간당 10㎞로 주파해야 했다. 그러지 못하면 군용트럭에 매달아 넘어져 끌려가도 정차 없이 일어나 뛰어야 했다. 앉아서도 서서도 기어서도 보트를 놓치지 않고 악독하게 끝까지 살아서 도착하는 훈련을 받아야 했다.

북파 특수공작원 교육은 해병대 수색교육사상 처음 있는 일이다. 엄동설한에 슈트도 없이 위장복만 입은 채 바닷물을 맞으면서 실행하는 해상훈련은 상상할 수 없이 혹독하고 힘든 훈련을 견디어 내야만 했다. 일부 요원들은 교육을 받다가 군복을 벗어놓고 나체로 탈출하는 경우도 있었다. 오죽하면 민간인 집에 들어가 옷을 갈아입고 근무소를 벗어나기 위해 걸어서 토함산을 넘어 고향으로 탈영하여 영창 신세를 지겠는가. 또 스스로 자해하여 뼈가 부서지거나 근육을 파열시키면서 몸에 상처를 내고 똥독에 감염되어 퇴교를 하는 등 온갖 행위가 비상식적으로 이루어 졌다.

영하 10도가 넘는 혹한의 날씨로 모래사장이 얼어붙어 곡괭이도 들어가지 않는 겨울철 황천의 날씨에 바다에 몸을 담그며 훈련하였다. 그러다 보니 대부분의 대원들은 동상에 걸려 손가락과 손등, 귓볼이 갈라지고 터지고, 상처에서 피고름을 흘리기도 하였지만 훈련은 계속되었고, 어떤 치료도 받지 못했다. 이들은 국가의 명령으로 절대복종을 강요당하며 부당하게 차출되어 무지막지한 북파훈련을 받고 비밀리에 서해 5도 해상과 NLL선상에 투입되어 죽음을 불사하는 작전활동으로 국가에 충성을 다했지만 냉전시대의 희생자가 되었다

당시 155마일 전선 비무장지대는 이미 남북 양측 철책이 완공되고, 경계가 심해 124군 김신조 부대와 같이 육상을 통해 단시간 내에 북한에 침투하여 군사적 보복과 응징을 하고 돌아온다는 것은 불가능하다고 판단하

였다. 그래서 우수하고 강인한 해병대 정예요원을 차출해서 1950~1960 년대 북파전진기지라 할 수 있는 백령도, 대청도에서 북한의 서해안을 통해 군사시설 등에 기습 보복과 응징하는 방안을 가지고 있었다. 이에 상부는 해군에 북한이 남한을 상대로 기습침공, 테러 등을 감행할 경우 이 사태에 상응하여 북한에 타격을 줄 수 있는 대북 보복·응징부대를 부대장도 없는 비 편제부대로 창설해야 한다는 계획을 세웠다.

이 계획에 의해 상부에서는 해병 제○사단에 특수공작계획을 수립토록 지시하였다. 이후 상부는 이 계획에 의해 연평도와 백령도에 각 1개 소대 규모의 북파 보복부대로서 북한 해주의 군사시설과 군항이 있는 일부 도서의 레이더 기지 등을 폭파 또는 요인암살 임무를 수행할 '망치요원 (8·12요원) 운영계획'을 수립하였다. 이 시나리오에 의해 1982년 12월경 해군에 상부의 결재 시 즉각 시행을 위한 '망치(8·12)요원 운영계획' 등의 준비지시를 하달하였다.

최 모 해병대 사령관은 유 모 해병 ○사단장과 차 모 ○여단장에게 8·12 요원 운영계획 등에 대하여 '높은 분의 특별지시이니 망치요원 운영에 차질이 없도록 만전을 기하고, 특히 보안에 유념할 것.'을 지시하였다. 따라서 해병대의 망치요원 운영계획과 관련된 모든 사항은 군사보안상 '극히 보안을 요하는 특수공작계획' 또는 '보안을 요하는 특수작전계획'으로 분류하여 관리하였다.

망치요원 운영계획에 따라 해병 ○사단 작전 참모실에서는 특수임무를 수행할 자원을 선발하고, 특수임무수행을 위한 보수교육 세부계획을 수립하였다. 하지만 실지로는 모든 것이 비밀에 부쳐졌고 위장으로 포장되었다. 그래서 '망치(8·12)요원 운영계획'과 관련된 모든 문서에는 '전지훈련'이라는 명칭으로 사용되고 그 내용 또한 사실과 다르게 작성되었다.

해병 ○여단장 차 모 장군은 망치요원들이 기거할 병사(兵舍) 및 군수물자 지원을 위한 세부계획을 수립한 후 병사 및 북한 목표시설의 위치와 모형을 그대로 옮긴 모의교장 14동, 주요시설 폭파를 위한 폭파훈련 시설 등을 건립하였다. 한편 주한 미군사령부 모 처와 우리의 상부에서는 해병 ○사단 특수수색대장 홍 모 소령을 찾아가 모종의 특수 공작작전이 있을 것을 암시하였다. 그리고 이에 대비하여 북파요원을 선발하여 특수교육을 시킬 것을 주문하였다. 자세한 내용은 나중에 하달하겠다고 하였다.

한편 해병 ○사단장 유 모 장군은 망치요원 선발 및 교육에 관한 세부계획에 의거 기습특공대대인 ○○대대, ○○대대, ○○대대 대원 중 그 해 제23차 특수 수색교육을 이수한 대원들을 주축으로 망치요원 81여 명을 선발·차출하였다. 망치요원에는 부대장이 없었다. 침투명령을 최종 재가할 상부가 곧 부대장이었다. 망치요원이 백령도에 파견되고 불과 며칠이 지나지 않아 북한의 대남방송 등에선 '망치부대 동무들 오시느라고 수고들 해시요, 밤에 모가지고 붙어있는지 확인 잘 하시라요.' 등의 방송을 하였다.

처음 방송을 듣고서는 대부분의 요원들이 잠을 자지 못했다. 또 갑작스러운 침투명령이 수시로 내려지곤 했는데 결혼한 대원은 소대장에게 달려가 울며불며 하소연했다. 자신은 처자가 있는 몸이라 살아서 돌아가야한다며 임무수행에서 빼달라고 읍소하기도 하였다. 망치요원들은 마치사형선고를 받은 사형수처럼 임무명령이 떨어질 때마다 아무런 말도 하지 않고, 조용히 자신의 유품을 챙길 뿐이고, 서로 얼굴만 쳐다볼 뿐이었다. 밤에는 훈련하고 낮에는 취침을 하였다. 이는 1968년 청와대 기습사건 이후 창설된 육군 첩보부대(AIU) 산하 902정보부대 803대, 이른바 '선갑도 부대'의 훈련방법과 같았다.

해병 O여단장은 망치요원의 군수지원 등에 대해서만 권한 및 책임이 있었으므로 따로 임무를 주거나 설명하지 않았다. 훈련을 독려하거나 요원운영에 일체 관여하지 않았으며, 단지 요원들의 불편한 점 등에 대해서만 살폈을 뿐이다. 다만 망치요원 소대장으로부터 가끔 임무 또는 훈련과 관련 없는 일상적인 부분에 대해서만 보고를 받을 뿐이었다.

북한은 해병 O사단이 서해를 통해 상륙작전을 감행할 것에 대비하여 많은 수의 병력을 해안방어에 배치하고 있었다.

하지만 북한 군부는 해병 ○여단에 대해서는 방어부대에 불과하고, ○여단 병력이 공격을 감행할 거라는 생각은 하지 못하고 있었다. 그런데 어느 날 갑자기 해병 ○사단에서 정예 병력이 북파임무를 목적으로 백령도와 연평도에 각 1개 소대가 상주하자 북한 군부의 입장에선 잠이 오지 않을 지경이고, 망치요원에 대한 대비책으로 보병 1개 사단(약 1만~1만 2천 명.)을 추가로 배치하여 해안방어를 강화하였다.

북한은 군사정전협정회의 등에서 망치요원 존재 사실을 지적하며 상응한 대응을 하겠다고 으름장을 놓았고, 유엔군사령부는 북한 측에 일반적인 훈련부대의 전지훈련일 뿐이라고 주장했다. 이에 국방부와 해군에 망치요원 운영 등에 대하여 확인을 요청하였으나 해군은 통상의 전지훈련임을 보고하였다. 한미연합사령부는 북한이 계속하여 망치요원 운영과 관련하여 정전협정 위반임을 주장함에 따라 해병대의 망치요원 운영에 예의주시하던 중 1983년 여름경 국방부와 해군에 망치요원 운영에 대한 재고할 것을 건의하였다.

1984년에는 북한에서 수해물자가 남한에 전달되고 국방부와 안기부, 합참, 청와대는 북한과의 과도한 보복전, 비정규전 등이 문제를 야기할 것으로 판단하고 북파 및 응징부대인 망치요원의 운영을 중지하였다.

1972년 7월 4일 남북공동 성명은 남북 간 무력도발을 중지한다고 약속하였으나 그 약속은 지켜지지 않았고, 1984년 망치요원이 해체된 직후부터 사실상 남북 간의 무력도발은 중단되거나 급격히 줄어들었다. 북한은 망치요원들이 특수임무를 수행하는 동안 요원들의 침투를 막기 위해 북한 1사단 병력이 추가로 해안방어에 배치되어 전력이 분산되었고, 망치가 해체된 1984년 이후부터 1990년대 초까지 간첩이나 무장공비를 이용한 테러행위는 거의 중단되었다.

그래서 대한민국이 88올림픽을 무사히 치를 수 있었고, 지금과 같이 자유를 만끽하고 고도성장을 할 수 있었던 것은 망치요원들의 특별한 희생이 있었기 때문이다.

3. 우리의 슬픔

하나. 영일만의 고혼(孤魂).....

1982년 3월 4일

1차 보수교육(일명 망치교육) 종료를 불과 이틀 앞둔 이 날은 망치(8·12)요원의 슬픔이 시작되는 날이고 앞으로 우리요원의 앞날이 예측할 수 없는 험난한 길임을 예고하는 날이다. 우리요원들은 이날을 결코 잊을 수 없다. 고진감래(苦盡甘來). 모진 고생 끝에 낙이 온다. 쓴맛이 다하면 단맛이 온다고 했다. 혹독했던 12주. 교육이 끝난 후 안도의 기쁨에 젖어야 할 우리요원에게 슬픔의 그림자가 드리우기 시작했다. 예전에 없던 동계 특수수색교육이 막바지에 이른 날.

피똥 터지고 힘들었던 훈련종료의 벅찬 안도감과 기대감도 잠시. 운명은 비극을 벗어나지 못했다. 우리의 운명과 같이 지워지지 않는 시퍼런 물이 마음에 들고 말았다. 이때의 허탈함은 지금까지도 잊을 수가 없고 우리요원들은 뇌리에 잘 가시지 않는다. 사고가 나던 날, 육지에는 봄이 찾아 왔으나 바다에는 아직 봄이 찾아들지 않았고 해풍은 뼈를 삭일만큼 사나웠다. 춘래불사춘(春來不似春)이라고 했던가. 봄은 왔지만 봄 같지 않다.

대원들은 3대의 코만도-5 보트에 나누어 타고 약전 방파제 부근 일명 토끼꼬리 섬으로 종합전술 평가 훈련을 나갔다. 폭파는 종합전술 훈련의 대미다. 마지막으로 멋진 폭발음으로 피날레를 장식하며 훈련의 마무리를 성공적으로 마쳤다는 안도감에 자신감이 넘쳤지만 기쁨은 잠시, 밀려오는 피로감은 걷잡을 수 없었다. 연일 계속되는 강도 높은 훈련으로 파김치가 된 교육생들은 각자의 보트에 지친 몸을 얹었다. 하지만 마음 속 뒷켠에는 금의환향의 설레임이 있어 부푼 마음을 안고 수색대로 귀대하고 있었다.

이날 망루에는 한미연합사령관 위컴 태평양사령관 국방부장관 주○복합참의장, 윤○민 해군 참모총장, 이○수 해병 제2참모차장, 최○덕 해병 제1사단장을 비롯하여 육군 장성도 몇 명 있었다. 여러 장성들은 우리의 훈련이 마음에 들었던지 흐뭇해했다.

"무적 해병! 용맹 해병의 참모습이 빛을 발한 멋진 시범훈련" 이라며,

윤○민 해군 합참의장은 훌륭한 해병 북파특수공작요원들이 고강도훈련 모습과 전투능력을 높이 평가하고 교육대장에게 그 동안의 노고에 격찬하면서 전두환 대통령에게 보고하겠노라고 표하였다. 치하를 받은 사단장은 기쁜 마음을 쓰려 내리며 교육생들 단체 회식준비를 지시했다는 내용을 무전으로 타전했다. 시범훈련을 마치고 돌아오는 바다위에서 우리는 '포항 방파제 부근에 회식 준비 중'이라는 교신을 받았다.

17시경

안도와 기쁨도 잠시 거친 바다는 일찍 저물었고 갑작스럽게 밀려오는 짙은 해무로 시계가 매우 불량했다. 작전 지침대로 돌격조와 엄호조를 순차적으로 보낸 후 맨 나중에 승선한 408기 교육생 서 모 대원은 척후 스윔어(scout swimmer) 위치인 선수에 몸을 엎드려 귀대하는 각조의 보트를 지친 눈으로 바라보며 뒤를 따르고 있었다. 이른 봄이라고 하지만 시린 해풍과 거친 파도 탓에 보트들은 솟구치고 꺼지기를 반복하며 항해 중이었다. 그래도 만선의 벅찬 감격과 같은 훈련성공의 감격이 우리를 위로하고 있었다. 그때 서 대원의 눈에 직감적으로 불안감이 엄습했다.

"저 배 너무 달라붙는 거 아냐?"

서 대원의 눈에는 돌격조 뒤를 따르는 교관단의 보트가 너무 가까이 접근하는 것이 불안했다. 순간,

"퍽." 하는 소리와 함께 교관단의 보트가 정찰조 보트를 내려찍은 것이었다. 그 충격으로 정찰조 보트에 탑승했던 대원들 모두 스프링처럼 바다 속으로 튕겨나갔다. 그중 유독 칵션(coxswain 보트를 모는 선임 하사:팀장.)과 함께 맨 후미에 탑승했던 딸딸이병(무전병) 이광석 대원이 교관단 보트와 직접 부딪친 것으로 보였다. 공중에 떠 있는 것은 순간, 차갑고 거친 바닷물 속으로 잠겨드는 이광석 대원과 무전기 숏 안테나가 서 대원 눈에는 불안한 직감으로 오싹하게 들어왔다.

"선임하사님, 빨리 빨리."

서 대원은 칵션인 권 팀장을 재촉했다. 최신형 보트가 그렇게 느리게 느껴진 적이 없었다. 촌각이 하루와 같았다. 애가 탔다. 현장에 도착하자 나머지 대원들은 다 구조되었는데 이광석 대원만 보이질 않았다. 타격을 받은 보트는 모터가 정지되어 있었다. 수영 실력이 가장 뛰어난 사람이 척후 스윔어를 맡는다. 서두원은 수영과 수구 대표선수를 지낸 수영 꾼이었다. 서두원과 동기인 스윔어 한성희 대원은 즉시 슈트를 벗고 뛰어들었다.

얼음장같이 찬 바다

바다 속은 수심 2미터마다 수온이 현저히 떨어졌다. 무전기 안테나의 위치를 따라 바닷물 속으로 숨이 차 죽을 것만 같았지만 초과호흡을 하면

서도 계속적으로 차갑고 어두운 바닷 속으로 몸을 집어넣었다

한번, 두 번, 세 번........

서두원은 수심 12미터 정도의 바닥을 찍었지만 교육생을 다시 볼 수는 없었다. 급격한 조류, 시계불량, 시야에서 사라지고 없는 이광석을 향하여 소리 쳤지만 대답은 없었고, 전 교육생이 공조를 해서 거듭 수색했다. 수색하는 요원들도 얼음 같은 바다에서 입수를 수없이 반복하는 도중 어떤 요원은 저체온증으로 입술이 새까맣게 온몸을 덜덜 떨면서 정신을 잃는 이도 있었다. 많은 시간이 지나고 있었지만 요원은 발견되지 않았고 조난 실종보고를 되었다. 마음만 동동 거릴 뿐 육신은 그들의 끈을 이어 놓지 못했다. 가슴에 대못을 박는 슬픔과 아쉬움이 솟구치지만 세찬 파도가 삼켜버리고 공허한 마음만 적막강산(寂寞江山)이었다. 생각이 중지되고 자괴감이 몰아쳐 한 동안 망연자실하였다. 그로부터 30일 후 포항 접경 바다에서 어선의 그물에 걸려 참혹한 유해로 다시 모습을 드러냈다. 사고 시 즉사한 것으로 추측됐다.

교육생들은 적에게 체포되어 포박되었을 때를 대비해 포박된 채 물에 뛰어들어 결박을 풀고 탈출하는 수중결속 해체 훈련, 일명 수중결색 훈련을 반복하여 받는다. 이광석 교육생도 예외일 수가 없었다. 순간 충격으로 의식을 잃었다 하더라도 얼음장 같은 바다에 빠지면 즉시 의식이 회

복될 것이고, 그러면 무전기를 해체해서라도 즉시 구조되었을 것이다. 또 하나, 수중 폭파는 임무 성격상 철모를 훈련에서도 쓸 수 없다. 슈트에 요원들에게는 벙거지나 나까오리로 통하는 중절모 모양의 정글모가 전부라서 머리에 큰 타격을 당하면 대책이 없게 된다.

포항병원의 영결식에 찾아온 여인이 있었다. 무척 아름답고 예쁜 여자였다. **하염없이 울던 그녀의 아름다움에 묻어오는 애틋함이 우리를 더욱 안타깝고 애절하게 했다.** 고 이광석 해병의 애인이었다. 그녀도 울고 우리도 함께 울었다. 그녀는 육**군 특전사 하사라고 했다.** 이광석 해병이 군복무 중에 혹여 **다른 남자의 유혹에 흔들릴까봐 입대했다**고 흐느끼며 말했다. 제대하면 자신도 **같이 전역해서 결혼하려 했다고**⋯⋯⋯.

그 무렵 해병대 1사단 주변에는 하얀 목련꽃이 흐드러지게 피어 있었다고 한다. 동료 교육생들은 그 꽃들이 서럽게 시렸다고 기억했다. 지금도 그 당시를 떠올리면 애환의 아쉬움에 숨이 턱턱 막힌다. 그의 유해는 국립 현충원에 안치되었다. 이 사고는 일생동안 요원들의 뇌리를 떠나지 않고 슬픈 자화상으로 남아 주위를 맴돌고 있다. 지금도 참회하는 마음으로 평생 죄인인양 속죄하며 요원의 넋을 위로하고 있다. 이 대원 우리들을 원망하지 말고 부디 극락왕생하기를 마음 속 깊이 기도하면서.

북파특수공작훈련을 마치고 선발된 망치요원들은 슬픔을 뒤로한 채 백령도와 연평도에 투입되기 위해 해병 제 1사단 사단장에게 출전신고식이 이어지고 있었다.

사단장의 훈시가 시작 되었다.

"나라가 풍전등화에 있다 대한민국은 여러분을 기억 할 것이다."
"여러분은 최강의 해병 중에서 해병이다."
"여러분은 국가가 최고의 예우를 할 것이다."
"최후의 일각까지 싸우라. 여러분의 뒤에는 해병이 있고 조국이 있다."
"대한민국이 존재하는 그날까지 여러분은 영웅이 될 것이다."

망치요원들을 하나하나 가슴으로 포옹하고 등을 두드리며 이별을 고하는 군악대의 연주에 맞추어 도열한 병사들은 거수경례로 배웅하면서 모범해병이란 위장된 버스에 승차를 하자 사단을 빠져나온 요원들은 곳 바로 헌병들의 에스코트를 받으면서 경부고속도로를 달려 금강 휴개소에서 육군헌병과 인수인계한 헌병의 에스코트를 또 다시 받으면서 인천 5해역사 도착하자 제 2함대 사령관이 나와 장비를 점검하고 요원들에게 독려를 하였다.

서해 5도로 가는 배편은 파도가 심한 관계로 몇 날이 지연되었고 인천부두에서 군함에 몸을 실은 망치요원들은 백령도와 연평도를 향하여 항해에 밤이 깊어지자 북으로 향하던 군함은 남쪽을 향하고 있었다. 망치요원들은 직감적으로 뱃머리를 돌리자 의문을 표하는 요원에게 그 이유가 무엇인 해군 상사는 말해주고 있었다. 북방한계선이 아닌 남방한계선 새로이 생긴 분쟁지역으로 북한이 마음대로 월선을 표시한 지역으로 그 지역을 넘게 되면 교전이 된다는 것이었다. 서해 5도에서 해상 1 km까지는 남방한계선이란 것이다. 소위 말해서 들어가는 입구만 열어주고 나머지 사방이 그들의 영해라는 것이다. 전쟁이 발발되면 독안에든 쥐처럼 그렇게 서해 5도를 고립시키고 서해와 인천 서울을 장악하는 속보이는 짓을 하고 있다는 것이었다.

그 당시는 서해 5도 해상은 분쟁지역이고 NLL는 이미 없어진 것이다. 작은 전쟁터였던 것이었다. 목숨을 담보로 작전을 펼쳐야 하지만 망치요원들에게는 생명에 연연하는 두려움이 없었다. 그 정도로 망치요원들은 혹독한 훈련을 받았다. 날이 밝아오자 양 옆에는 두 척의 군함에 보호를 받으며 항해를 하고 있었다. 멀리 보에는 북한의 군함들이 보이고 장산곶이 보였다.

망치요원들은 또 다시 다짐을 하고 있었다. 명령만 떨어지면 동해바다에서 고혼이 된 전우가 있었다면 서해바다에 고혼이 되더라도 해병 망치요원으로 조국을 위하여 이 한 몸 초개와 같이 마지막까지 싸우다 손이 없으면 발로 발이 없으면 몸으로 몸이 없으면 이빨로 마지막 영혼까지 불태우기를 다짐하고 다짐을 했다.

이들은 이를 악물고 반드시 김일성의 목을 따와 조국에 바치고 대한민국이 존재하는 그날까지 최고의 영웅이 되어 전우의 묘지 앞에서 제사를 지내겠다고 맹세를 하면서 마침내 장산곶이 보이는 백령도 옹진반도와 해주만이 보이는 연평도에 도착하여 오직

"명령만 떨어지면 하느님도 쏜다."
"체포되면 자폭 산화한다."는 구호아래

대북응징보복 목적만을 위한 망치작전에 투입을 하게 되는데.

망치 요원 군장검열

전설의 해병대 망치

둘. 폭염 속에 지다

1984년 7월 16일

살랑거리던 해풍마저 멎고, 무더위가 기승을 부리고 있었다. 장마 끝이라 그런지 가끔 불어오는 미풍에 물기가 묻어 있는지 물 먹은 포장지 마냥 마음마저 축축하게 젖어 갔다. 아무도 말이 없이 고요한 침묵만 흐르고 있었다. 하지만 침을 삼키는 긴장이 엄습하여 온 사방이 밀도 깊게 조여지고 있었다. 금방이라도 팽창하여 폭발할 듯이 모골이 삣죽삣죽 설 만큼 소름이 돋고 있었다. 아무도 선뜻 나서지 않았다. 기승을 부리고 있는 무더위에 긴장감만 조여들어 지켜보는 모든 병사들의 온몸에 식은땀만 비 오듯 흘러내렸다.

포항에 위치한 해병대 ○사단 ○○대대 ○중대 병사와 식당 주변

해병 5분대기조와 헌병 등 무장 병력들이 에워싸고 있는 가운데 ○중대 소속 우 모 하사가 마당 한복판에 주저앉아 자신의 목에 M-16 소총을 겨누고 묵중한 침묵을 깨고 피를 토하듯 절규하고 있었다.

"씨발, 나라 위해서 목숨 걸고 돌아온 우리망치를 이 따위로 무시해도 되는 거야. 좆같은 세상, 내가 끝까지 저주할거야, 씨발."

그는 이미 이성을 잃고 있었다. 핏발 선 두 눈은 분노로 이글거리고 있었다. 그를 향해 조준 상태로 대기 중인 5분대기조와 병력들은 이미 사격 명령을 받고서도 마네킹 같이 주저하고 있었다. 모두 이 상황을 모면하고 싶은 심정이었다. 그때 긴 침묵을 깨는 다급한 돼지 멱따는 소리가 허공을 가로 질렀다.

"뭐해 새끼들아, 그냥 갈겨버려."

중대장이 거듭 재촉했다. 하지만 우 하사는 허공에 대고 몇 발 격발했을 뿐 난동을 부리거나 누구를 위협하지도 않았다. 어느 누구도 총구를 오직 자신의 턱 밑만 겨누고 있는 동료를 사살한다는 것이 썩 내키지가 않았던 것이다. 우길준 하사와 동향 출신이며 막역한 친구인 배 병장은 물론 모두 걱정스런 표정으로 지켜보고 있었을 뿐 그 자리를 회피하지 않았다. 유난히 배 병장은 우 하사를 직접 찾아가 시도했던 몇 차례의 설득과 회유가 무위로 끝났기 때문에 몹시 착잡한 심정이었다. '뭐가 되었든 우 하사에게 달려가 같이 끌어안고 산화하고 싶었다.' 고 한다.

"씨발놈, 뒈질라믄 얼른 뒈지던지, 왜 모양 떠는 거야 뭐야."

중대장은 연신 조롱하는 어투로 결단을 재촉했다. 짧은 침묵이 이어졌다. 누군가 마른 침을 삼키는 소리가 들렸다.

"탕."

단발의 총성이 울렸고 우 하사의 머리가 폭발하듯 터지며 뇌수와 붉은 피가 사방으로 흩어졌다. 순식간에 머리를 잃은 육신은 썩은 나무 등걸처럼 모로 픽 쓰러져버렸다. 우 하사 스스로 아직 채 영글지도 않은 짧은 생을 꺾어버린 것이다. 그 처참한 상황을 지켜보고 있던 병력들 사이에서는 탄식과 함께 작은 웅성거림이 일었다. '아니 이럴 수가, 아니 이럴 수가.' 모두가 망연자실 하는 것 같았다. 바로 몇 분 전까지 농담을 주고받던 우리 동료가.

우 하사의 사체는 즉시 군용담요에 싸여서 대기 중이던 구급차에 실려 포항병원 영안실로 운구 되어 갔다.

사흘 전 일이었다. 우길준 하사와 함께 망치로 연평도에서 동고동락하던 홍 모 대원이 내무반에서 우 하사처럼 M-16 소총으로 자살을 해버렸다. 자살 이유는 너무도 단순했다.

5월 15일
우 하사와 함께 휴가를 나갔던 홍광식 대원은 서울에서 같은 해 2월 27일 전역한 선임 해병인 병 434기 박 모 전우의 생일에 맞추어 박 선임을 방문해서 조촐하게 생일 파티를 함께 했다. 생일 파티를 마치고 박 선임의 집을 나섰던 홍 해병은 술에 만취해서 어느 백화점 쇼 케이스를 박살내버렸다고 한다. 그 사건은 큰 말썽 없이 잘 마무리되었고 홍 대원은 나머지 휴가 일정을 몰수당한 채 먼저 귀대조치 되었다. 헌병 출신이며 원칙주의자인 중대 선임하사는 홍 대원을 엄하게 꾸짖고 또 다시 유사한 말썽을 일으키면 가차 없이 사단 영창으로 보내버리겠다고 경고하고 훈방조치 하였다. 그로부터 얼마 지나지 않아 대대 야간 은폐 훈련 도중에 텐트 안에서 잠을 자던 홍 대원이 신참 하사에게 발각되고 말았다. 신참 하사가 군화를 신은 채로 홍 대원을 툭툭 걷어차며 깨운 것이 화근이었다.

"에이, 씨발. 말로 하믄 어디가 덧나서 발길질하고 그러는 거요?"
"어? 이 새끼 말하는 폼새 좀 보게."
"새끼, 새끼하지 말아요, 누굴 애 취급하나?"

홍 대원은 화가 치밀었다. 아직 해병 짬밥이 몸에 스며들어 피로 바뀌지도 않았을 새까만 신참 하사가 산전수전 다 겪은 해병 갈참 병장에게 계급장을 들이밀며 욕 짓거리 하는 것이 몹시 거슬렸다. 하긴 망치 출신인 홍 대원을 알고 있는 하사관이었다면 똥을 피하는 기분으로라도 눈을 딱 감았을 일이기도 했다. 홍 대원이 벌떡 일어나서 신참 하사관을 꼬나보고 섰다.

"이 새끼 진짜 말로해선 안 될 놈일세. 일루 나와 임마."

전설의 해병대 망치

"어쭈 사람 패시겠네?"

거친 언쟁이 사소한 몸싸움으로 이어졌던 것이다. 하나 둘 훈련병들이 모여들고, 병사에게 망신을 당한 신참 하사는 선임자인 중대 선임하사에게 즉각 보고해버렸다.

"이 새끼 진짜루 꼴통이네."

훈련을 마치고 돌아온 중대 선임하사는 홍 대원을 단단히 기합 주고 나서 옷을 홀랑 벗기고 꽁꽁 결박하여 중대 병사 복도에 꿇어앉게 한 후 퇴근해 버렸다. 전 중대 병력이 오가는 복도에서 밤새 결박된 채로 발가벗고 꿇어앉아 있던 홍 대원. 다음날 아침이나 먹으라고 결박을 풀어주자 수치심과 모멸감을 감당하지 못해서 곧장 내무반으로 뛰어 들어가 숨겨두었던 실탄을 장전해서 스스로 목숨을 끊어버린 것이다. 홍 대원에게 기합을 주었던 중대 선임하사는 홍 대원의 친형과 해병 하사관 동기라는 말도 들린다. 그 말이 사실이라면 형이나 다름없는 선임하사에 대한 야속함도 일부 작용했을 것으로 보인다.

우 하사와 홍 대원은 의형제를 맺은 사이였다. 이 소식을 접한 우 하사는 통곡을 하며 영안실로 달려갔다. 홍 해병의 시신에는 영정은 물론 검정 리본조차 없이 시신 안치용 냉동고에 방치되어 있었다. 우 하사는 중대장과 대대장을 찾아가서 과정이야 어찌됐든 기왕에 세상을 떠난 영혼인데 최소한의 예를 표할 수 있게 영정에 검정리본 만이라도 허락해 달라고 부탁했으나 **거절당했다. 해병은 불명예스럽게 자살한 대원에게 예를 표할 수 없다는 것이 이유였다.**

"대대장님, 제발 부탁드립니다. 군의 명에 따라 사지에서 위험한 임무를 완수한 해병입니다. 그 공로를 고려해서라도 최소한의 예만 갖추게 허락해 주십시오."

우 하사는 눈물로 호소했다. 그러나 지휘관들의 태도는 완강했다. 우 하사의 거듭되는 호소에 나중에는 역정까지 내었다. 누군가는 동성연애 하던 사이냐고 조롱도 했다.

"니미 씨팔, 좆 빠지게 굴려서 써 먹구 나서는 헌 신짝 취급하는 거여? 누가 무리한 요구를 하는 것이냐구. 그까짓 영정에 검정 리본이 뭐 어려운 일이라고 거절하는 거냐구."

자신의 거듭되는 읍소에도 불구하고 앵무새처럼 같은 말만 되풀이하는 지휘관들로 인해 우 하사는 심한 배신감과 분노로 치를 떨었다. 홍 대원의 사고 사흘 후 결국 우 하사도 같은 길을 택하고 말았다. 울분을 토하며 하늘을 향해 방아쇠를 당기고 난 후 그 또한 스스로 짧은 생을 마감하

전설의 해병대 망치

고 말았다. 미완의 젊음을 스스로 꺾어 폭염 속 미풍의 부축도 없이 떨어지는 작은 꽃잎으로 지고 만 것이다. 그날 중대원들은 병사 벽 등에 튀어박힌 우 하사의 뇌수와 엉긴 핏덩이를 젓가락으로 파내고 걸레로 훔쳐낸 후에 식사도 거른 채 종일 우울했었다고 전해진다. 우 하사와 홍 대원은 연평 망치로 함께 임무수행을 하면서도 각별한 우정을 보여 왔었다. 둘은 학력도 짧고 자랑거리도 별로 없는 비슷한 처지의 순박한 농촌 출신들로서 서로만을 의지하며 군 생활을 해왔었다. 원대복귀 후 우 하사는 I B S 창고 책임자를 맡고 있었는데 홍 대원은 틈만 나면 창고로 찾아가 함께 지내며 남 다른 우정을 과시해 왔었다.

앞날이 구만리 같은 미완의 청춘들

그들의 비극적 종말도 외상 후 스트레스 장애를 의심하게 한다. 저승에서나마 두 전우들 서로 더욱 돈독한 우정을 지켜가길 기원한다. 나와 함께 망치요원 전우회 일을 도맡아 하다시피 하는 사무총장 434기 박 모 연평망치는 앞서간 두 전우들의 비참한 최후를 도저히 이해할 수 없다고 회상한다. 전역한 선임의 생일까지 챙겨줄 정도로 지극히 평범한 소시민적이고 인정어린 친구들이 어떻게 그 엄청난 일을 저지를 수 있을까. 이들은 망치시절의 초일상적 삶이 벌써 평범한 일상으로 회귀하기에는 너무 멀리 비켜간 것은 아닐까.

어릴 적 집안청소는 물론 방안 곳곳을 말끔히 정리하고 기쁜 마음으로 열심히 공부하고 있다가 부모님이 올 때쯤 성가시게 구는 동생을 몇 대 때린 적이 있다. 다짜고짜 아버님이 제 뺨을 때리며 '동생 하나도 제대로 데리고 놀지 못하는 바보 같은 녀석'이라고 호되게 꾸지람을 들은 적이 있다. 그날 나는 누구에게 하소연도 못하고 밖에서 실컷 울 수밖에 없었던 어린 시절이 생각나 눈물을 멈출 수가 없었다.

그들도 나와 같은 처지였을까? 이보다 훨씬 자괴감에 싸여 일을 저질 수밖에 없었겠지. 3대 독자인 박 선배는 '이들을 위해 네가 해줄 수 있는 것이 뭐냐.'고 되뇌면서 시름에 찬 얼굴을 하고 먼 곳을 응시하며 소주병만 기울이던 모습이 떠오른다. 반드시 해병 망치요원의 명예를 회복하여 맨 먼저 이들의 영혼을 위로하고 해병대 사령부 외딴 기슭에라도 이들의 위령비를 세우고 위령제를 지내고 싶다고 했다.

망치시절을 겪어보지 못한 분들은 이들의 무모한 행동을 도저히 이해하지 못할 것이다. 하지만 우리는 안다.

"우 하사, 홍 대원, 이제 이승에서 말 못한 일은 산 자에게 미루고 죽은 자는 평안히 영면할 수 있는 편안한 자리에서 행복을 누리세요. 우리가 있잖아요."

진심으로 고인들의 명복을 빈다.

전설의 해병대 망치

셋. 전우

나는 대한민국 해병대에 입대하여 해병대원으로서 상부의 명령에 따라 일반 복무자보다는 훨씬 가혹하고 위험한 임무를 수행하며 병역의무를 완수했다. 대한민국 해병대 북파 공작대 망치(8·12)요원, 일명 망치부대원으로.

요즘 들어 전우들과 자주 자리를 함께 하고 있다. 앞서 소개한 대로 망치요원동지회를 창설하고, 카페를 신설하면서 오랜 세월 잊고 지냈던 전우들과의 소통이 활발해진 탓이다. 생사를 장담할 수 없는 최전방에서 도처에 산재한 위험으로부터 서로를 믿고 의지하며 살아 돌아온 전우들이라서인지 서로 간 신뢰도 두텁다.

요즘, 전우들을 만나면, 그 시절 우리는 무엇 때문에 그곳에 가서 도대체 무엇 하다 돌아왔는가가 주된 논의 대상이 되곤 한다. 생사를 건 사투를 매일 밤 벌였지만 지금은 아무런 실체가 없다. 이 얼마나 허무한 일인가. 정말 분통이 터질 일이다. 이런 날에는 술자리가 길어진다. 괜히 옆자리에서 점잖게 술 마시는 사람들에게 시비도 건다.

다만 우리가 죽음의 문턱에 이를 만큼의 고통스런 교육과정을 이수하면서 지휘관들에게 귀에 못이 박히도록 들었던 우리의 임무나 교육내용.

그때는 무시무시한 공포로 다가왔지만 지금은 아련하게 빛바랜 추억 속에 남아 있을 뿐이다. 그 당시 우리의 의무와 작전으로 미루어 볼 때 우리의 정체는 북파 특수공작부대 요원들임에 틀림없다. 또한 임지에서 행했던 임무수행도, 명령만 떨어지면 당장이라도 적진에 침투해서 적 주요시설 파괴, 요인 암살 납치, 적진 교란 등 주어진 소명을 차질 없이 완수할 수 있도록 반복에 반복을 거듭하는 것이었다. 그러나 지금 해병대 사령부에는 우리망치요원의 정체가 없다. 아니, 없는 것인지 은폐하는 것인지 알 수가 없다.

전우들이 여러 경로로 사령부와 접촉하였으나, 돌아오는 답은 한결같았다. 백령도나 연평도에 전지훈련이나 전술훈련으로 다녀온 기록뿐이라는 것.

그러면 전투사단인 해병 ○사단이, 국방 예산이 넉넉해서 인근 해상을 무시하고 지역방어 임무를 수행하는 ○여단에 우리요원들을 전지훈련차 보냈단 말인가?

고강도의 훈련을 이수하고 철저한 신원조회를 통해 엄선한 우리요원들을, 한가하게 뱃놀이나 하며 휴양하고 오라고 보냈었단 말인가?

일병으로 2차 망치가 되어 백령도에서 임무수행을 할 때, 내 봉급이

3,000원 정도(참고 – 1985년 9월 이등병 월급이 3,300으로 인상되었음. 당시 시간당 아르바이트는 평균 450~500원 정도.) 로 기억된다. 반면에 생명수당은 봉급의 열 배가 넘는 31,000원이었으며, 매 끼니 당 부식 보조금 명목으로 400원씩 지급되었던 것으로 기억한다. 이 금액을 모두 합하면 당시 도시 근로자 한 달 월급 정도는 됐던 것으로 추산된다. 80년대 초 우리나라가 말단 병사를 그토록 우대할 만큼의 경제 선진국이며 복지국가였을까?

임무수행 시마다 보트에 주유하는 유류비며 매회 터뜨리는 고성능 폭약과, 사격훈련 시마다 긁어대는 실탄 기타 모든 것을 감안하면 우리요원을 유지, 관리하기 위한 비용은 가히 천문학적이었을 것이다. 이런 엄청난 경제적 부담을 감수하면서 우리를 그곳으로 보냈던 이유는 무엇인가?

우리요원들 대부분이 고된 훈련과 격무로 인해 이런 저런 후유증으로 고통을 받고 있다. 하지만, 아직 살아서 두 눈을 부릅뜨고 있고, 당시의 주요 지휘관들도 우리의 존재를 증언하고 있다. 그런데 어째서 사령부와 당시의 고위 지휘관들 일부는 귀 닫고, 눈을 감고 있을까?

8·12요원들이 역사의 뒤안길로 자취를 감춘지도 어언 삼십여 년이 흘렀고, 이제 망치는 역사와 전설이 되었다. 그러나 살아남은 요원들의 가슴 속 멍에로 남은 기록은 현재 진행형이다.

넷. 두루마리 화장지

2010년 10월 17일, 울산에서 있었던 홍 모 전 특수교육대장의 딸 결혼식 피로연장에서 전 ○○대대 ○중대장이었으며 이후 홍 대장에 이어 교육대장을 역임했던 김 모 예비역 해병 소령으로부터 충격적인 증언을 들었다.

우리요원의 2차 임무수행 시(월래도와 대수압도 파괴 무력화 임무 완수 후 적 지역 내륙 침투.), 작전이 전개되면 임무를 완수하더라도 퇴로가 보장되지 않았다는 사실이었다. 부여된 임무를 완수한 요원들의 구조나 무시귀환을 위한 어떠한 계획도 없었다는 것이다. 적진 한 복판에 방치된 채 스스로 알아서 살아 돌아오면 좋고 아니면 말고 이런 뜻이었을까?

어느 지휘관은 우리요원들을 국가가 필요로 할 때 언제든지 잘라 쓰고 버릴 수 있는 두루마리 화장지라고 공공연히 호칭하기도 했다는 것이다.

두루마리 화장지
볼일을 보고 뒤를 닦고 나면, 용도 폐기되어 버려지는 것.

임무를 완수한 요원들이 맞을 운명이었다. 피로연에 참석해서 소주 한 잔씩 기울이던 우리요원 모두 온 몸에 소름이 돋는 것을 느꼈다. 술맛이 싹 달아났다. 그 증언을 들었던 요원들은 이후에도 매일 두루마리 화장지를 대할 때마다 어떤 생각을 하게 될까? 말대에 둘둘 말려져 있다가 풀리면서 사라지는 하찮은 화장지의 운명이 될 뻔 했던 요원들.

서글펐다. 정말 허탈했다. 그때는 몰랐지만 지금에 와서 돌이켜 보니 억장이 무너지는 일이었다. 그날 술자리를 함께 했던 우리요원들의 얼굴에는 술로 인해 불거진 얼굴이라기보다 국가에 속았다는 분노와 허탈감에 자신도 잊은 채 털어 넣는 술잔의 숫자만큼 얼굴이 붉으락푸르락 했다. 술맛이 싹 가신 술병이지만 빈 병이 늘어만 갔다.

국가의 명령에 따라 목숨을 걸고 적진 목표물을 파괴해서 무력화하고 적의 군복과 무기를 탈취하여 교전하며 임무를 수행하다가 귀환수단도 없고 퇴로가 차단되어 돌아올 수 없는 우리들. 요원들 모두를 분노하게 한 것은, 엄밀한 의미에서 국가의 재산이며 자원인 요원들을 보호해야 할 국가 스스로가 처음부터 요원들의 귀환을 위해서 어떠한 계획도 세우려 한 적이 없었다는 것이다. 즉, 애초부터 본연의 직무를 유기하려는 의도를 갖고 있었다는 사실이다. 적에게 노출되면 자폭하기 위한 수류탄 두 개만 늘 망치의 양 가슴에서 달랑거리고 있었다.

우리요원들의 탈출은 수류탄 두 발이었다. 치열한 교전 후에 독 안에 든 쥐의 처지가 되고 말 요원들은 귀환의 꿈과 희망을 접고 안전핀을 뽑아 수류탄을 품에 안은 채 영광스럽게 산화하는 길뿐이다. 그것도 적에게 치명상을 입힐 수 있는 목표물과 함께. 대한민국 해병대 대북 공작요원다운 운명을 받아들여 산화하는 것 외에는 선택할 수 있는 것이 아무것도 없었다. 정말 세계전쟁사에서 길이 남을 기막힌 작전이었다.

그때 우리는 아무도 이에 대해 토를 달지 않았다. 왜 그랬을까? 바로 조국을 믿었기 때문이다. 조국의 운명이 바람 앞에 등불처럼 위태로움에 처했을 때 이를 구하고 이에 대한 충분한 보상을 약속한 우리의 상관들이 있었기 때문이다. 하지만 지금 그들은 아무 말이 없다.

어쩌면 국가의 직무유기라기보다는 국가의 살인예비 음모나 살인교사 행위는 아닐까?

국가의 자식들을 두루마리 화장지처럼 취급하여 사용 후 용도폐기하려한 국가가 과연 우리요원들이 목숨을 바쳐가며 지켜내려 했던 내 조국이었단 말인가? 그런 국가를 우리의 영원한 조국이라고 믿고 이제 내 아들에게도 대한 남아임을 강조하며 너도 나처럼 우리 조국을 지켜내야만 한다고 강조해야 옳은가?

역사는 되풀이하며 묻는다. 참된 국가는 자국민의 생명과 재산을 보호하고 지켜줄 수 있을 때에만 국민 모두가 국가를 믿고 따르는 법이 아니냐고. 가을바람이 세찬 창가에서 내 운명과도 같았을 두루마리 화장지를 책상

위에 얹어 놓고 한동안 눈을 떼지 못한다. 그때가 아른거려 눈물이 하염없이 흐른다. 슬며시 딸아이를 쳐다보다가 만감이 교차한다. 두 주먹이 불끈 쥐어진다.

우리나라가 남북이 대치한 상황이 지속하는 한 망치작전 같은 상황은 되풀이될 것이다. 우리요원들을 이 같이 방치하고 또 다시 조국을 위해 이 같은 작전을 펼칠 수 있을까?

다섯. 병사는 있지만 유령부대

이 글을 마감하기 며칠 전

부산 지역모임에 다녀오던 열차 안에서 김 모 하사가 울분을 터뜨렸다.

"씨발, 우리가 목숨 걸고 나라를 위해서 그 험한 데까지 가서 좃 빠지게 위험한 임무수행을 하고 살아왔는데, 우린 정체도 없는 거야? 우리가 유령부대냐고. 왜들 우리를 인정해주질 않는 거냐구?"

마음이 착잡해졌다. 우리 전우들이 최근 들어서 활발히 움직이며 해병대 수뇌부와 전임 지휘관들에게 줄기차게 요구하고 있는 것은 우리의 실체 인정과 명예회복이다. 우리는 대한민국의 젊은이로서 군복무 적정 연령이 되어 병역의무를 하러 갔던 자들이었다. 더러 직업으로 군을 택한 이들도 있었지만, 병역의무라는 대한 남아의 가장 중요한 의무와 어떤 이유로든 무관할 수 없다. 대한민국의 사내들은 병역의무를 마치지 못하면 사회생활에 큰 제약을 받게 되어있다. 물론 이런 저런 이유로 병역을 기피하는 일부 권력층이나 재벌집단의 자제들에게는 예외일 수 있겠지만 말이다. 일반 사내들에게는 병역 기피로 인한 형사처벌도 두려운 일이지만 취업 등 매사에 불이익을 감수해야 하기 때문이다.

여러 군 집단 중에서 우리는 해병대를 택했고, 시대적 상황과 요구에 따라 찍소리도 못하고 모진 고초를 겪으며 인간으로는 상상할 수 없을 만큼의 강도 높고 혹독한 교육을 받았다. 그 후 군의 명령에 따라 해병 망치요원이 되었고 숱하게 죽을 고비를 넘기며 임무를 무사히 수행하고 귀환한 시대의 작은 영웅들이었으며 국가 유공자라고 감히 주장한다.

어언 30년 가까운 세월이 흘러 우리 전우들 모두 머리카락 희끗한 중늙은이가 되어가고 있다. 역사의 흐름 속에 감추어졌던 진실들이 하나씩 고개를 내밀고 있고, 정치적 환경도 많이 바뀌었는데 아직도 구태를 벗지 못하고 옛 시절의 부귀영화로 회귀하기를 바라는 시대착오적인 인간들이 많은 것 같다. 명예회복을 바라는 우리의 노력을 조직적으로 은폐, 축소하며 방해공작까지 서슴지 않는 세력들이 엄연히 존재한다. 그들의 의도가 무엇인지는 아직 정확하게 판단되지는 않고 있지만, 불을 보듯 자명한 일이 아니겠는가.

우리 희생의 토대 위에서 권력과 부귀영화를 누렸던 이들이나 그들과 이 해관계가 얽혀있는 무리들. 우리가 노출되면 그들의 부끄러운 과거가 들 추어질까 전전긍긍하는 소인배들.

단언하건대 지금 우리의 노력은 추한 과거를 들추어서 누구를 망신주거 나 모욕하겠다는 의도가 손톱만치도 없음을 천명한다. 엄연히 존재했던 해병 망치요원들에 대한 진실만 고백하라는 것이다. 얼마나 더 기다려야 한단 말인가?

역사는 시대에 따라 상황이 있고, 역사 속에 숨어 있던 베일들도 세월이 지나면 들추어지게 되어 있는 것이 만고 진리의 법칙이다. 그들에게 요 구한다. 하루 속히 우리의 진실을 고백하기 바란다. 우리요원들 중 많은 이들이, 초인적인 임무수행을 하는 동안 몸과 마음이 만신창이가 되어 비주류로 사회의 언저리를 맴돌며 연명하고 있다. 그렇더라도 내 사랑하 는 가족들에게 만큼이라도 내 조국과 우리 국민을 위해 이런 위험한 임 무를 수행했었노라고 떳떳이 자랑하고 싶어 하는 소박한 기대만은 꺾지 말라는 것이다. 적어도 내 둥지인 가정에서 만큼은 자랑스러운 남편, 애 국자인 아버지로 기억되길 바랄 뿐이다.

우리요원들 모두는 유령선을 타고 한가롭게 뱃놀이나 하다 돌아온 유령 부대원들이 아니라 용맹스런 대한민국 해병, 그중에서도 최정예였던 해병 8 · 12요원이었음이 자랑스럽게 각인될 수 있도록.

여섯. 망치가 되어

날이 갈수록 옛 전우들과 조우하는 일이 빈번해지고 있다. 해병 망치요원들의 실체 규명과 명예회복을 위한 움직임에도 가속도가 붙었다. 같은 시기에 같은 경험을 하고 지내왔건만, 긴 세월동안 가슴 속에만 묻고 지냈던 이야기들을 지금에 와서는 스스럼없이 꺼내어놓는다. 실무 때에는 눈빛조차 마주치지 않으려고 가재미눈으로 게걸음을 걸으며 슬금슬금 피해왔던 살벌한 선임과도 이제는 술잔을 놓고 마주 앉아 옛 기억들을 함께 더듬는다. 내가 아파했던 그 시절에 그 또한 같은 갈등과 고통을 겪으며 지내왔음을 헤아릴 수 있을 만큼의 연륜이 된 까닭이리라. 특별한 군 체험을 강요당했던 요원들 가슴 속에 저장되어 있는 이야기들을 펼쳐 놓으면 저마다 소설 한 권, 아니 대하소설 한 질 정도는 너끈하리라.

명시된 표적이 주어지고, 그 표적을 박살내는 임무를 수행하기 위한 목적으로 피눈물 나는 훈련이 강요되던 그 시절. 우리에게는 내일이 없었다. 인간에게 내일을 기약할 수 없다는 것만큼 암담한 일이 또 있을까?

'내일은 내일의 해가 뜰 것'이라는 기대조차 할 수 없었던 그 시절. 해병 망치요원시절 우리의 일과는 두려움으로 눈을 뜨고 오늘을 무사히 살아 냈다는 안도감 속에 눈을 붙이는 것이 전부였다. 숨이 막힐 것만 같이 반복되는 일상 속에, 때로는 적진에 쳐들어가 임무를 완수하고 운이 좋으면 살아서 돌아올 수도 있지 않겠느냐는 막연한 기대 속에 하루 속히 작전명령이 하달되기를 바라기도 했다.

표적에 접근, 장애물 제거, 엄호, 교란, 폭파, 납치 등의 임무가 주어졌다. 한 치의 오차도 없이 신속 정확하게 작전을 성공으로 이끌어내기 위한 대북 응징·보복공작대의 은밀한 움직임 속에, 철저히 분업화된 위치에서 일사분란하게 움직여야 했던 요원들 모두는 임무 완수만을 위해 특수하고 정밀하게 제작된 비밀병기일 따름이었다.

그 시절. 요원들 대부분은 과묵했다. 그때의 영향 때문인지 지금도 대다수 전우들은 과묵하다. 우리는 지금도 눈빛으로 대화를 한다. 그런 까닭에 해병 망치 전우들의 술판은 소란스럽지도 않은 편이다. 추억은 아름답다고들 하는데, 우리요원들의 추억은 온통 잿빛이다. 아니, 우리의 추억은 잿빛 장막에 가려있기 때문이다.

이제 우리들의 추억도 밝은 빛깔로 채색하려 한다. 우리의 젊음을, 우리의 푸른 기억들을 송두리째 덮고 있는 두터운 장막을 걷어내고 우리 대한민국 해병대 북파 보복·응징공작대 망치요원들의 청춘도, 우리 젊은 날의 기억들도 고운 색으로 되 그릴 것이다.

국가의 목적을 위한 수단에 불과했던 우리

그 수단에 부합하도록 조련되다 넘어져 죽고, 다치고 병들어 아직도 신음하는 많은 전우와 그들의 가족을 위해서라도 살아남은 전우들의 힘으로 반드시 우리의 색을 되찾아야 한다. 걸음은 더디기만 하다. 그러나 망치는 끝끝내 걸어 갈 것이다. 고맙게도 그들은 해병 망치를 짐승처럼 다루며 불가능도 극복해낼 수 있는 능력을 가르쳐주었다. 그 교육을 바탕으로 사선에서 돌아온 해병 망치가 어떤 장애인들 두려워서 멈칫거리겠는가.

길이 막히면 뚫고 가리라. 마침내 우리 젊음의 빛을 되찾을 때, 죽고 다치고 병들어 신음하는 전우들의 추억에도 같은 빛을 채색할 수 있도록.

일곱. 별을 헤던 밤

비행기 조종사였던 작가 생 떽 쥐페리가 황량한 사막에 추락하여 행방불명되었다. (만약 그가 추락에서 살았다면) 불안의 밤을 지새우며 올려다보던 하늘에는 별무리가 손에 닿을 듯 가깝게 내려와 있었다. 그는 그 별들과 대화를 나눴고, 별들이 까르르까르르 웃는 소리를 듣기도 하다가 어린 왕자를 만나 그 경험을 토대로 대표작 『어린 왕자』를 집필하기에 이른다.

문명이라는 이름으로 어질러놓은 마을을 떠나 한적한 산이나 바다에 이르면 그 별들은 자연과 유난히 가까이 머물고 있는 것을 알 수 있다. 백령도의 밤하늘을 지키던 별들이 그러했다. 장대로 휘두르면 잘 익은 밤알들처럼 후드득 떨어져 내릴 것만 같기도 했고, 눈이 시리도록 고운 그 별들은 그렁그렁 눈물을 매달고 있는 것도 같았다. 어깨에 총을 메고 초소에서 경계를 서며 바라보던 별들. 그 별들은 스물 몇 살짜리 사병과 교감하던 별이기도 했다.

그 섬을 떠난 지 30년 가까운 세월이다. 도심에 살면서 한 집안에 가장이 되고 자식들 뒷바라지 하느라 세월도 잊고 살다가, 엊그제 술자리를 털고 나오다 아주 오랜만에 밤하늘을 올려다보았다. 오랫동안 별을 잊고 살아온 탓에 가슴이 스산했다. 가을 탓만은 아니었으리라. 도심의 밤하늘엔 별이 없다. 인간이 욕망으로 분출해놓은 두터운 막 뒤로 별들이 모습을 감추고 있는 것이다. 인간은 하늘에도 빗장을 지르고 살려는 것일까?

가슴을 닫아걸고 사는 사람들의 세상은 점점 황량한 사막으로 변해가고 있다. 사람들의 사막에는 '장미꽃도 피어나지 않고 여우도, 꽃에서 벌레를 잡아주며, 사랑으로 길들일 어린 왕자'도 찾지 않을 것이다.

책임질 줄 아는 세상. 타의든 자의든 자신으로 인해 흘린 눈물을 다소곳이 닦아주는 세상. 자신들로 인해 상처 받고 아파하는 사람이 있으면 어루만져줄 수 있는 어른들이 많은 세상. 이런 세상이라야 하늘에 건 빗장도 쉬이 열리고 사람들 사이를 가로막는 오해의 벽도 허물어져 신의와 사랑 가득한 가슴과 가슴으로 수놓아 질 것이다.

이 글을 쓰면서 자꾸 머뭇거리게 된다. 행여 이 글이 지금은 현역에서 물러나 남은 인생을 정돈하고 있을 우리들의 지휘관이었던 몇몇 어른들을 공격하거나 비난하며 무언가를 취하려 하는 것으로 비추어질까봐서.

진리는 하늘에 떠 있는 별과 같은 것이다. 공해와 오염에 찌든 막에 가려 우리 눈에 띄지 않는다고 하여 별의 존재를 부정할 사람은 아무도 없다. 그분들 어린 시절의 별들은 이보다 더욱 찬란했을 것이다. 그분들의 어깨에 걸렸던 별보다 더욱 아름답고 휘황했으리라고 믿는다. 부디 단 한 번만이라도 그 별들을 헤던 가슴으로 돌아가 주셨으면 하고 바랄 뿐이다.

여덟. 뒤바뀐 생과 사

전설의 해병대 망치

팀 스피리트 한·미 합동훈련은 1969년 포커스 레티나, 프리덤 볼트에 이어 1976년부터 시작된 대규모 군사훈련이다. 참가 병력 수만 해도 20만 명에 이른다. 전시에 대비해서 한·미 양국이 각 군마다 정예 병력만 참여시키고, 최첨단 장비를 총동원하는 실전과 같은 훈련이다. 이 훈련이 시작되면 북한은 침략훈련이라며 늘 신경질적인 반응을 보여 왔다. 냉정하게 이야기하자면, 군사훈련이란 전시를 대비하여 실시하는 것인데 전쟁이 발발하게 되면 방어만으로 해결되는 것인가. 방어 후 역공을 가하여 적을 섬멸하고 적으로부터 항복을 받아내야만 전쟁이 종식되는 것이 아닌가.

북한은 특히 우리 해병대가 참가하는 데 대해서 노골적인 거부반응을 보이곤 했다. 북한이 해병대에 대한 두려움과 적개심을 읽을 수 있는 대목이다. 임무를 마치고 자대로 복귀한 해병 망치요원들은 매해 실시되던 그 훈련 기간 동안 늘 선봉에 섰고, 훈련 내내 양국 지휘관들의 관심의 대상이 되기도 했다. 84년 훈련 때 한미연합사령관은 ○○대대 ○중대장이었던 김 대위의 작전수행 능력을 높이 평가하며,

"대한민국 해병이 적이 아니라는 사실이 천만 다행이다."

라는 말도 했다. 그 중심에는 해병 망치요원을 비롯한 해병 특수수색대원들이 있었다. 미군 함정으로 미리 상륙한 작전 2팀은 고공 침투 팀인 1

팀의 작전 실패를 대비해서 육상으로 추가 침투를 위해 해안에서 대기하고 있었다. 같은 시각 작전 1팀은 사단 영내에서 미군 헬기 CH-57에 탑승하여 작전지역으로 이동하기 위해 비행장에 대기 중이었다.

작전 계획에 의하면 헬기 5대에 분승해서 작전에 임하기로 되어 있었는데 출발 전 미군 삼성 장군이 나타나서 효율적인 작전 전개를 위해서 헬기 1대를 추가하라고 명령해 편대 당 각 3대씩 총 6대가 작전에 임하게 되었다. 작전 1팀에 합류해서 5번 헬기에 탑승 예정이던 병 455기 정 모 요원은 소대장의 명령에 의해 고 이순기 대원과 맨 후미인 6번 헬기로 자리를 바꾸었다. ○○대대장 전령이었던 고 이순기 대원이 빠리빠리 하고 말귀가 밝다는 이유였다.

팀 스피리트 훈련의 막바지, 훈련의 정점이라고 할 수 있는 그날의 작전은 태백산맥으로 퇴각하는 가상 적들을 우리 해병이 선봉으로 추격하여 궤멸하고 나서 적 레이더 기지를 폭파하는 훈련이었다. 두 편대로 나뉜 헬기들은 삼각 행렬을 이루며 1차 3대 출발 뒤 2차 3대는 5분 후에 이륙했다.

진눈깨비가 뿌리던 야심한 밤

3월 하순이라고는 하나 난방 장치도 없는 헬기 안은 소름이 돋을 만큼 추웠다. ○○대대 중대장은 악천후에 헬기 작전이 우려된다며 차라리 해안에 대기 중에 있는 육상 공격병력인 2팀에게 작전을 미루자고 요구하자 미군 측에서 단호하게 거부했다. 당시 헬기 작전에 참가한 미군들은 이란 대사관 인질 구출 작전에도 투입되었던 미 해병 박쥐부대라고 했다. 미군은 이까짓 일기는 악천후도 아니라며 손사래를 쳤다고 한다. 강릉 부근까지 접근했던 헬기 편대가 회항하며 시루봉 9부 능선을 따라 침투를 시작한지 얼마 되지 않은 84년 3월 24일 03시 30분경.

"뿌지지직"

1편대 헬기 3대가 시루봉을 통과하고 나서 2편대 선두 헬기가 통과하고 난 후 맨 후미에 탑승해 있던 정 모 요원은 대형 유리가 산산조각 날 때와 같은 소름끼치는 소리를 들었다. 이어서 아래로부터 불기둥이 치솟았다. 정 요원이 탑승하고 있던 맨 후미 헬기는 상공으로 곧장 솟구쳐 올랐고 잠시 후 조종석 미군들은 악다구니를 쓰며 무전을 주고받았다. 실전과 다름없는 은밀한 작전이라서 헬기 내외의 조명을 모두 소등하고 조종사의 야간 투시경에만 의존한 채 산 능선을 따라 요동치며 운항하던 헬기가 갑작스레 평탄하게 비행하더니 이내 어느 지점엔가 착륙했다. 우리사단이었다. 갑자기 주변이 소란스러워졌다. 대원들은 영문도 모르는 채 엉거주춤 서성거리는 동안 날이 새고 있었다. 5호 헬기가 추락했다는 거였다. 구조 인원을 모집했다. 약 20명의 구조 병력 중에 정 요원도 합세했다. 현장에 도착했을 때에는 지역 사단 육군 병력들이 출동해 있었으나 모두 어찌할 바를 모르고 당황하며 서 있을 따름이었다.

추락한 헬기는 추락 지점에서 약 10m를 미끄러지며 폭발하여 잔해도 거의 녹아있었다. 보조 탱크까지 가득 채운 연료로 인하여 폭발력이 더 강했으리라. 이 사고로 헬기에 탑승하고 있던 조종사들을 비롯한 미군 18명과 우리 해병 11명 전원이 그 자리에서 순직하고 말았다. 그 헬기 사고로 순직한 전우 중에 생사고락을 함께 하던 우리망치 고 심재근 요원도 있었다. 그는 제대를 불과 11일 앞둔 해병 하사관이었다. 전역 신청을 하고 나서 명령이 떨어질 때까지 보직 없이 내무반에서 빈둥거리기가 무료하다고 훈련에 참가하는 대원들을 따라 나섰다가 변을 당하고 만 것이다. 사고 헬기에 탑승할 예정이던 정 요원은 고인이 된 소대장 덕에 목숨을 건진 셈이었다. 안타깝게도 정 요원과 자리를 바꾸었던 이순기 대원은 자신을 선택한 소대장과 함께 불귀의 객이 되고 말았고. 순직한 전우들 모두는 정 요원과 동고동락을 해오던 ○○대대 ○중대 ○소대원들이었다. 살아남은 정 요원이 되돌아간 내무반은 텅 비어 있었다.

순직한 전우들의 유해는 용산 미 8군 영내에서 여러 날 동안의 철저한 감식을 거친 후 포항 병원으로 되돌아왔다. 관에 누워서 돌아온 대다수의 전우들의 유해는 너무도 가벼웠다. 소지했던 총기마저 녹아내렸던 참혹한 불길 속에서 사람인들 온전했겠는가.

전설의 해병대 망치

정 요원은 지금도 수시로 자신을 대신하여 꽃다운 젊음이 꺾인 후임이었던 전우 고 이순기 요원이 잠들어 있는 대전 국립묘지를 자주 찾는다고 한다. 그리고 그 전우가 못 이룬 꿈을 대신하여 더욱 열심히 살려고 노력하고 있다고 했다. 두 몫의 인생길을 걷고 있다는 심정으로.

그 사고로 순직한 11인 전우의 합동 영결식은 사단 연병장에서 많은 전우들이 비통해하는 가운데 거행되었다. 사고 헬기 조종사였던 미군 장교 휴스턴 대위의 어머니는 그날 순직한 모든 영령들을 위해 사고 이후 이십여 년 동안 하루도 거르지 않고 기도를 해오고 있다고 한다. 자신이 생을 마감하기 전에 사고 현장을 찾고 싶다는 어머니의 사연을 접한 해병대는 흔쾌히 어머니를 초청, 영덕군 송라면에 이들의 넋을 기리기 위해 조성한 충혼탑에서 참배토록 했다.

순직한 한미 양국 모든 전우의 명복을 빈다.

삶과 죽음은 모두 하늘의 뜻이라 하지만, 자신과 운명이 바뀌었다고 틈이 날 때마다 대전 국립묘지를 찾아 먼저 떠난 고 이순기 대원을 잊지 않고 조문하는 정 요원의 해병다운 전우애도 존중한다. 그날 순직한 우리 해병들은 포항 해병 ○사단 정문 앞에 11인의 위령탑으로 우뚝 서 있다.

아홉. 칠포리 생존자

2009년 9월 12일

망치요원동지회 부산, 경남북 지역 모임(지역회장 149기 공 모 선임하사)에서 병 451기 박 모 요원을 만났다. 그는 1983년 8월 31일 새벽, IBS 교육 도중에 해병 대원 3명이 순직한 ○○대대 ○중대 피격보트인 정찰조 보트에 승선했다가 구사일생으로 살아 돌아온 요원이다. 그는 증언 내내 격앙된 목소리로 치를 떨다가 침통한 표정이 되어 울먹이기를 반복하며 사고 순간을 술회했다. 피격 과정을 그와 함께 탑승했던 조 모 선임하사(하사관 151기)의 증언으로 재구성한다.

박 요원은 83년 5월 1일부터 시작된 12주 과정의 제25차 수색교육을 마쳤다. 수색교육을 이수한 사병들에게 관례적으로 주어지던 15일의 정기휴가도 어쩐 일인지 박 요원을 비롯한 제25차 수료생들에게는 반 토막이 되어 있었다. 일주일로 줄어 있었다. 귀대 후 이틀 만에 4주 과정인 대대 IBS 기본교육이 시작되었다. 해상 진수는 심야 시간대인 0시에 예정되어 있었다. 교육생들은 기습 침투훈련을 마치고 귀대하면 구보나 PT체조, 또는 정신교육 등을 받다가 오후 시간대에 잠시 눈을 붙인 후에 다시 야간 해상과업에 임하곤 했다. 중대 쫄따구였던 박 요원은 교육이 끝나도 뒷마무리 따위의 허드렛일을 해야 했고, 취침도 고참병들이 다 잠에 들고 나서 30분가량 지난 후라야 눈을 붙일 수가 있었다. 쫄따구들은 힘겨운 교육과정과 추가되는 잡일, 수면부족으로 이중삼중의 고통을 겪으며 교육에 임해야만 했다. 더구나 교관의 악다구니와 매질은 쫄따구만 찾아다닌다고 하지 않는가.

우리예비역 해병들은 이 글을 보면 그 때 그 시절, 쫄병시절이 새록새록 눈앞에 어른거릴 것이다. 나 역시 그때를 생각하면 설움의 눈물인가 추억의 눈물인가, 대한남아 해병의 북받친 감격에 가슴이 저린다. 그래서 한 번 해병은 영원한 해병이고 우리해병은 입대는 있어도 제대는 없다고 했는가 보다. 나 역시 이런 마음으로 평생을 살아가고 있으니까.

8월 30일 오후

교육을 시작한지 불과 며칠만의 일이었다. 평소 같으면 18시에는 취침에 들어야 했지만 그날은 소대원 중 한 대원이 생일을 맞아 생일 파티를 하느라 20시경에야 잠자리에 들었다. 쫄따구인 박 요원은 30분 후인 20시 30분가량이 되어서야 겨우 지친 몸을 뉘어 막 잠을 청하려 하는 순간이었다.

"아~ 아, 지지직… 대대원에게 알린다. 지지직……."

실내에 설치된 스피커를 통해 오늘 진수는 예정보다 약 두 시간 앞당겨 22시에 실시한다는 방송이었다. 진수 1시간 전부터 대대원 전원은 PT

체조로 몸을 풀고 체력을 다진다. 쫄따구인 박 요원은 그보다 30분 전에 나가서 고무보트에 공기 주입을 마쳐놓아야만 했던 것이다. 머뭇거릴 시간이 없었다. 박 요원은 즉시 자리를 털고 일어나서 밖으로 나갔다. 150kg이나 되는 대형 보트에 펌프질로 공기를 주입하는 일도 고역이었다. 중대 쫄따구 몇이서 중대병력 전체가 승선할 고무보트에 공기를 채우고 1시간의 PT 체조를 했다. 예고되었던 22시가 되었는데도 아무런 지시가 없었다. 교육생들은 어정쩡하게 한 시간을 머뭇거리며 보냈다.

23시 경

드디어 진수 명령이 떨어졌다. 해풍과 파도는 적당했고 날씨도 청명했다. 교육에 전혀 장애가 없는 조건이었다. 침투훈련은 해안에서 고무보트를 진수하여 해상으로 12km를 항진한 후에 되돌아오며 실시되었다. 생존수영 12km를 교육하는 이유도 작전 시 모선에서 분리된 고무보트가 좌초나 피격으로 유실될 경우를 대비하여 생존 귀환할 수 있는 능력을 갖추기 위해서 실시하는 것이라고 했다. 대원들의 침투 교육은 포항시 북구 흥해읍 칠포 해수욕장 부근에서 이루어졌고, 작전 해안에는 몇 채의 적군 모형 진지가 구축되어 있었다. 해상에는 오도와 작도라는 조그만 섬이 두 개 있었는데, 작도를 중심으로 우리 해병과 육군의 방어지역이 나뉘어 있었다.

대대 전 병력이 공해상으로 항진해 나갈 무렵 해무가 일더니 점점 짙어지기 시작했다. 해무는 마술과 같아서 어떤 때는 잠시 끼었다 사라지기도 하지만, 때로는 하루 종일 심지어는 며칠씩 머물기도 한다. 전 병력이 해안을 향해 접근을 시도했다. 5중대를 선두로 6중대와 7중대가 뒤를 따랐다. 작전 지침대로 선두와 후미 병력의 거리는 2~3㎞, 전 병력은 5㎞ 이내를 유지한다. 이들을 맨 앞에서 이끌어야 하는 O중대 정찰조가 선두에서 페달링으로 접근을 시도했다. 정찰조 보트에는 소대장 이 모 중위와 조 모 선임하사, 박 요원을 포함한 11명이 승선해 있었다. 고무보트의 선수 좌·우현은 교육생들 중에서도 힘이 좋은 교육생이 자리한다. 높은 파도를 정면으로 찍으며 넘거나 방향 전환을 할 때에도 힘이 필요하기 때문이다. 박 요원은 타고난 선수 페달러(노잡이)다. 수색교육 중에도 고무보트 교육 때는 늘 선수 노잡이를 했었다.

이번 교육 시작 후에도 줄곧 좌현 선수에서 페달링을 해왔는데, 그날 오전 고무보트 선착순을 하며 좀 무리했던 것이 손바닥이 헐어 헤져서 힘을 쓸 수가 없게 되었다. 그래서 중대 막내인 병 461기 고 김 일병과 위치를 교대해서 박 요원은 김 일병 바로 뒤에 자리했다. 해무가 더욱 짙어졌다. 시계는 불과 12~15m.

훈련 시마다 교육생들에게 좌표 역할을 해주던 부대 뒤편 야산 레이더 기지에 항공 접촉방지를 위해 설치해 놓은 두 개의 불빛도 시야에서 사라졌다. 정찰 보트는 막막한 안개의 바다에서 방향을 잃고 주저하며 조심스레 항진하고 있었다.

"야, 이 새끼들아 왜 빨리 터치다운 안하구 뭐하느라 꾸물대고 있어."

본대에서 불호령이었다. GPS(위성 항법장치) 역할을 하던 방향 측정기인 컴퍼스도 없었다. 감으로 항진할 수밖에 없었다. 본대의 재촉은 계속 이어졌다. 우여곡절 끝에 해안으로 접근 중 고무보트가 작은 암초에 접촉되었다.

"좌현 뒤. 우현 앞."

고무보트의 방향 전환을 위해 각선이 소리를 질렀다. 이때였다.
"타 당."

단음의 총성이 들렸다.

"콰 앙."

해안에 설치된 클레이 모어 폭발음도 이어졌다. 보트 근처에서 일어난 폭발로 심한 폭풍과 함께 발생한 너울에 고무보트가 30도 가량 휘청하고 기울었다. 박 요원은 반사적으로 보트에서 이탈해 바위 뒤로 은신했다.

"투투투투 투투투투."

위장막으로 덮여 있던 육군 진지 양편에서 M-60이 불을 뿜기 시작했다. 대대원들은 고무보트를 즉시 뒤집어 웜핑 덤핑 상태를 유지했다. 주변은 이내 무차별적으로 난사하는 기관단총의 연결음과 화약 냄새, 포연으로 아수라장이 되어버렸다. 짙은 해무 속에서 방향을 잃은 ○중대 정찰조의 고무보트가 해병대 섹터를 약 200~300m 벗어나 육군 ○○사단 경계지역으로 들어서고 만 것이었다.

반경 200~300m의 협소한 육군 지역 해안

불과 13m 거리에 있는 육군 소초에서도 계속되는 자동 소총 사격. 잠시 후에는 육군 5분대기조까지 합세하여 해안을 둘러싸고 교차사격을 가하기 시작했다. 유효사거리 내에서의 교차사격으로 독안에 든 쥐의 처지가 된 교육생들은 무차별적으로 쏟아 붓는 총탄 세례를 속수무책으로 당하고만 있었다. 지옥이 따로 없었다. 그야말로 생지옥이었고 전쟁터였다. 대대원들이 소지하고 있는 총기에는 공포탄만 3~5발 장착됐을 뿐 응사할 수 있는 무기가 전혀 없었고, 영문도 모르는 채 퍼붓는 총격을 피하는 도리 외에는 대책이 없었다. 보트에서 이탈한 박 요원은 조그만 갯바위를 엄폐물 삼아 수중은닉으로 수심 1m가 되지 않는 물속에서 가능한 몸을 웅크리고 있었다. 그는 초과호흡으로 버티며 한시바삐 이 위기에서 벗어나기 위해 전전긍긍 했다.

해병대 수색교육 훈련을 마친 교육생들은 초과호흡 교육을 받는다. 바닷물을 조금씩 들이키며 무호흡 시간을 연장하는 요령이다. 한 번 찔끔 물을 마시면 5초에서 10초가량은 무호흡을 연장할 수가 있다. 박 요원은 초과호흡으로 최대한 버티며 구명조끼를 벗어내고 공해상으로 탈출을 시도하기 위해 사투를 벌였다. 구형 라이프 재킷에 부착된 호크가 말을 듣지 않았다. 라이프 재킷을 착용한 채 탈출을 시도하면 몸이 수면으로 떠오르고 행동이 굼뜨게 되어 사격 목표물이 되기 십상이다. 조급한 마음에 라이프 재킷의 앞면을 잡아 뜯다가 재킷 상단 양쪽에 부착된 구조표시용 부이를 터트리고 말았다.

수면 위로 떠오른 풍선모양의 부이
박 요원은 재킷에 연결된 줄을 잡아 당겨 부이를 은폐하려 했지만, 그 부이가 오히려 목표물이 되어 집중 사격을 당했다.

계속되는 무차별 사격과 꼬리를 무는 예광탄 불빛
박 요원 바로 옆으로 풍덩하고 어떤 물체도 떨어졌다. 나중에 확인한 사실이지만 그 물체는 M-203 유탄발사기에서 사격된 유탄이었다. 장마를 거치고 습한 해안에서 보관하다보니 습기 때문에 불발되었을 것이라고 했다. 육군은 4~5발의 유탄과 같은 수의 조명탄을 발사했는데 모두 불발로 그쳤다는 것이다. 그때 유탄이 제대로 폭발했었다면 박 요원도 이미 이 세상을 떠나있을 터였다. 팀원 모두 같은 신세가 되었으리라. 박 요원은 그때를 생각하면 지금도 '하느님, 부처님 정말 감사합니다. 앞으로 남을 괴롭히거나 나쁜 짓은 절대로 하지 않겠습니다.'를 수백 번 외치고 있다고 한다. 박 요원은 지금도 그의 주위를 맴돌고 있는 오로라 같은 그 무엇에 둘러싸여 옴싹달싹 할 수 없는 지경에 이른다고 한다. 꿈속에서 괴한의 추격을 받고 도망치지만 발이 떨어지지 않은 경우를 느낀 적이 있을 것이다. 이와 같은 상황에 접하면 또 다시 30여 년 전의 망치 시절로 영혼을 빼앗겨 한동안 아노미 상태에 머문다고 한다.

01시 15분경부터 시작된 집중사격

5분대기조까지 합세해 집중적으로 가해진 사격이 멈춘 시간은 01시 30분경. 모든 상황이 종료된 시간은 01시 35분. 빗발치던 총격 속에 누군가의 목소리가 섞여 들렸다.

"사격 중지, 사격 중지."

"야, 이 개새끼들아. 해병이야, 우리해병들이란 말이다."

앙칼진 음성이 계속 이어지더니 총격이 잦아들었다. 이윽고 총성이 멎었다. 악몽과도 같던 시간이 끝났다. 박 요원은 거의 패닉 상태였다.

"산 사람 있나?"
"산 사람 있어?"

귀에 익은 목소리였다. 이 모 선임하사였다.

"이제 안전하다. 모두 나와라."

뒤이어 구급차 소리, 사이렌 소리로 또 다시 주위가 소란스러워졌다. 박
요원과 교대해 좌현 선수에 위치했던 김병철 전우는 이미 절명해 있었
다. 총격이 끝난 해안은 화약 냄새와 피비린내에 덮여 아수라장이었다.
몸을 일으키려는 박 요원은 발뒤꿈치에서부터 척추를 통해서 뒷골까지
짜르르한 전율을 느꼈다. 얕은 물속에서 긴장하며 쪼그리고 있었던 탓에
온 신경과 혈관이 수축되었다가 풀린 탓인 것 같았다. 소동이 멎자 박 요
원의 귀에는 윙하는 이명만 들렸다. 박 요원은 물속을 뒤져 큼지막한 돌
을 찾아 쥐었다. 지금 전쟁 중이라는 생각만 들었다. 훈련 중이었다는 사
실은 까맣게 잊고 있었다.

육군 소초 부근에 무장하고 있는 육군 병사에게로 다가갔다. 머리통을
박살내려는 심산이었다. 박 요원이 다가들어 육군 병사의 철모를 제치면
서 돌을 쥔 팔을 치켜들려는 순간 이 모 선임하사가 서둘러 박 요원의 팔
을 잡아 저지했다.

"야, 야. 박 상병 저기 전우들 봐라. 전우."

깜짝 놀란 육군 사병은 움찔 뒷걸음질로 물러났고, 이 하사는 박 요원이 쥐고 있던 돌을 빼앗아 바다로 던져버렸다. 이 하사가 가리키는 곳을 바라보자 박 요원은 그때서야 퍼뜩 정신이 들었다.

"얼른 전우들 수습해야지."

웅웅거리는 상태에서 이 하사의 말소리가 끊겼다 이어졌다. 형태를 알아볼 수 없을 만큼 난사를 당한 중대 고무보트가 뒤집혀 있었다. 박 요원은 다시 물로 뛰어들어 생존한 전우들과 보트를 뒤집으며 부상병들을 후송했다. **고 도정근 병장**은 보트의 생명선을 꽉 움켜지고 있었다. 손을 떼어 내려 해도 꼼짝도 하지 않았다. 웜핑 덤핑 중에 치명상을 입고 이미 사망한 모양이었다. 벌써 사후경직이 시작됐나 보다. 억지로 떼어내어 운구했다. 온몸이 피투성이가 된 429기 고 정병구 병장은 아직 의식이 있었다.

"빨리 병원으로, 병원으로."

고 정 병장은 발악하듯 소리를 지르며 애원했다. 구급차에 고 정 병장만 먼저 싣고 포항병원으로 이송했다. 그러나 상태가 워낙 위중하여 포항병원에서는 간단한 응급조치만 하고 헬기를 요청 진해병원으로 이송 도중 끝내 사망하고 말았다. 헬기는 기수를 돌려 포항병원으로 되돌아 왔다. 몸 상태를 체크하기 위해 구급차에 누웠을 때 박 요원의 항문으로는 물이 줄줄 새어나왔다. 초과호흡을 하면서 마신 바닷물이 꽤나 많았나보았다.

구급차에는 **고 김병철 일병**과 조 하사, 박 요원, 그리고 또 한 전우가 동승했다. 구급차에 실릴 때의 김 일병 모습은 평온해보였다. 양쪽 콧구멍에 피가 조금씩 맺혀 있었을 뿐. 그 때까지도 조 하사와 박 요원 모두 김 일병이 이미 순직했다는 사실을 모르고 있었다. 포항병원에 도착해서야 이미 창백해진 김 일병의 모습, 아무런 조치도 취하지 않는 의료진들의 행동에서 그가 이미 세상을 떠났음을 실감했다. 환자용 이동식 침대에 실려 가던 김 일병의 시신 발바닥과 다리 주변에 붙어 있던 모래알들. 박 요원의 가슴에 박혀들었다. 검진결과 박 요원과 조 모 하사 그리고 452기 부 모 상병만 양호했고, 나머지 대원들은 총상과 파편에 의해 크고 작은 부상을 입고 있었다. 소대장이었던 이 모 중위는 허벅지에 관통상을 입은 사실조차 모르고 있다가 어느 대원이,

"소대장님, 다리에 출혈이 심합니다."

라는 소리에 허벅지를 확인하고 털썩 주저앉았다. 날이 새자 박 요원과 조 하사는 작전관과 함께 현장조사차 악몽과도 같았던 지난 밤 비극의 터를 다시 찾았다. 현장은 육군 병력이 통제 중에 있었고, 기무사 조사관들도 눈에 띄었다. M-16을 난사하던 소초와 박 요원이 은신했던 조그

만 바위 사이가 불과 13m. 해안 둘레가 한 눈에 들어오는 반원형의 그 좁은 지역에서 장시간 집중사격을 받고도 살아남았다는 사실이 조 하사와 박 요원 스스로도 믿기 어려울 정도였다. 조 하사의 옆자리에 함께 잠을 자며 유난히 귀여움을 독차지 했던 고 김병철 일병. 부대의 막내로서 궂은 일도 마다 않던 충직한 전우. 먹고 돌아서면 배가 꺼지고 돌도 삼키면 소화된다는 말단 쫄따구인 그는 건빵을 유난스레 좋아해서 조 하사와 박 상병도 틈틈이 자기 몫을 나눠주곤 했었다.

김 일병이 자신을 대신해서 생을 마감했다는 자책감으로 박 요원은 한동안 정신적 공황상태에 빠져 있었다. 사고 후 교육은 즉각 중단되었고 대대원들의 동요를 막기 위한 빵빵이가 며칠 계속 되었다. 그 후 또 며칠은 무풍지대처럼 고요한 시간이 지속되었다. 조 하사와 박 상병은 사고 후 약 15일이 지나 해병 8 · 12 제4차 요원으로 선발되어 백령도로 향했다.

백령도 망치로 임무 수행 시

박 요원의 동초 근무 2시간 동안은 죽은 전우의 원혼들에게 시달리느라 엄청난 고통을 겪었다고 했다. 해안에서 자신을 향해 저벅저벅 울면서 걸어오는 그들의 모습과 늘 마주쳐야 했기 때문이라고. 박 요원은 그 고통에서 헤어나려고 술을 상자채로 사 들여와 몰래 파묻어두고 꺼내어 마시면서 버텨냈었다고 했다. 선임들에게 발각되면 죽은 목숨이겠고, 망치임무 특성상 항시 출동을 대비해 취하도록 마실 수는 없었지만 술기운이라도 빌리지 않고는 도저히 견딜 수 없었다고 한다. 부대 보급 물품을 위해 1주일에 한 차례 정도 마을에 심부름 갈 때가 박 요원의 술도 몰래 숨겨 들여올 수 있는 유일한 시간이었다. 그는 귀신의 존재를 확신한다고도 했다. 그에게 다가오며 울부짖던 전우들의 모습은 너무도 뚜렷하고 생생했었기 때문이라고 했다. 그날의 비극은 이웃부대와 작전 공조나 최소한의 통보조차 이루어지지 않아서 발생한 인재라며 박 요원은 목소리를 높였다. 항로 이탈은 충분히 예견할 수 있는 상황임에도 불구하고 시야확보도 어려운 악천후에 터치다운을 강행했던 지휘관들의 명백한 과실로 아까운 세 젊음을 죽음으로 내몰았다는 것이다. 사고 불과 며칠 전에는 감포 부근 해상에서 8주 교육 중이던 공수부대원 60명인 해척조가 항로를 이탈해서 우리해병 지역 도구해안으로 표류해 들어온 것을 전원 구조해서 귀대조치 시킨 일도 있었다. 그러나 우리 대원들은 바로 이웃한 부대의 총격으로 안타까운 사상자가 발생한 것이다. 우리 지역을 불과 200~300m를 벗어났다는 이유로.

박 요원은 나머지 군 생활을 어떻게 했는지조차 기억이 없다고 했다. 실탄을 장전하는 소리만 들어도 소름이 돋았다고 회고했다. 박 요원은 또 이 사고 다음해에 발생한 한미 합동훈련인 팀 스피리트 작전 중 헬기 추락사고로 순직한 해병 전우 11명의 위령탑은 포항 ○사단 정문 부근에 세워 주었는데, 어째서 이들은 위령비조차 없느냐며 흥분했다.

박 요원은 틈틈이 대전 국립묘지에 잠들어 있는 이들을 찾는다고 했다. 순직한 전우들 중, 특히 고 김병철 일병에게는 사죄하고 싶다고도 했다. 그의 부모를 찾아뵙고 무릎이라도 꿇고 용서를 구하고 싶지만 용기가 나질 않는다면서 울먹거렸다. 지천명에 이른 박 요원은 아직도 그토록 아파했다. 무엇으로 이미 꺼져버린 생명을 대신할 수 있겠는가. 해병대나 육군 지휘관들에게 중징계가 불가피했던 이날의 참사는, 사고 다음날 발생한 커다란 사건으로 인하여 큰 파장 없이 낮은 수위의 징계로 마무리되게 되었다고 한다.

83년 9월 1일 03시 26분경

뉴욕을 출발하여 앵커리지를 경유 김포공항으로 운항 중이던 대한항공 007편 보잉 747여객기가 항로를 크게 이탈하여 소련 상공으로 진입해버렸다. 이 여객기는 사할린 모네로 섬 부근에서 소련 전투기의 미사일 공격을 받아 승객 240명과 승무원 29명 등 탑승자 269명 전원이 사망했다.

이 사건은 전 세계를 발칵 뒤집어 놓았다. 비무장 상태인 민간 항공기를 경고사격으로 제 항로로 내몰거나, 유도착륙을 시켜서 억류하거나 하는 조치를 취하지 않고 요격해서 추락시켜버렸기 때문이다. 당시 소련은 이 여객기가 의도적으로 소련영공에 진입해서 첩보활동을 한 혐의가 있다고 주장하기도 했다. 세계 각국은 소련의 만행을 규탄했고, 국내 상황도 반공, 반 소련 분위기로 심각했었다.

그런 소용돌이 속에 세 전우의 장례식도 조용히 진행되었다. 그러나 생사가 엇갈린 긴박했던 그 순간, 현장에 머물렀던 전우들은 결코 그 악몽을 잊지 못하고 있다. 박 요원의 고통도 현재진행형이다. 박 요원은 나머지 삶을 나에게 던져주고 떠난 세 전우의 환상이 30여 년이 지난 지금까지도 내 주위를 맴돌고 있는 것을 보면 그들이 나에게 무슨 할 말이 있는 것 같다. 그것은 바로 '해병 망치의 명예를 회복시켜 우리의 죽음을 헛되지 않게 해 줘.' 하는 원성으로 들린다고 한다. 기필코 이 세 전우의 원혼을 달래기 위해서라도 하루빨리 망치요원들의 명예를 회복되어야 한다.

비밀은 숨긴다고 숨겨지는 것이 아니다. 모든 일은 낭중지추(囊中之錐)라 했다. '주머니 속의 송곳' 이라는 뜻으로, 재능이 뛰어난 사람은 숨어 있어도 저절로 남의 눈에 띄게 됨을 이르는 말이지만 나는 이 말의 뜻을 다음과 같이 해석하고 싶다. 위장된 비밀은 아무리 숨기고 숨기려고 해도 주머니 속의 송곳과 같아 언젠가는 이 세상에 삐져나와 세상을 밝게 한다는 것이다. 이것이 바로 파사현정(破邪顯正)의 도리다.

칠포리 해안

전설의 해병대 망치

4. 병역 의무는 지켜야

이 지구상에 징병제로 군대를 충원하는 나라가 몇 개국이나 되는지 정확히는 모르겠지만 그리 많지는 않을 것으로 알고 있다. 우리나라는 민족의 분단과 휴전이라는 준 전쟁 상황 속에서 남북 간의 군사대치 상황에 따라 징병제로 군을 충원하는 것이 불가피한 측면이 있다. 그래서 건국 이래 대한민국 사내라면 예외 없이 해결해야 할 가장 중요한 의무가 징병에 의한 병역의무다. 요즘 고위 공직자나 사회지도층 인사를 검증하는 자리에서 항상 불거져 나오는 것이 병역의혹인데, 때로는 국가의 부름을 받고 군복무를 마친 대다수의 대한 남아들은 바보가 아니었을까 싶을 만큼 그 정도가 심각하다. 오죽하면 병역면제를 받는 이들은 신의 아들이라는 말이 나돌까.

예나 지금이나 일반 부모들은 금지옥엽 같은 자식을 군에 보낸다. 자기

자식이 못 낫다 하여 군에 보내는 부모가 어디에 있겠는가? 대한민국에서 태어난 사내이기 때문에 부모의 자식이면서 나라의 자식이기도 하다는 신념에 따라 마땅히 군에 자식을 맡기는 것이다.

어느 부모에게나 자식은 귀하다. 그 귀한 자식이 군에 가서 불구가 되어 돌아오거나, 혹은 가혹한 군복무 환경으로 인한 후유증 때문에 정신적으로나 육체적으로 극심한 장애를 안고 돌아온다면 그 부모들의 심정은 과연 어떨까? 억장이 무너질 것이다. 그리고 그런 부모는 남은 생애를 장애로 고통 받고 있는 자식과 그 고통을 함께 나누며 살아가게 되리라.

우리에게도 아픈 세월이 있었다. 명예롭게 군복무를 위해 집을 나섰다가 영문도 모르게 시신으로 돌아온 자식을 품에 안아야만 했던 부모들. 조직적인 협박과 회유 때문에 어느 누구에게 하소연도 못하고 속이 숯처럼 검게 타도록 속울음을 삼켜야만 했던 장삼이사 부모들도 많았다. 불구나 장애를 안고 돌아와도 그저 살아 돌아와 준 것만도 고마워하던 연약하고 순박한 부모들이 많았다.

이제 세상도 많이 바뀌었다. 체벌도 사라졌고, 군 지휘관들이 오히려 졸병 눈치를 보는 처지가 됐다고 하니 그야말로 격세지감(隔世之感)을 실감하는 시대가 되었다.

전설의 해병대 망치

격동의 80년대 초.

망치(8·12)요원들의 현역 시절에는 인권이 무시되었다. 특수교육이라는 미명 아래 공공연히 폭력이 난무했고 망치요원들은 인간병기로 개조되어 전쟁 물자처럼 취급되었다. 우리요원들도 대한민국의 사내로서 마땅히 치러야 할 군복무를 위해 징병되어간 대한민국 부모의 아들들이었다. 시대를 잘 못 타고난 것인지 운이 나쁜 탓이었는지는 모르겠지만, 국가와 군의 필요에 의해 인간 이하의 처우 속에 인간 한계를 뛰어 넘는 고강도 훈련으로 조련되었다. 또한 늘 생명의 위협을 느껴야만 하는 상황 속에 불안감을 안고 밤바다로 나가 임무를 수행했다.

정말 그때는 누구한테도 구원의 손길을 보낼 수 없었다. 해병 망치요원 시절은 말 할 것도 없고 제대 후까지도 귀를 막고 입을 막고 살아야 했다. 귀에 딱지가 앉을 정도로 교육받은 보안, 보안교육 때문에 누구한테 이 사실을 발설하면 국가와 민족이 큰 위험에 처하고 내 신변에 큰일이 나는 줄 알았다. 인간은 위험에 처하면 위험에 처한 그 순간에는 위험을 모른다. 폭풍우가 몰아치는 중심에는 고요함만 있다고 하지 않던가. 위험할 때는 무엇보다 먼저 그 위험에서 벗어나는 것이 최우선이기 때문에 아무 것도 생각할 겨를이 없다. 당면한 위험을 모면하고 잠시 동안의 휴식을 취할 때 긴장이 풀리고 몸서리치도록 소름이 돋는다. 이때 위험했던 순간의 악몽에 억눌려 헤어나지 못하고 그 늪에서 허우적거리게 되는 것이다. 전쟁이 끝난 후 그 여진이 전쟁보다 더 무섭고 그 후유증은 오래

가는 법이다. 위험의 순간도 마찬가지다. 위험의 순간이 끝나고 난 다음의 여진과 후유증, 이로 인한 2차적 증후군이 더 무섭고 우리의 발목을 잡는 것이다.

우리요원들도 그랬다. 매순간 다가오는 위험을 동반한 훈련과 작전 시에는 위험을 모르고 지냈다. 위험이 위험으로 다가오지 않고 오히려 한번 도전해 보고 싶은 게임으로 다가왔다. 이왕 그렇게 위험하고 엄청난 일이라면 매도 빨리 맞는 것이 심리적 부담감을 덜어 주듯이 제대로 멋지게 북파공작 요인암살임무를 수행하고 싶었다. 정말 그때의 심정을 진심으로 표현한 말이다. 우리요원 모두가 그랬을 것이다. 하지만 이것은 장난이 아니었다. 경험해 보지 않은 사람에게 이를 이해시킨다는 것은 어려운 일이겠지만 제대 후 밀려오는 공포의 파노라마와 순간순간 스쳐가는 죽음의 스트레스에 일정부분 체념상태에 취한 그때는 몰랐지만 그 이후는 말 못하는 고민에 싸인 적이 한두 번이 아니었다.

이것보다 더 어렵고 두려운 일이 있었다. 한번은 친구들이 모인 자리에서 이 이야기를 늘어놓았다가 혼이 난 일이 있었다. 나의 생생한 무용담을 흥에 겨워 늘어놓는 나를 보던 친구들의 싸늘한 시선은 지금도 잊을 수가 없다. 그 이후 나의 전화까지도 꺼리는 친구들의 행동을 목격하고 이것은 평생토록 가슴 깊숙이 묻어 두어야 하는 나만의 멍울덩이구나.

전설의 해병대 망치

이런 생각 끝에 지금까지 가슴 속 깊이 묻어 두고 왔다.

또 나를 두렵게 하는 것이 있었다. 당신은 앞으로 몸조심을 해야겠다는 충언을 받은 날이다. 만약 간첩들이 이 사실을 알았다면 너를 가만히 놓아두겠냐는 것이다. 곧바로 납치할 것이다. 얼마나 귀중한 정보의 보고가 아니겠는가. 정말 이때까지 받은 그 어떤 충고보다 가슴 섬뜩한 말이었다. 나만이 가지는 고통이 아니라 우리요원 모두에게 해당되는 고통이었을 것이다. 이 부분은 국가와 우리 군도 이해할 수 없는 대목이다.

300여 명을 배출한 해병 망치요원, 국가 1급 비밀 소유자들을 이렇게 무방비로 방치해 두고도 국토방위를 책임지고 있다고 장담할 수 있을까. 만약 이 중 한 명이라도 적에게 노출되었다면 유엔군의 동향, 군사정전위원회의 군사기밀은 물론 최첨단장비의 성능과 암호·엄호해독능력, 최전방의 군사 방어상태, 작전 수행방법 및 능력 등 내가 생각해도 머리가 찡할 정도로 아찔한 대목이다. 지금까지도 아무런 액션 없이 무방비 상태로 놓아둔다는 것은 국가적으로도 많은 손실이다. 이들의 고강도 전투능력을 평가해서가 아니라 지금 민감하게 북한과 국지전이 일어나고 있는 북방한계선인 NLL 분쟁문제에 그들에게 빌미를 줄 수 있는 소지를 안고 있는 요원들이 존재하기 때문이다. 어쩌면 이일 때문에 해병 망치요원을 숨기고 있을지도 모른다.

5. 망치가 되어

해병대에 입대하고 첫 휴가를 다녀온 후 며칠 뒤 갑자기 명령을 받았다. 손톱, 발톱과 머리카락을 잘라서 봉투에 담아내라는 것이었다. 아직 군에 익숙하지 않은 졸병이 소화해내기는 선뜻하고 준엄한 명령이었다. 가슴이 덜컥 내려앉았다. 무언가 상황이 이상하게 돌아간다는 판단이 들었다. 장교 1명과 하사관을 포함해서 20여 명이 선발되었다. 어떤 특별한 임무를 앞두고 있다는 느낌이 들었다. 우리는 막연한 두려움 속에 깎은 머리카락과 손톱, 발톱을 편지 봉투에 담아 이름을 써서 제출했다. 내용도 확인하지 못한 서약서 양식의 서류에 서명을 하고 지장도 찍었다. 이것은 모두 분위기 속에서 순식간에 이루어진 사건이었다.

사단 연병장에는 우리를 환송하기 위해 해병대 군악대가 동원되었고 사단장의 거창한 환송사도 있었다. 우리는 아무런 사전 정보조차 없이 해병 버스에 몸을 싣고 헌병 지프 2대의 호위를 받으며 경부 고속도로로 진입했다. 금강 휴게소에서 잠시 휴식을 취한 후 호위 지프가 해병 헌병에서 육군 헌병으로 교체되었다. 이때까지 아무도 입을 열지 않았다. 버스가 다시 출발을 하자 비로소 인솔 장교가 입을 열었다. 그 소리에 귀가 쫑긋했다. 하지만 아무 얘기도 귀에 들리지 않았다.

"제군들은 지금 우리 대한민국 해병대에서도 가장 명예롭고 자랑스러운 망치(8·12)요원, 즉 제2차 망치요원으로 부름 받고 백령지역으로 배치된다. 제군들 모두는 대한민국 해병대원들 중에서도 최정예 요원이라는 긍지와 자부심을 갖고, 주어진 임무를 완수하기 바란다. 이상."

대원들은 모두 얼어붙었다.

1차 선임요원들은 특수 임무를 위해 9주 동안 보수교육(일명 망치교육)을 마치고 임지로 떠난 것으로 알고 있었다. 그들 소식은 들려오지 않고, 우리는 보수교육도 없이 갑작스레 차출되어 그곳으로 가는 것이다. 혹시, 그들에게 무슨 일이 생긴 것은 아닌지. 특수 임무수행 도중 모두 전사(?) 억제할 수 없는 불안감 속에 우리를 태운 버스는 북쪽을 향해 달음질하고 있었다. 무더위가 한참 기승을 부리던 82년 8월 어느 날이었다.

우리를 호위하던 육군 헌병은 부천부근에서 다시 해병 헌병의 호위차와 교대하고 돌아갔다.

인천 5 해역사

연평, 백령지역 근무병들이 배편을 기다리며 대기하는 장소다. 그곳에서 우리는 타 병력들과 구분되어 특별 수용되었다. 격리되었다는 표현이 맞을 것이다. 식사 시간에도 방위병들이 식판을 날라다 주었고, 식사가 끝난 후면 이들이 회수하여 설거지도 대신 해주었다. 군인들이라면 당연히 손수 식판 들고 순서대로 서서 배식 받고, 식사 후 잔반을 버리고 설거지한 후 식판을 반납하는 의무사항이 우리요원에게는 제외되었다. 이 의무사항이 해역사라고 예외일 수는 없는 일로 타 병력들에게는 엄격히 적용되고 있었다. 우리는 영문도 모르는 채 호사를 누리며 우리를 임지로 실어 갈 배편을 기다리고 있었다. 기상 악화로 하루를 해역사에서 묵었다. 다음날 아침 식사 후 인솔 장교가 들어섰다.

"전원 수영팬티만 착용하고 구보 준비. 5분 내 집합."

수색 마크가 선명한 빨간 팬티에 구리 빛으로 그을린 병사들이 월미도를 향해 구보로 나아갔다.

"으아 뚤"
"삐익, 삑"

전설의 해병대 망치

구령과 호각에 맞춰 24명의 발이 하나 되어 움직였다.

'척, 척 척, 척.'

눈빛 하나 흐트러짐 없고, 자세 흔들림은 더욱 없고 기계처럼 그렇게 앞으로만 나아갔다. 길 가던 사람들은 길을 멈추고, 차를 몰던 아저씨도 차를 세우고 처음 보는 군 집단의 움직임이 신기한 듯 넋을 놓고 쳐다보았다.

평화로운 여름날
이완된 분위기를 여지없이 깨부수는 절제된 구호와 몸동작. 이 독특한 군 집단의 행렬이 나른한 여름, 흐느적거리는 거리의 풍경과 대조를 이루며 행인들에게는 특별한 볼거리가 되었으리라. 구보 후 샤워를 마치고 외출을 허락 받았다.

"21시까지 귀대하라. 시간 엄수하지 않는 놈은 알아서 길 것."

그날
예비 망치요원들은 인천 거리를 삼삼오오 쏘다니며 술을 마시고 고래고래 소리도 질렀다. 예측할 수 없는 내일에 대한 불안감 때문인지 도시가 낯설었다. 영문도 모른 채 젊은이들이 사지로 향하는데, **세상은 너무도 천연덕스러운 것이 야속했다.**

저자와 망치요원들

전설의 해병대 망치

6. 백령도는 무엇인가?

파도가 어느 정도 수그러들자 승선 준비 명령이 떨어졌다. 해군 LST 수송선 북한함이 우리를 기다리고 있었다. 규모가 꽤 큰 선박이었다. 승선을 위해 도열하고 있던 우리 앞에 해군 작전처장 박 모 준장이 나타났다. 말단병력 25명의 환송을 위해 등장한 그의 어깨에서 반짝이는 별이 생경했다.

"제군들은 대한민국의 자랑스러운 해병 중에서도 특수임무를 수행하기 위해 엄선된 요원들이다. 제군들에게는 임무에 걸 맞는 최고의 대우가 보장되고, 임무수행에 효율적인 최첨단 무기로 무장하게 될 것이다. 조국의 안위는 제군들의 어깨에 달려 있다는 사명감과 자부심으로 주어진 임무를 완수하고 무사히 돌아오길 바란다."

기관소리와 시커먼 연기를 흐린 하늘로 뿜어 올리고 있는 수송선을 배경으로 사령관이 환송사를 마쳤다. 이어서 투투 총(저격용 소음총) 등 몇 가지 신형 무기를 선보이고 작동요령을 설명했다. 그 특수임무라고 하는 것은 결국 국가와 군 집단이 우리의 젊은 목숨을 요구하는 것이 아닌가? 본인의 의사와는 상관없이 강제로 차출된 우리의 생명이 국가의 안위를 위한 소모품에 불과하다는 말인가? 대원들은 모두 죽을 자리를 향해 간다는 두려움 때문인지 침울해보였다. 오후 3시 경 요원들이 승선한 배는 인천을 떠나 어둠이 서서히 엄습하고 있는 밤바다로 계속 북진하고 있었다.

"씨벌, 우린 뭐여."

박 모 요원의 목소리가 흐릿하고 눅눅하게 들렸다. 누군가는 침을 꿀꺽 삼켰다. 수송선의 기관소리와 배에 찢겨 갈라지는 파도소리만 공허하게 반복되고 있었다. 그날 밤 망치들은 사병들의 출입이 통제된 상갑판에서 「밤배」라는 가요를 부르며 서로를 위안하고 있었다. 먹구름이 동편 하늘로 물러나며 밤하늘에는 별꽃이 흐드러지게 피어났다.

끝없이 끝없이 자꾸만 가면 어디서 어디서 잠 들텐가·········
조그만 밤배야.

전설의 해병대 망치

왜 하필 「밤배」였을까?

커다란 군 수송선에서, 욕설과 구호만을 토해내던 요원들의 입을 모아 그렇게 곱고, 착하고 조그만 노래를 함께 했었다니. 아무도 우리를 통제하지 않았다. 타 병력은 우리 부근에 접근조차 할 수가 없었고, 해군 승조원들도 오히려 우리를 피하는 눈치였다. 다음날 오전 8시를 조금 넘겨 우리는 백령도 장촌항에 상륙했다. 망치요원으로서 첫날이 시작되었다. 그때까지 우리 누구도 무슨 영문인지 아무도 몰랐다. 정말 군대니까 까라면 깠을 뿐이다.

7. 보이는 것은 다 죽여라

"보이는 것은 다 죽여라."
"명령만 내리면 하느님도 쏜다."
"체포되면 자폭하라."
"보지도 듣지도 말하지도 말라."

망치(8·12)요원 시절 우리 구호였다. 백령도에서 처음 맞는 아침은 평온
했다. 부대를 마주한 연봉바위도 숙연해보였다. 온순해진 바다는 잔물결
로 부대 앞에 펼쳐진 콩 돌 해안을 슬쩍슬쩍 쓰다듬고 있었다. 부대위치
는 마을은 물론 타 부대와도 동 떨어진 연화리에 제법 매무새를 갖춘 산
을 등지고 있었다. 저 멀리 북한 경비정도 몇 척 눈에 들어왔다. 북한 땅
인 해주가 코앞이라고 했다. 모두들 개인 화기를 손보고 사물 따위를 정
리하느라 부산했다.

10시경 사단 참모가 왔다. 부대 내의 시설물은 위성사진을 통해 판독한 북한 월래도의 기지 모형과 똑같다고 했다. 덧붙여 앞에 보이는 원래도 적 기지는 우리가 침투해서 파괴해야 할 목표물이라고 했다. 이제 북파 교육을 받고 과업을 완수해야 한다는 것. 그것이 우리에게 하달된 특수 임무라는 사실이 뚜렷해졌다. 똥구덩이와 시궁창을 구르며, 모래사장과 산악을 누비고, 거친 파도 속에서 해수를 들이키며 숨이 턱에 닿도록 교육을 받은 이유가. 치를 떠는 대원들에게 똥물을 먹이고, 온몸에 피멍이 들어도 신음소리조차 내지 못하도록 매질을 하며 우리를 조련한 윗사람들의 의도가. 바로 이것 때문이라는 생각에 이르자 두려움과 분노가 뒤섞인 복잡한 감정으로 뒤숭숭했다.

'최고'라는 찬사와 '특수임무'를 수행할 엄선된 최정예 부대라는 부추김도 이런 이유 때문이었다니.

요원들 모두 올 데까지 왔다는 체념 때문인지 무거운 긴장감에 휩싸여 있었다. 오후 내내 백령도의 지형지물을 익히던 요원들은 별로 말이 없었다. 저녁이 되자. 소대장이 집합을 시켰다.

"그동안 제군들이 강도 높은 훈련을 받아왔지만 더욱 더 강도 높고 전문적인 훈련이 필요하다. 우리에게 주어진 과업 즉, 오늘 본 그 지역에 침투하여 레이더 기지를 폭파하고 요인을 암살하여 임무를 완수하고 한 명의 낙오자도 없이 귀환하려면.

요원들 모두는 일당 백, 천의 인간병기가 되어야 하고, 각자 맡은 역할에 있어서는 타의 추종을 불허하는 전문가로 거듭 태어나야만 한다. 여러분들은 지금 이 순간부터 항시 전쟁 중이라는 사실을 잊지 말고 한 순간도 긴장을 늦추어서는 안 된다. 그동안 우리는 어느 특수부대원보다 더 혹독한 훈련을 거쳐 자신감이 팽배해 있다고 믿는다. 그러나 자만하지 말라. 언제 어느 순간이든 자만은 제군들의 생명을 위협할 수 있기 때문이다. 지금부터는 하시라도 명령이 하달되면 즉시 출동해서 완벽하게 임무를 완수하고 무사귀환 할 수 있도록 더욱 강도 높고, 전문적인 교육을 할 것이다. 이상."

소대장의 긴 훈시가 끝나고 야간구보가 시작되었다.

"삐익 삑, 삐익 삑."

팀장인 김 하사의 호각소리에 맞춰 뛰기 시작했다. 깎여진 손톱 모양의 옹색한 달만 내려다보고 있는 밤길에, 까만 정적을 깨트리며 요원들 모두 하나 되어 뛰었다. 남포리를 지나 북포리에 접어들자 염전이 넓게 펼쳐진다. 진촌으로 가는 길목에 헌병 검문소가 있었다. 검문을 하기 위해 수신호를 하던 헌병이 해병 망치요원들임을 알고 화들짝 놀라 거수경례

한다.

"필승, 수고들 하심다."

헌병의 인사에 대꾸도 없이 우리는 뛰었다. 목에 힘이 들어가고 피도 끓는 듯했다.

"그래, 해보자. 씨발."

진촌을 돌아오면서 주변 지형지물을 숙지했다. 전 요원이 발걸음 한 번 삐끗하지 않고 기계처럼 뛰면서. 구보가 끝나고 막사로 돌아오자 송 상병이 담배를 피워 물며 투덜댔다.

"조지나, 얼마나 더 빡세게 굴리겠다는 겨."

조 일병이 목 주변의 땀을 쓱쓱 문지르며 거들었다.

"죽기 아니믄 까무러치기 아니겠습니까."

"그래, 그래. 씨발."

송 상병이 흐음 '카악' 하고 가래를 모아 뱉으며 말했다.

"지옥가기 아니믄 천당 가기굿지."

잠시 후 야간 식사 시간. 부식이 훌륭했다.

"그려, 잡을 땐 잡더라도 잘 맥여놓구 잡아야지, 흐흐."

누군가의 말이었다. 요원들은 허기진 배를 채우느라 허겁지겁 식판에 달라 들었다. 식판에 숟가락 덜거덕거리는 소리만 들렸다.

식사 후 백령도 자체교육 첫날
웬 사복 하나가 들어왔다. 내무교육이었다. 자기를 기무사 누구누구라고 소개했다. 북한의 사회구조와 말투 호칭 등을 강의하는데 요원들 모두는 건성으로 들으면서 어차피 여기까지 끌려온 것 하루 속히 임무를 마치고 돌아갔으면 하는 생각들뿐이었다. 그는 북한 침투 시 북한은 씨족사회이기 때문에 지역민 모두 집안관계로 연결됨으로 낯선 사람은 바로 신고된다며 절대로 눈에 띄지 말 것과, 만약에 발각되면 무조건 모조리 죽여서 증거를 없애야 한다고 했다.

잠시 휴식시간

밤바람조차 없는 후텁지근한 날씨에 밖에서 담배를 피우느라 삼삼오오 흩어져 있던 요원들 중에 김 하사가,

"홍 상병동무, 여긴 뭐 하러 왔수까?"

한바탕 웃다가 한 요원이 받았다.

"빨갱이 새끼들 목 따러 왔수다래."

다시 웃음이 터졌다. 참으로 오랜만에 듣는, 그러나 자조 섞인 웃음이었다. 또 강의가 이어졌다. 북한군 계급체계. 우리나라 위관급 이상은 소좌, 중좌, 대좌 그리고 정치 보위부(우리나라 국정원, 또는 기무사에 해당함.) 소속 정보장교가 하나 더 있어서 4계급 체제라고 하고, 그 중 정보장교가 계급서열이 가장 높은 놈으로 암살이나 납치 대상 제1호라고 했다. 기타 등등 강의를 이어갔지만 졸병들 몇 명 외에는 다들 건성인 듯했다. 누군가가 불쑥 교관에게 물었다.

"교관 동무는 북한에 가봤수까? 기왕이면 강의도 북한 말로 해야 안 되겠습니까, 그게 어드렇겠습네까, 동무들?"

왁자하게 웃음이 터지자 교관도 빙긋 웃음을 흘리고는,

"바로 그겁니다. 말은 자꾸 써야 늘지요."

이어서 교관,
"동무 일어나라우. 자기소개 해보라우."
"내래 평양 보위부 소속, 제1특수단입니다래."
"네, 아직은 많이 어색하지만 모두들 열심히 노력해서 부지런히 익히도
록 합시다."

교관은 흡족한 표정을 지었다. 강의가 끝났다. 박 모 요원이 까만 바다에
초점 없는 눈을 주며 물었다.

"우리 넘어가믄 살아오긋냐?"

그의 목소리가 해풍에 묻어 눅눅했다.

"야, 이 새꺄, 내는 몬살아와도 니는 살아 올끼다. 걱정 말아."

내가 받았다.

"오믄 같이 와야지 그것이 먼소리다냐, 씨블 것."

"그래, 같이 살자. 우리가 을매나 고생했노, 살아서 같이 좋은 세상 봐야지 여서 이래 개죽음하믄 되겟나. 우옛던동 이 악물고 살자."

우리는 서로 부둥켜안았다. 둘은 동기로, 망치 쫄따구로 그렇게 서로를 격려하고 의지하기로 했다.

지나가던 최 요원

"잘 한다. 이것들이 껴안고 연애질하나? 허, 야들 보소 수컷들끼리 연애질들 하는갑네."

최 요원은 고참 이었지만 나이가 어린 탓인지 철이 없어 보였다. 지옥 주기간 때 체력이 바닥나 보트에 태우고 다니느라 고생깨나 했다. 선착순에 밀려 뺑뺑이도 많이 돌고.

"최 상병님은 좋겠심더, 여게는 보이끼네 먹는 것 좋제 수당도 마이주제, 걍, 말뚝 꽉 박아뿌소."

내가 비아냥거렸다. 최 요원은 내 농담에 개의치 않고 실실 웃으며 장난을 걸어왔다. 팀장 정 요원이 다그친다.

"니들 거기서 뭐해, 빨리 정리하고 자야지. 내일 오후부터 뽕 빠지게 훈런이야. 다음 주부터는 맨날 날 밤 까면서 임무고."

체력을 비축해두자는 뜻이기도 했다.
"야, 씨발 빨리빨리 정리해라 잠 좀 자자."

고참들 성화에 쫄따구인 우리의 동작은 분주해졌다.
"으이구, 씨발 훈련이 뭣이 필요하당가 후딱 갔다오믄 될 것인디."

박 요원의 볼멘소리였다. 서로들 긴장의 끈을 놓지 않고 있지만 겉으로
는 대한남아의 자존심이 있어 농담으로 슬쩍 건너뛰고 있었다. 나부터
두고 온 소희생각에서부터 부모님, 형제들의 얼굴이 머릿속을 꽉 매우고
있어 교관의 강의는 뒷전이었다. 그때 누군가가 「**영자송**」을 구성지게 늘
어놓는다.

영자야, 내 여자야, 몸 성히성히 ~~

자~ 알 있느냐 ~~

여기에 있는 이 오빠는 ~~

백령도 ○○리에서 좆뺑이 치는 신세라오 ~~

어느덧 따라 부르는 요원이 늘어 군가합창이 되었다. 하지만 가슴 깊숙한
곳은 누가 조금만 건들어도 눈물이 터질 것만 같은 봉숭아 연정이었다.

8. 인간병기가 되다

물이 귀했다.

부대주변에 조그만 우물 하나 있었고, 나와 이 요원이 그 우물을 좀 더
키웠지만 수량이 늘지는 않았다. 장비와 보트를 씻기에는 물이 턱 없이
부족했다. 본의 아니게 세탁은 대충 물만 묻히는 것으로 때웠다. 온 천지
가 물 천지인 바다주변에서 물이 부족하다는 것은 이해되지 않았다. 바
닷물이 아니라 민물이 부족한 것이다. 이때만큼 물의 소중함을 체득한
것은 드물지 싶다.

오후에 또 강의가 시작되었다. 강사는 여단 참모장과 어제와 다른 사복
한 사람이었다. 참모장이 먼저 말했다.

"모두 반갑다. 우리 해병대에 여러분이 있다는 사실이 자랑스럽다. 여러

분은 국가의 특별한 부름을 받고 선발된 특수임무 수행요원이다. 임무가 완료되면 국가로부터 최고의 보상과 예우를 받을 것이다. 그리고 여러분들은 우리 ○여단 소속부대원이 아니고, 윗선의 지시에 의해 창설되어 특별히 관리되는 부대다. 우리는 여러분의 임무수행에 불편함이 없도록 군수지원과 협조를 할 뿐이다. 이곳에 있는 동안 어떤 애로사항이라도 있으면 주저 없이 말하라. 가급적 신속히 조치하겠다."

참모장이 말을 마치자 사복이 인사를 하며 두툼한 두루마리 하나를 펼쳤다. 총 14동으로 구성된 적 군사시설 모형도였는데 우리 병영과 똑같았다. 적군 진지의 화장실이 우리 화장실이요, 적의 병사가 바로 우리 병사였다. 어제 사단 참모가 보여준 바로 그것이었다. 우리가 침투해 작전을 수행해야 할 목표가 확실했다. 사복은 적들의 인원 및 경계위치, 주요시설 등에 관하여 상세하게 설명했다. 우리가 폭파할 레이더 기지는 서남을 살피는 적군의 눈이라고 했다. 아군의 동향, 일거수일투족을 살피는 매우 중요한 시설물이라는 거였다. 우리 임무는 적을 장님으로 만드는 일이라고 했다. 기지가 파괴되면 적들은 통제 불능상태가 되어 혼란에 빠지게 된다고 말했다.

망치(8·12)요원은 총 2개 소대 병력으로 우리 백령도에 1개 소대 25명, 연평도에 1개 소대 25명의 비 편제 독립부대였다. 여단장의 말처럼 여단에서 간섭이나 통제할 수 있는 부대가 아니었다. 우리가 도착했을 때 이미 1차 선임들이 임무를 마치고 포항 ○사단으로 복귀한 후라서 섬 주민들이나 ○여단 예하 일반 해병들에게는 우리가 북파 공작부대라는 소문이 자자했다. 망치요원들은 일반 해병과는 달리 복장도 특이했고, 계급장은 없고, 명찰도 요원들 의사에 따라 붙이고 떼었으며 원거리 구보를 제외한 모든 훈련은 자체적으로 은밀하게 이루어지고 있었다. 부대주변으로는 지역주민은 물론 일반 해병들에게 접근조차 허용이 되지 않고 철저히 차단했다.

우리요원의 일과는, 주간에는 무성무기 사용법, 즉 각검 던지기와 석궁사용법, 투투 총 사격과 양말에 자갈을 넣어 초병 등을 살해하는 기술 그리고 지형지물을 이용하거나 비트를 파서 은신하는 훈련 등을 받았다.

저녁 8시 이후 지역 내 통행금지가 시작되면 본격적인 해상임무에 돌입한다. 간혹, ○여단 사격장 등을 이용하여 수류탄 투척훈련, 야간 자동화기 사격도 했다. 해상임무는 부대원을 3개 팀으로 나누어 1호 보트에 정찰조, 2호 보트에 엄호조, 3호 보트에 돌격조로 대당 7~8명의 대원이 승선하게 된다. 보트는 당시 최첨단인 코만도-5에 최신형 45마력 강력 추진모터를 장착하여 사용했다. 해안에서 30㎞까지 항진해 나아가서 주변경계를 하고 머물다가 회항하여 해안 목표지점 1~2㎞까지 저속으로 접근한 후에는 요원 모두 보트에 납작하게 엎드려 페달링으로 접근, 소총유효 사거리인 해안 500m 거리에서 대기한다.

정찰 보트 선수에 타고 있던 척후 스윔어(scout swimmer) 2명이 야간투시경과 투투 총 등으로 무장하고 해안으로 수영해 침투한다. 해안에 도착한 척후 스윔어는 적 초병을 살해하여 침투로를 확보한 후 본대에 신호한다. 근접 대기하고 있던 정찰조, 엄호조, 돌격조 순으로 해안에 상륙하면 정찰조는 엄호조와 돌격조를 호위하여 목표지점으로 이동한다. 목표지역에 이르면 정찰조는 사주경계 및 지원을 담당하며 대기하고, 엄호조와 돌격조는 요인암살과 납치. 주요시설물에 폭약설치를 한 후 폭파하게된다. 돌격조와 엄호조가 순차적으로 철수하고 뒤이어 정찰조가 두 팀을호위하며 철수하게 된다. 해안에서는 척후 스윔어가 보트를 지키면서 요원들의 철수를 유도하고 최종으로 척후스윔어가 승선하면 요원들 모두가 납작하게 엎드려 전속력으로 철수하게 된다.

당시 참모장을 비롯한 장교들은 임무수행 후, 10분 내에 적에게 피격되지 않으면 요원들 모두 무사할 수 있다고 입버릇처럼 말했다. 즉, 최고속력(당시 코만도-5는 45마력으로 최고 시속 45노트.) 으로 10분 정도 빠져나오면 백령도 아군 해병 포대에서 보트가 철수하는 좌우와 후면에 해안포를연속발사하며 적군 고속정(P K)의 접근을 막아준다는 것이다.

그러나 그 말을 액면 그대로 믿는 요원들은 아무도 없었다. 적군 고속정이 서치라이트와 섬광탄으로 목표물을 확보하고, 기관포 등으로 조준사격을 한다면 요원들 중에 그야말로 운 좋은 몇 명만 겨우 살아남을 것이라는 게 중론이었다. 그리고 코만도-5의 치명적인 결점은 격실이 아닌 단실이라는 데 있었다. 보트 전체가 하나의 튜브 형태로 되어 있어서 훈련도중에는 펑크가 나도 응급조치를 할 수 있지만 교전 상황에 여러 발의 기총공격을 받게 된다면 손을 쓸 도리가 없게 된다. 그리고 조난 시에는 아무리 수영에 능한 요원들일지라도, 서해의 거센 조류 앞에서는 속수무책일 수밖에 없고. 요원들은 모두 D-day가 우리요원들 단체 제삿날일 것이라고 믿고 있었다.

이때부터 우리요원들의 눈초리가 매섭기 시작했다. 같이 먹고 자고 하면서 서로가 서로를 두려워하고 경계하는 무리가 한 솥밥을 먹고 있는 것이 신기했다. 서로 종류가 다른 동물들이 한 우리에 동거하는 것 같다. 하지만 매일 긴장 속에 같이 있었지만 일상으로 돌아온 개개인은 서로 가족 같았고, 친한 친구 같았고 형제 같았다. 정말 아이러니한 동행이었다. 적대적 모순이라고 해야 하나. 이 속에서 굳건한 전우애와 동지애가 있어야 우리의 특수임무가 성공할 수 있으니 특수부대임에는 틀림없는 모양이다. **그 이유는 모두 목표가 같고, 놓인 처지가 같고, 생사를 같이 했기 때문이다.** 30여 년이 지났지만 지금도 그러한 끈끈한 전우애가 그대로 살아 있으니 나만의 아전인수적인 해석일까.

9. "망치 동무들 어서 오시라요"

적들도 우리가 어떤 목적으로 창설된 부대라는 것을 알고 있는 듯했다.
우리 훈련 도중에 북한군 진지에서 확성기 소리가 들렸다.

"망치 동무들 어서 오시라요. 수고는 많습네다만, 내일
아침에도 동료들 모가지가 제대로 다 붙어 있는 지 확
인 잘 하시라요."

농담 섞은 경고로 듣고 흘리기에는 섬뜩한 협박이었다.

그렇다.

우리는 언제든지 서로 교전을 할 수 있는 가장 가까이서 서로를 노려보

고 있었다. 우리요원들이 투입된 후 중·서부전선 휴전선 부근으로 전진 배치되어 있던 북한군 1개 사단이 해주부근 해안으로 이동 투입되었다는 말도 들렸다. 그만큼 우리요원들은 벌써 적들의 신경을 자극하는, 두렵고 성가신 존재가 되어 있었던 것이다. 정적 깃든 밤마다 적의 눈가에서 모터소리와 폭발로 긴장과 두려움을 유발하는 행위. 이미 심리전만으로도 적을 충분히 위협하고 있었다.

우리요원들의 작전은 은밀히 진행되기 때문에 이웃 부대와 수시로 작전 연계나 소통할 수 있는 성질의 것이 아니었다. 해안 최전방이라는 것을 감안하면 우리요원들은 임무수행 중에 아군에게 피격될 개연성도 충분하다.

우리요원들에게는 생명을 위협하는 요소가 많다. 기관고장이나 기타 사유로 표류할 경우, 조류에 떠밀려 적 지역으로 간다면 무슨 말이 필요하겠는가. 교전하다 요원 모두 산화하는 것은 너무도 자명한 시나리오겠지만, 예고 없이 아군 해안방어 지역으로 접근한다 하더라도 초병에게 노출되면 즉시 사격을 받게 되어 있다.

첫째, 최전방은 선 조치 후 보고 시스템이다. 저지하기 어렵게 판단되거나 혹은, 식별 불가능한 병력이나 수상한 물체가 군진지 가까이 접근할 때에는 먼저 사격하여 궤멸한 후에 보고해도 되는 것이다.

둘째, 백령도는 주민들 출입 가능한 곳을 제외하고는 섬 전체가 군사시설로 보면 된다. 해안선마다 수뢰, 클레이 모어(Clay - More 베트남전부터 사용된 신개념의 지뢰 종류.), 지뢰 등 해안 방어 폭발물들이 도처에 산재해 있는데, 조류에 떠밀려 그 지역으로 들어서는 날에는 명예롭지 못하게 세상을 하직하는 날이다. 실제로 첫째의 경우가 있었고, 둘째의 경우도 자주 발생한다. 일촉즉발의 이런 상황들을 지혜롭게 대처해서 위기를 넘기거나 구사일생한 경우가 비일비재다. 그때 나는 도저히 이해가 되지 않았다. 우리주위에 모든 위험요소가 곳곳에 도사리고 있었지만 나는 두렵지 않았다. 왜냐하면 적들도 알고 보면 우리민족, 우리겨레 아닌가. 하물며 아군이야 우리를 보고 적이라고 오인사격을 할 수 있겠는가.

하지만 그렇지 않았다. 실전에 들어가면 적군보다 아군이 더 무서웠다. 적군은 어떤 정보로 판단하는지 모르지만 우리의 실체와 일정부분 정보를 가지고 있었다. 그렇지만 아군은 우리를 전혀 모르고 있었다. 낮에는 우리를 식별할 수 있어 우리를 경계하면서 예우를 해 주지만 우리의 작전은 매일 야간에 이루어지기 때문이다.

천안함 폭침 시 TV로 목격했지만 우리 주둔지는 물살이 세기로 유명하다. 우리요원은 접안할 때 소리가 안 들리는(청음구간) 1㎞까지는 페달링으로 가지만 그 이후 서치라이트로 비추어 눈으로 볼 수 있는(식별구간) 구간에서는 전투수영으로 접근한다. 훈련 시나 작전 시나, 이를 어긴 적

이 없다. 이때 만약 배가 풍랑을 만나듯 우리 또한 우리의 전투수영 루트
가 아닌 적·아군 경계지역으로 흘러가지 않으란 법도 없다.

우리의 목숨은 적군이나 아군에게 항상 노출되어 있었
다는 말이다. 그 당시 우리는 훈련이 곧 작전이요, 작전
이 곧 훈련이었다.

그래야만 적을 기만하고 위협할 수 있기 때문이다.

월래도(사진에서 멀리 보이는 섬으로 북한 땅)

10. NLL는 죽음이 떠도는 곳

무 월광 상태이거나 짙은 해무로 시야확보가 어려울 때일수록 우리의 작전은 절정이다. 요원들은 야간투시경을 착용하고 각 팀에 할당된 역할에 따라 여러 종류의 무기를 휴대한다. 우리요원의 모터소리가 들리면 북한군들도 긴장한다. 적진의 서치라이트 회전속도가 빨라지고 비상을 알리는 사이렌 소리도 왕왕 들린다. 요원들이 적진 가까이 접근할 때는 최대한 몸을 낮추어 적의 탐조등에 노출되지 않도록 한다.

적진에 가까워지면 소음을 없애기 위해 노를 저어 항진한다. 이럴 때 센 조류를 맞닥뜨리게 되면 혼신의 힘을 다 해 노를 젓는다. 가끔은 급속한 조류 때문에 노가 부러지기도 한다. 요즘은 노도 특수 화학소재를 사용하여 만든 것이 보급된다고 하지만 우리 때는 나무 노였다. 만약에 앞에서 부러진 노의 파편이 뒤에 있는 요원을 타격하는 날엔 심한 부상이나 심지어는 사망에 이를 수도 있는 일이다. 조류가 세다고 모터에 시동을 거는 것은 임무를 포기하는 일이다. 조류가 바뀔 때까지 버텨야만 한다. 요원들은 사력을 다해 노를 젓는다. 거꾸로 삽질하는 자세로 온몸으로 노를 젓는다. 이러다 보면 본의 아니게 북한에서 주장하는 북방한계선주 변을 서성이는 일이 다반사다.

적을 교란하고 심리적으로 압박을 가하기 위해 작전지역 내에서의 이런 행위는 우리의 일상이다. 일종의 무력시위인 셈이다. 북방한계선 부근에 서의 1차 임무를 수행하고 나면 연봉바위 주변을 돌아 적 기지 지형과 흡사하게 조성된 작전장소로 이동한다. 목표지점 2㎞에 이르면 다시 시 동을 끄고 페달링으로 해안 500m 지점까지 진군한다. 그곳에서 대원들 은 목표지점을 향해 조준상태로 대기하고 무장한 척후 스위머 둘이 수영 으로 접근한다. 척후 스위머의 신호가 오면 각 팀 순서에 따라 해안으로 침투한다.

잠시 후, 밤의 정막을 깨는 폭발음이 들리면 작전 종료
적진은 또 한 차례 뒤집어진다. 마치 벌집을 들쑤신 모양새가 된다. 우리 는 모터에 시동을 걸고 전속력으로 복귀하면 임무 완수. 그러나 부대에 도착할 때까지는 절대로 방심할 수 없다. 자칫 항로를 이탈하게 되면 아 군진지로부터 오인사격을 받을 수도 있다. 무사히 부대에 도착하여 무장 을 해제하고 나서야 비로소 긴장을 풀고 안도한다.

우리요원들의 작전에 대략 4가지의 위험이 따른다.

첫째, 적진 가까이 접근하기 때문에 적에게 피격 가능성.

둘째, 바다의 기상변화와 보트의 고장 등으로 조난될 가능성.

셋째, 항로를 이탈하여 아군 경계지역으로 무단 접근하게 될 경우 오인
　　　사격 가능성.

넷째, 폭발물 등 파괴력이 높은 무기를 휴대하고 다니기 때문에
　　　안전사고 위험성이다.

그 시절 우리요원들은 늘 이런 위험 속에서도 긴장의 밤을 지새우며 충
실히 임무를 수행했다.

11. 천안함 폭침과 망치요원

다시 짚어 보지만 우리요원이 훈련하고 임무수행 하던 자리가 공교롭게도 천안함이 마지막 침몰된 그 곳이다 보이니 밤 새워 사건보도에 귀 기울어진다. 새로운 보도가 터져 나올 때마다 그때 그 시절의 참혹했던 기억이 새록새록 떠오르며 나를 옥죄고 있다. 밤마다 들려오는 바다 속 깊은 해류에 밀리는 조약돌 소리가 내 심장을 끓게 하고 심청을 살려내서 신화적 전설 속에서 우리의 가슴 속 깊숙이 자리매김하게 했던 인당수 연봉바위의 소용돌이 물길이 눈앞에 아른거린다.

밤새 악천후의 먼 바다로 나가 고무보트 3척에 의지한 채 위험하고 험한 파도와 사투를 벌이며 작전을 수행했던 악몽이 파노라마 같이 지나간다. 적과 아군에게 무방비상태로 노출된 채 작전대기 선상(NLL)에서 고속고무보트로 응징보복의 침투명령을 기다리며 부차적인 기만작전을 수행한 직감으로 판단할 때 오늘의 참사가 왜 일어났는가가 눈에 선하다. 우리요원들이 철수하면서 분명히 예측한 일이었다. 하지만 군 관계자들은 이를 왜 예측하지 못하고 방치하고 있었을까.

남한의 최북단 서해 5도의 백령도와 연평도는 대한민국 해병대와 막강해군이 언제 터질지 모르는 화약고를 가슴에 안고 노심초사 하는 곳이다. 하지만 정부는 이런저런 구실과 핑계를 내세워 군사와 장비를 감축하려고 한다. 북한과의 조그만 충돌로 인해 지금까지의 협상과 북방계획이 수포로 돌아가는 것을 우려해서 북한의 신경을 거들지 않고 그들이 하는 대로 따라갔다. 지난 10년의 햇볕정책은 이를 더욱 더 부채질 했다.

오직 임무와 책임만 부여하고 열악한 조건과 장비로 대한민국 군대를 사지로 밀어 넣은 결과가 오늘의 초계함 참사를 낳았다고 판단된다. 특히 이 지역은 과감하고 획기적인 지원이 있어야 함에도 불구하고 정부의 정략과 정치적 이해관계에 이용당한 것이다. 서해 5도 NLL은 군사원칙에 의해 확실하게 지켜지지 않으면 더 큰 재앙이 올 것이다.

이번 천안함 침몰사건을 복기해 보면 북한은 현 정권이 들어선 이후 연평해전을 비롯한 두 차례의 교전에서 전번과 다른 새로운 교전수칙에 의해 남한의 해군력에 패하고 돌아갔다. 지난 2009년 11월 10일 북한 함

전설의 해병대 망치

정이 대파되어 돌아가면서 더욱 더 앙심을 품고 보복의 칼날을 세웠을 것이다. 그리고 도저히 남한과의 군사장비의 대결로는 승산이 없음을 간파하고 게릴라식 전략·전술로 전환하여 오래 동안 은밀히 작전을 세웠을 것으로 추측된다.

이 시기 전문가들이 특히 우려하는 것은 과거에도 대남공작기능이 이례적으로 군으로 이관됐을 때 북한의 도발이 격화됐다는 점, 과거 대남공작기능이 군으로 이관됐던 시기는 1967~1969년으로 이 시기 군사모험주의가 대두되며 1·21청와대 기습사태, 삼척·울진 무장공비 사건, 프에블로호 납포사건 등 무력도발이 잇따랐다고 『주간조선』 2100호에 밝히고 있다.

여기에 남한에서 서해를 비롯한 동해·남해에서 치러진 한·미 합동군사훈련인 '키리졸브', '독수리훈련'을 북침전쟁으로 규정했다. 그리고 우리정부의 북한 급변사태 대비계획을 '반공화국 체제전복 계획'이라고 지칭하며 '거족적 보복성전이 개시될 것'이라고 위협했다. 이는 북한 내부의 온건세력의 주의·주장및 북한 화폐개혁의 실패를 잠재우고 외부로는 핵문제의 6자 회담, 경제문제의 김정일 중국방문(구걸외교)을 고려한 역발상이 내재된 고도의 전략·전술이 가미되었을 것이다. 40여 년간 당이 주도하던 대남업무를 국방위 산하로 옮긴 것은 지금까지의 대남공작을 지양하고 전투적인 대남공작으로의 회귀이며 북한이 2012년까지 목표로 내건 강성대국의 완성이 곧 조국통일 위업달성이라는 목표와 일치한다고 전문가들은 진단한다.

이러한 복잡한 역학구조를 단번에 해결하기 위해서는 전형적인 게릴라형 기습·기만·공격전술이 필요했고 일부 지휘관의 독자적인 충성경쟁이 한 몫 톡톡히 해냈을 가능성이 농후하다.

우리 남한에도 1980년 초 대북응징 보복부대인 해병 8·12요원이 있었다. 이들은 해군소속으로 해병대 장·사병 중에서 이미 특수교육을 이수한 정예해병을 강제 차출하여 맞춤식 북파특수훈련을 시켜 한국판 특공대를 만들었다.

이와 비슷한 시기에 육군에서는 공수부대에 북파공작요원으로서 '벌초부대'가 있었다. 당시 이 계획에 참여 했던 특수부대요원은 비행기가 고공으로 올라가 상공에서 대원 30명을 떨어뜨린 뒤 돌아오고 대원들은 패러글라이더를 이용해 평양으로 들어가 김일성 주석궁을 폭파하고 김일성 당시 북한 주석을 사살한 뒤 육로 또는 해로를 통해 돌아오는 계획을 세웠다고 증언했다. 이 관계자는 이 작전 계획에 투입될 예정이었던 특수부대원들은 우리요원들과 같이 강도 높은 훈련을 받았고 배설물을 최소화하기 위해 굶는 훈련, 현지화훈련도 필수적이라고 했다.

북한 말씨를 배우고 북한담배를 피우며 북한군 군복을 입고 북한군 소총으로 사격을 해야 했다. 오랜 기간 혼자 숨어 지내게 될 경우를 대비해 야생동물을 잡아먹으며 버티는 생존훈련도 거쳐야 했다. 그리고 평양에 진입했다가 검문을 받거나 붙잡혔을 경우를 대비해 시내지리를 외워야 했다. 암살과 저격에 대한 훈련도 필수적이었던 것으로 알려졌다. 특수부대원들은 철사 줄 하나로 사람의 목을 자르고 맨손으로 급소를 쳐서 '한방'에 상대를 제압하며 독침과 단도를 쓰는 훈련도 거쳤다고 한다. 이런 과정을 거치고 나면 성인 남자 10여 명과 맞대결을 할 수 있고 험준한 고산능선 10㎞를 50분 이내에 무리 없이 주파할 수 있는 강철체력을 갖게 된다고 한다.

'벌초계획'에 참여했던 공수 특수부대원들은 우리해병 망치(8·12)요원과 너무나 흡사한 훈련을 받았다. 이 부대와 우리 부대의 차이점은 벌초부대는 계획을 수정하여 다대포 간첩 침투작전에 투입되었다가 바로 해체했지만 우리요원은 아군이 보호할 수 없는 NLL선상에 투입되어 실제 작전을 하면서 북한을 교란하고 전선을 흐트러뜨리는데 3년의 기간 동안 활동했다고 한다.

남한의 해병 망치요원과 북한의 해상저격요원의 임무수행 시나리오와 작전은 흡사한 부분이 많은 것 같다. 이러한 관점에서 이들의 시나리오를 재구성해 보면 다음과 같이 설정할 수 있겠다.

북한군은 올해 1월 25일부터 3월 29일까지 백령도와 대청도 사이에 '사격구역'을 선포하였다. 그리고 몇 차례 사격을 가하면서 공포분위기를 조성하고 대내외적으로 작전이 임박함을 알리면서 사전 주변정리를 했다. 이때부터 북한 특수군의 해상저격요원들의 작전은 개시되었다. 그들은 NLL 해상지역에 침투하여 매복하기가 용이하고 공격하고 달아나기가 좋은 백령도와 연평도 사이의 어부들이 자동 통제된 지역을 표적으로 삼았다. 그리고 이곳에서 어부들이 쳐 놓았거나 밀려온 그물들을 제거하고 어부들의 탐지기 닻에 걸림이 없음을 확인하고 작전을 수행했다. 그들이 제일 두려워하는 것은 우리 해군이 아니라 어부들이 쳐 놓은 그물이나 탐지기다.

이후 그들은 잠수정과 반잠수정을 띄워 아군의 함정이나 레이다 포착이 불가능한 수법으로 침투하였다. 우리도 그렇게 작전을 수행했지만 반 레이다 커버를 잠수정이나 반잠수정에 씌우면 거의 레이다에 포착이 되지 않는다. 그 중에서도 가장 현실적인 작전이 '음향기뢰'에 의한 2인용 어뢰잠수정에 음향기뢰를 매달고 시속 2㎞ 속력 미만으로 조류를 타고 움직이면서 아군의 함정에 감지되지 않게 서서히 움직인다. 이렇게 표적에 은밀히 이동해 목표항로에 기뢰를 설치하거나 매복하여 기다리면서 천안함에 접근하여 공격을 가했을 것이다. 그리고 천안함이 좌초되는 것을 멀리서 확인하고 도주를 시도 했을 것이다. 이에 북한 공군은 아군의 반격을 분산시키기 위해 NLL근처를 비행하면서 그들이 완전하게 도주할

전설의 해병대 망치

수 있도록 도와주는 역할을 하였다. 그러는 사이 임무를 완수한 해상저격부대가 휘파람을 불면서 반 잠수정에 시속 70km의 속력을 붙여 북한 지역으로 탈출한 것이다. 이 도주시간은 채 10분도 걸리지 않는다. 이 작전은 북한의 육·해·공의 입체적인 해상공격 작전이 승리한 것이고 남한은 그들의 기만작전에 패한 것으로 가상의 시나리오를 구성해 보았다. 가상 시나리오이지만 그곳에서 작전한 경험으로 미루어 볼 때 이러한 추측이 가능하다. 5월 20일 경 천안함 폭침원인을 기자회견으로 밝힌다고 하지만 어디까지 밝힐 것인가 몹시도 궁금하다.(이 글은 2010년 1월 29일 전에 쓴 것임.) 우리요원도 자의적·타의적인 요인으로 적의 초계병 200m 지점까지 침투했으나 그들은 눈치를 채지 못한 경험이 있다. 이것은 최첨단 무기나 추적장치만 믿고 있는 사람들은 이해하기 힘든 사항이다.

이번 천안함 인명구조 진행상황을 주시하면 알 수 있듯이 그곳이 얼마나 위험한 악천후 지역인가. 우리요원들은 그곳에서 캄캄한 밤이면 죽음을 초월하고 임무를 수행하던 곳. 그리고 대기하던 곳. 주 임무의 명령이 하달되지 않으면 실전과 같은 임무수행을 하기 위해서 반 레이다 카버를 보트에 덮어 기습침투 작전을 하던 곳. 적의 청음·가시거리인 약 2km 근처에서 페다링과 빨대(스트로 straw) 하나에 의지한 채 전투수영으로 들어가는 우리요원들이 작전을 하던 곳이 천안함이 폭침 당한 지점이다. 파도와 조류의 흐름이 세게 휘몰아 쳐 밧줄로 몸을 묶은 채 작전을 수행하던 곳이다.

육상침투를 하기 위한 거리조정과 목표물에 정확히 들어오기 위해서는 상당한 경험과 노하우가 필요한 곳이기도 하다.

1980년대 당시만 해도 북한은 서해 5도를 육지에서 해상 1㎞ 이상은 북방한계선이라고 주장하며 수시로 드나들었다. 6·25 사변 이후 전쟁의 위험이 최고조로 달하는 시대에 그들은 그 지역을 전쟁공포로 몰아가고 있었다. 망치요원들은 그 화약고에서 그들에게 위협의 대상이 되어 북한이 함부로 그 지역을 넘보지 못하게 했다는데 무한한 자부심을 가지고 있다. 만약 망치요원이 그 곳에 없었다면 그들이 더 기승을 부렸을 것이다.

초계함이나 구축함은 바다에서 신속성이나 민첩성을 요구하기 때문에 철판을 두껍게 할 수가 없다고 한다. 5년 이상만 사용하여도 부식이 일어나 해군은 정비를 철저하게 한다고 한다. 도크에서 정비를 할 때 철선을 갈 경우 그 철선이 휜 철선이나 다름이 없다고 한다. 군함정의 수명기간은 30년 정도라고 한다. 천안함이 건조된 지 20년이면 한참을 더 사용할 수가 있다고 전문가들은 말한다.

우리가 근무한 백령도의 초계함 침몰지점은 초계함이 들어올 수 있는 지역이 아니라고 본다. 3년 동안 망치요원으로 있을 때 나는 물론 나의 동료 누구도 큰 배가 그쪽에서 들어오는 것을 한 번도 본 적이 없었다. 천안함 폭침 사고현장을 우리요원들은 너무나 잘 안다.

함정을 동원하고 헬기 해난구조단 3,000톤급 구조함 등 동원할 수 있는 것은 총 동원했지만 장병들의 인명피해가 46명에 이르는 데도 과연 정부나 국방부는 인명구조를 책임 있게 하고 있는지 묻고 싶다. 조류의 속도가 빠르고 물살이 세고 물이 혼탁한 곳에서 사상자가 조류에 떠밀려 가는 것은 불을 보듯 뻔한 사실인데도 불구하고 어망이나 보호막을 설치하지도 않고 침몰한 군함에만 매달리고 있다. 그러다가 수장된 사상자를 다 놓치고 영구적으로 찾지 못하는 결과가 초래된다면 누가 책임을 지겠는가.

이번 천안함 참사의 사상자들을 볼 때 28년 전 망치요원의 신세와 별반 다른 점이 없다는 생각이 드는 것은 나만의 비약인가?

가만히 생각해 보자. 국가와 민족을 위한다는 거창한 명분과 국가적 보상에 대한 약속을 굳게 믿으며 국가의 부름에 응했지만 국가는 그 때의 임기응변적인 위기사항을 넘기고 비밀문건으로 묶어 은폐하고 있다. **엄연한 사실임에도 책임지는 지휘관이 없다.** 명령을 하달한 소속을 모른다. 대한 해병임에도 해병의 지시를 받지 않는 것으로 보인다. 이번 참사도 생명의 존엄함과 소중함을 지키려는 참다운 군인이 보이지 않는다. 모든 것이 베일에 가린 채 국민을 기망하고 있다. 이런 면에서 만약 우리요원들에게서 희생자가 생겼다면 국가적 소모품으로 일회용 밴드나 두루마리 화장지 그 이상도 그 이하도 아니다.

하물며 바다에 기름유출 사고가 나 기름이 뜨거나 어로작업을 하다가도 홍수가 예상되면 기름띠를 두르거나 보호막을 친다. 신성한 병역의무로 임무수행을 하다가 순직한 병사들의 시체도 없는 장례를 치러야 하는 것은 아닌지 심히 의심스럽다. 또다시 말하지만 만약 우리요원들이 그 당시 임무수행을 하다가 지금과 같은 사건이 발생했다면 어떻게 처리 되었을까 분통이 터질 일이다. 모든 것이 비밀인데.

초계함의 사고지점은 항상 파도가 2~3m 이상이 넘고 바닷물은 혼탁하여 정조를 기다린다면 1년을 기다려도 구조를 못할 지역이다. 우리요원들이나 초계함의 사상자는 다 같은 운명이라고 생각을 한다. 정부는 조사해 보고 여론을 보면 드러나겠지만 신중하게 북측의 개연성을 지켜봐야 한다. 상당한 시간이 지난 후에 수장된 장병들을 놓고 흥정하듯 하면 절대 안 된다. 백령도에서 망치요원으로 있으면서 북한의 행태를 지켜보면 우리가 꼭 알아야 할 것이 있다.

그들은 예상 가능한 기획된 도발이나 정상적인 사고를 벗어난다. 그들의 행위는 예고되지 않는 행동들을 하고 있다. 확인·조사하고 통신 탐지나 포착을 하면 징후를 판단한다고 하지만 북한은 항상 예상치 못하는 기만 기습을 주특기로 기획된 도발행위를 하고 있다

30년 전 망치요원 시절에 겪은 군 지휘관들의 행태나 지금의 군관계자

및 정부의 행태를 보면서 참으로 한심한 생각이 든다. 초계함 침몰에 수장된 장병이 먼저냐, 침몰된 함정이 먼저냐의 진실게임을 하면 함정이 먼저인 것 같다. 물론 사고 원인규명과 함정도 중요하다. 내 아들이 아니라고 그저 구조시늉만 하는 안이한 대책과 구조시스템은 국민들을 실망시키고 분노를 살 것이다. 지금 젊은이들 사이에는 왜 이런 구조를 보고 군대를 가야 하나 회의감이 든다고 한다.

침몰한 지역의 수심은 24m라고 한다. 침몰원인을 내부냐 외부냐에서 생존구조자들이 외부요인을 주장해도 애써 외면하고 있는 모습에 우리 요원들이 말할 입장도 아니지만 관계자들의 이상한 행위에 실망을 금치 못하고 있다. 지금 북한은 NLL에서 야금야금 침략(살라미 전술)하여 그들의 침략을 합법화하여 미국과 상대하며 남한을 고립화 시키는 전략·전술을 끊임없이 쓰고 있다.

이번의 희생을 계기로 망치요원 같은 특수부대를 재창설하여 북한의 게릴라전에 맞대응하고 우리 해상을 장악하는 막강해군에 힘을 실어 주어 NLL에서 강경한 조치를 취하지 않는다면 더 큰 재앙이 반드시 올 것이다.

초계함 침몰사건은 북한이 대청해전에서 패배한 보복행위임이 분명하다. 조류가 거세어 SSU도 3분 만에 탐색을 중단해야 하는 거센 조류에 우리요원들은 일상적으로 훈련과 임무수행을 해 왔다. 해역의 바닥은 빠른 조류로 인하여 항상 흙탕물을 일으켜 수중의 시야는 거의 제로상태다. 아무리 특수훈련을 받은 자라도 무작정 들어가다가는 조류에 휩쓸려 또 다른 인명피해가 우려되는 지역이라 구조작업은 참으로 어려울 것으로 본다.

순직한 장병들의 명복을 빈다.

12. '망치'와 '벌초'의 엇갈린 운명

해병대 특수부대 '망치' 및 육군 특수부대 '벌초' 작전은 다 같이 1981년 8월에 태동되었다. 우리는 포항에서 북파특수 공작교육을 받고 백령도와 연평도에 파견되어 서해 5도에서 명시적인 작전에 투입되어 상당한 전과를 올리고 있었다. 이와 때를 같이 하여 육군 810북파특수부대 '벌초'는 동해 쪽에서 -평양침투-주석궁폭파-김일성 제거- 북파특수공작 훈련만 하다가 아웅산 폭탄 테러사건이 터지자 보복작전을 세워 보복작전을 감행하려고 했다. 하지만 당시 전두환 대통령이 북한과 똑 같은 짓을 할 수가 없다는 부정적인 견해로 폐기하고 1983년 12월 2일 다대포 해안 간첩 생포 작전에 투입 간첩을 생포하고 작전 참가자들은 화랑무공훈장을 받아 국가의 혜택을 받게 되었다.

하지만 해병 북파 특수공작원인 '망치(8·12)요원'는 동해 쪽 포항에서 북파특수공작훈련을 받고 황해도 침투, 해군기지 레이다시설 폭파 등 기만하는 망치작전으로 서해5도 NLL투에 투입되어 대북특수공작 임무를 수행하였다.

'망치' 작전이나 '벌초' 작전은 다 같은 북파특수작전으로 우리요원은 북파특수공작 작전에 투입되어 대북특수공작임무를 수행했고 벌초는 간첩생포 작전에 투입되어 특수임무를 수행했다.

하지만 해병대에서 망치작전을 교육하고 작전을 계획한 지휘관(홍○표 소령)과 북파특수공작원은 군에서 사라져야 했고 지금까지 국가로부터 외면당하고 있는 현실이다. 이와 대조적으로 육군 특전단에서 벌초작전을 교육하고 계획한 지휘관(김○영 소령)과 임무수행자는 현 국방부장관과 특수임무수행자가 되어 국가의 특별한 예우를 받고 있다.(이 글을 쓸 때는 그랬음.)

현재는 상황이 바뀌어 공교롭게도 벌초의 지휘관(김○영 ○○○장관)이 백령도에서 우리요원이 훈련하고 망치작전을 수행하던 그 자리에서 천안함이 폭침되어 희생된 군 최고의 책임자가 되었고 망치북파 특수공작원의 명예회복에 답을 해야 할 증인으로 관계부처의 수장이 되어 있다.

전설의 해병대 망치

망치를 아십니까?

셋째 마당

1. 역사

1979년 10월 26일

절대 권력자였던 대통령 박정희가 심복인 중앙정보부장 김재규에 의해 시해된다. 이 혼란을 틈타 전두환, 노태우, 정호용을 비롯한 하나회 멤버가 주축인 신군부세력들이 득세하게 된다. 이들은 같은 해 12월 12일 대통령 시해범과 유착의혹이 있다는 명분으로 당시 계엄사령관이며 육군 참모총장인 정승화 육군 대장을 보안사령부 서빙고 분실로 강제 연행한다. 12월 21일 국무총리와 대통령 직무대행이었던 최 규하 씨가 대한민국 제 10대 대통령으로 취임했으나 이미 모든 권력은 신군부의 손에 있었다.

해가 바뀐 1980년

4월 사북탄광 노동자 파업사태를 시작으로 5월 전국 학생시위 등 크고 작은 소요로 사회가 극도로 혼란해지자 신군부는 5·17 비상계엄령을 전국으로 확대 실시했다. 외부에서는 군부독재의 부활을 우려하는 미국과 일본 등 우방국들의 압력이 끝없이 이어졌고 이런 혼란을 틈타서 북한도,

80.03.27 : D M Z 무장공비 침투 사건,

80.06.20 : 보령 해상 간첩선 침투 사건,

80.11.03 : 전남 횡간도 간첩선 침투 사건,

80.12.01 : 경남 남해 간첩선 침투 사건,

81.06.10~06.21 : 임진강 무장공비 수중 침투 사건,

81.06.29 : 필승교 무장공비 수중 침투 사건 등.

산발적인 무력도발을 감행하고 있었고, 북한군 전투사단 최전방 전진배치로 남북 간의 군사적 긴장감이 최고조에 달해 있었다.

최규하 대통령의 갑작스런 중도사임으로 대통령에 오른 전두환은 외우내환으로 골머리를 앓고 있던 8월 12일, 군 당국으로부터 북한군 미그기의 우리 백령도 영공침범을 보고 받고, 즉각 북파 대응 공작부대 창설을 지시했다.

해병 망치(8·12)요원이 탄생된 배경이다.

우리 해병은 각종 특수교육을 마친 대원들 중에 무술 유단자나 체력과 교육 성적이 우수한 대원들을 선별해서 수차례에 걸쳐 신원조회를 마친 후, 81년 9월 19일부터 3주간 밀봉교육, 82년 월 4일부터 3월~6월까지 9주간 동절기 보수교육(망치교육)을 완료하고 상부에 보고, 82년 3월 15일 대통령의 재가를 받아 같은 해 4월 23일 1차 요원 48명을 임지인 백령, 연평도에 각 24명씩 실전 배치했다.

우리 2차는 24차 수색교육 수료생을 중심으로 구성되었는데 그때 수색교육이 평소에 비해 가장 강도가 높았다는 이야기를 들은 적이 있다. 평년 수색교육은 수온이 적당히 오르는 6월에 시작되는데 반해, 우리 24차 수색교육은 3월말에 시작했고, 평소에는 하지도 않던 가혹한 교육도 받았다. 한 예로, 군용지프나 트럭 뒤에 보트 5대를 로프로 연결하여 끌고 가면 보트를 머리에 인 교육생들은 까무러 치기도 했다.

얹고 걷기도 힘겨운 보트를 군용차량의 속력에 맞추어 머리에 이고 구보를 한다고 생각해 보라. 20㎞ 이상 장거리를 말이다. 더욱이 선두보트를 이고 뛰는 교육생들은 차량 아래쪽에 달린 견인고리에 연결된 로프가 잡아당기면 엉거주춤 구부린 자세로 차량이 배출하는 매연에도 직접 노출된 채?뛰어야 하는데 키가 큰 대원들은 그야말로 게거품을 물게 된다. 지금 와서 생각해보면 우리망치 2차 교대병력은 교육할 시간이 많지 않아서 훈련일자도 앞당겼고, 훈련강도를 높였던 것으로 이해된다.

이후 망치요원들은 매년 4월부터 10월~11월까지(동절기는 파도가 높고 기상이 나빠 임무수행하기 적절치 않다.) 회 차 마다 48명씩, 연 2회로 임무기한은 3~4개월 정도 양 지역에 실전 배치되었다. 엄격한 체력훈련과 철저한 신원조회 때문에 요원선발이 여의치 않은 관계로 많은 요원들이 재차 출한 경우가 있다.

84년 10월 망치요원들이 해체될 때까지 실전 배치되었던 우리요원들은 83년에 3회를 포함해서 총7회, 연인원은 336명에 달하지만, 실제 약 200여 명일 것으로 추산된다. 요원들의 전체 신원파악도 사령부 등의 비협조로 아직 정확한 집계조차 이루어지지 않고 있다.

망치요원 해체배경에는 북한의 대남 유화 제스처와, 국내외 정세의 변화 등에 따른 여러 요인이 복합되어 작용한 것으로 추측된다. 이제 망치요원은 해병대의 또 하나의 전설로, 후배 해병들에게 자부심과 긍지로 해병역사에 당당하게 기록되어야 한다.

2. 탄생

1981년 8월 12일 북한 황주 기지를 이륙한 북한군 미그기 2대가 우리 영내(백령도를 비롯한 서해 5도 상공.)를 **침범**한 일이 있었다.

나중에 밝혀진 바에 의하면, 인민군 총정치국장이며 국방의원인 조명록의 독자적인 명령에 의해 출격했던 미그기 6대 중 일부였다. 당시는 김일성도 생존해 있었을 때라는 점을 감안한다면, 북한 체제상 공군 참모총장까지 역임하고 있는 막강한 권력자인 조명록이라고 하더라도 독자적인 결정이라는 것은 납득하기 어렵다. 혼란했던 국내 정세를 이용한 정치적인 노림수로 북한 최고위층에서 사전 조율된 계획적 도발이었을 것으로 보인다.

즉시 군산기지의 우리공군 전투기편대가 발진하여 경고사격을 가하자 적기들은 기수를 돌려 북으로 퇴각했다. 이 사건으로 한미 연합사령부는 데프콘(Defence Redlines Condition 전투 준비태세) Ⅲ를 발동하기에 이른다. 공군은 북한 전투기의 도발사실을 국방부에 보고했고 국방부는 즉시 전두환 대통령에게 보고했다. 대통령은 '눈에는 눈으로 이에는 이'로 대응할 것을 지시하며 신속한 대북 보복응징 준비를 명령한다. **이 날을 뜻하여 우리망치가 8 · 12요원으로 불리게 된다.**

전두환 대통령은 3일 후인 8 · 15 광복절 기념식에서 북한에 대북 보복 · 응징을 하겠다는 강력한 경고 메시지를 띄운다. 정부는 국가 안보회의를 긴급히 소집했고, 청와대, 국가 안전기획부, 국방부 장관을 비롯한 각 군 참모총장의 토의결과 적진에 가장 근접하여 대기하고 있다가 완벽하게 임무수행을 할 수 있는 가장 강력하고 효율적인 병력은 해병대라는 결론에 이르렀다.

앞에서 이야기 했지만 당시 해병대는 독립부대가 아니고 해군에 예속되어 있어서 해군 2차장이 해병대 사령관을 겸직하고 있었다. 안보회의 결과에 따라 해군본부의 명령이 해병 1사단장에게 하달되었다.

해병 망치(8 · 12)요원 1차 선발은 이미 특수 교육(유디티 교육, 공수 교육, 특수 수색교육, 특공 교육 등.) 이수자들 중에서도 최정예 대원으로 90명이 선발되었으며, 이들을 3주간의 밀봉교육(81년 9월 19일~10월 7일.)을 거치고 보수교육이라는 미명 아래, 해병대 창설 이래 최초로 동절기 특별교육 9주(일명 망치교육 1982년 1월 5일~3월 6일.)를 통해 다시 담금질을 했다.

이들 중에는 특수교육 교관으로 재직 중이거나 교관을 역임한 노련한 대원들이 수두룩했다. 대다수 이들이 교육시켜 배출한 제자 교관으로부터 교육을 받게 되었는데 이들에게 상상을 초월하는 가혹한 훈련과 철저한 신원조회를 통해서 요원 48명을 엄선하였다. 1982년 3월 15일 국방부의 준비완료 보고를 받은 대통령의 승인이 나고 1982년 4월 23일 임지인 백령도와 연평도에 각각 24명의 해병 망치요원들을 처음으로 실전배치하면서.

망치의 전설은 시작되었다.

내륙훈련지역

해상훈련지역

훈련 및 작전지역 이동 경로

전설의 해병대 망치

3. 임무

우리요원의 임무는 수집된 정보를 바탕으로 적진(북한)에 침투하여 요인 납치와 암살, 적진의 주요시설물을 파괴해서 무력화하고 적을 교란 기만하는 등의 행위다. 한마디로 북한이 남한을 공격하는 근원지를 폭파하고 전략지휘부 요인을 끝까지 추적하여 암살 납치하는 것이다.

우리요원의 작전 반경은 우리나라 최북단인 서해 5도를 거점으로 북한이 NLL를 무력화 시키기 위해 침범하면 군사조치를 강력하게 하겠다는 해상 남방한계선과 북방한계선(Northern Limit Line)을 넘나들어야 하는 그야말로 국가가 보호할 수 없는 실질적인 전투지역이고 남북한이 교착되는 지역이다. 또한 우리요원의 임무수행은 북한이 도발을 하거나 도발이 예상되면 서해에 있는 도발 근원지를 파괴하고 명령권 자를 납치·암살하는 것을 주 임무로 하고 부차적인 임무의 활동은 언제나 야간에 서해 5도 바다에서 독자적으로 그들이 주장하는 해상 남방한계선과 해상 북방한계선을 넘나들며 적의 코앞에 침투하여 교란, 기만, 무력시위 등 특수공작 활동형태로 주어지는데 늘 긴장된 실질적인 전투지역에서의 북파특수공작활동의 반복이었다.

즉, 오늘 출동이 그들이 주장하는 남방한계선과 NLL를 넘나들며 일상적인 해상에서 침투하여 무력시위로 적을 교란·기만하는 북파특수공작인지도 출동 당시까지 지휘관인 소대장을 포함한 모든 요원들은 모르고 있다는 것이다. 작전 직전 해상에서 상부의 작전 라인을 통해서 직접 명령이 하달 받는다.

이런 일이 있었다. 모 요원의 하극상 사건 무렵 출동명령이 떨어지자 아무개 요원이 울면서 출동을 거부했다. 기혼인 그 요원의 아내가 만삭이라 자신은 얼마 지나지 않아 아버지가 된다는 거였다. 살아남아서 가정을 돌봐야만 한다고. 그렇듯 이번 출동이 실제상황인지 아닌지 알 수조차 없는, 아무개 요원의 경우에서 보듯 출동에 임하는 요원들의 긴장과 스트레스가 어느 정도인지를 짐작케 하는 단적인 예라 할 수 있다.

당시 우리요원들의 일과는 그야말로 매순간 지뢰밭을 걷는 심정이었다. 해병 북파특수공작대(망치부대)의 명령 불복종이란 어떤 결과를 의미하겠는가. 이 부분은 독자들의 상상에 맡긴다. 아무튼, 아무개 요원은 부적격자로 판단되어 즉각 퇴출되었다. 한 번은 우리의 작전 상황을 시찰 나왔던 ○여단장이던 차 모 준장에게 한 요원이 건의했다.

"기왕 보내실 거면 하루 속히 북으로 보내주십시오."

"요원들 모두 초조하고 답답하겠지만, 여러분들을 작전하는 것은 내 소관이 아니다. 여러분들은 상부의 명령에 따라 특별히 운영되고 있는 만큼, 별도의 지시가 있을 것이다."

여단장의 대답이었다. 관할 여단장도 관여할 수 없는 윗선은 어디였을까?

우리는 언제나 매일 거사를 맞이하며 숨 막히는 긴장 속에 하루하루를 보냈다. 어쨌든, 망치는 결원이 생기면 안 되는 법. 모 요원과 아무개 요원이 떠난 자리는 고참 사병이며 망치 1차 망치요원과 또 한 요원이 귀대 20일 만에 신속하게 우리요원으로 되돌아와 채워졌다.

북한군은 서해 5도에서 전쟁준비로 광분하던 어느 날부터 밤만 되면 해병대 북파특수공작대(망치부대)의 망치작전이 활동을 시작되자 긴장을 늦추지 않았다고 한다. 그리고 이에 대응하기 위하여 북한군은 휴전선에 배치한 특수군 1개 사단 병력을 황해도 해안에 이동 배치하였다. 그러면서도 황해도 일대의 해군기지와 공군 비행장, 포병진지에 경계병을 강화하였다. 북한군은 대북 응징·보복을 하기위한 고도로 맞춤형 북파특수공작훈련을 받은 해병대 북파특수공작원(8·12요원)들의 전략전술과 움직임을 예의 주시하며 전전긍긍 할 수밖에 없었다.

북파특수공작원이 된 우리요원들은 시간이 나는 대로 북한 말을 상용화하고 숙지하기 위하여 북한 방송이나 TV를 보면서 익히기도 했다.

북한군은 비밀리에 움직이는 우리요원들의 동태를 예의주시하면서 그들이 입수한 정보로 자기위안을 삼곤 했다. 예를 들면 백령도에서 우리요원들이 교체되는 시기를 어떻게 알았는지 무전기나 그 당시 통신수단으로 대남 비방방송 스피커에 남조선 특수요원들 "아침에 일어나면 모가지가 있는지 없는지 확인을 하시라요."라는 대남방송을 날리기도 하였다. 연평도에서는 우리요원의 훈련 내용을 어떻게 알았는지 활동사진과 그 내용을 날조하여 "남조선 특수요원들이 간첩훈련을 하다가 산불을 내고 보트가 전복되어 모조리 바다에 수장되어 실종이 되었다며 바람에 북으로 떠 내려온 보트를 TV에 비쳐 주기도 하는 등·········."

섬뜩한 여자 아나운서의 목소리를 들으면서 경계심이 대단하다는 것을 알게 되었고 북한 병사들에게 용맹심을 부추기고 있다는 사실을 확인할 수가 있었다.

우리요원들이 서해 5도에서 NLL을 완벽하게 수호하게 되자 북한은 또
다른 게릴라 수법으로 올림픽 개최를 저지하고자 노력하였다. 그 일환으
로 국내보다는 외국에서 그 노력을 기우렸는데 미얀마 아웅산 폭탄 테러
사건, KIL기 폭파사건 등이 그것이다. 이 사건으로 북한은 국제적인 고
립을 자초하면서 무리수를 두었지만 이후 남북한 군사적 균형에서 남한
에게 밀리게 되었다. 경제적 균형도 남한은 1986년 서울 아시아 게임,
88올림픽 게임을 개최하여 성공리에 마무리하면서 세계를 향한 경제적
인 도약을 하게 되었다.

그 후 최첨단무기와 경제력 우위에서 남북한은 평화를 유지하여 왔다.

4. 망치 이야기 1

1973년 뮌헨 올림픽선수 11명이 희생된 후 이스라엘은 팔레스타인 본부를 습격 수백 명을 살해했고, 그때의 후드 바라크 대원은 훗날 총리가 되었다. 그 후 7년에 걸쳐 검은 9월단 대원 전원을 세계 방방곡곡을 추적하여 모두 살해했다. 엔테베 공항을 습격하여 인질을 구출하면서 전사한 팀장의 동생 네타냐후는 이스라엘 국민의 열렬한 지지를 받고 총리가 되었다.

탈레반에서 한국인 2명이 죄 없이 희생당했다. 그때 우리 정부는 아무런 보복도 못하고 돈으로 흥정하고 기독교 교계에 구상권을 청구한다고 했다. 앞으로 대한민국이 선진국으로 갈려면 이런 사례가 재발하지 않도록 반드시 세계 어느 나라에 가서도 한국민을 건들거나 죽이면 반드시 보복한다는 모습을 보여야 한다고 본다. 가장 최근의 ○○○호 사건은 귀감이 될 만하다.

우리요원은 낮에는 주로 잠을 자고 밤에는 날씨와 관계없이 훈련과 작전 수행을 위하여 보트를 바다에 띄어야 했다. 야지와 산악을 뛰어 접선을 하는 방법을 숙달하여 실제로 북파명령이 떨어지면 임무를 수행하는 데 최선을 다해야 했다. 목표물에 습격하여 해안으로 도주를 못 할 시를 대비하여 침투로를 팀별로 이동해서 달달 숙지한 지형지물에 모든 암기력을 이용하여 침투하는 경로를 눈 맞춤한다.

우리요원은 일반 공작원과 같이 포섭된 동지를 만나 첩보를 전달하고 건네고 하는 것이 아니라 어떻게 하던 작전지역을 장악해야 한다. 그리고 적들을 섬멸하고 요인 납치, 중요시설을 폭파하고 모든 통신시설 및 시설들을 쉽게 복구를 못하도록 철저한 응징하는 것이다. 침투할 당시의 중무장한 무기들을 다 소비하고 철수하는 것인데 혹시 모를 고립무원에 대비하여 들길이나 야지를 뛰어 스스로 퇴각로를 개척한다. 해안을 통하여 바다에 은밀하게 진수 물속에서 최대한 몸을 드러나지 않게 한다. 때로는 짝으로, 때로는 홀로 수중은닉을 하다가 적절한 시간이 지나면 전투수영으로 철수하면서 위치를 확인한다. 안전지대에 오면 아군에게 신호를 하고 계속적으로 접근하여 목적지에 도달한다. 생존하는 모든 것이 속전속결로 이루어지는 작전임무 형태는 장기간이나 장시간을 요하는 것이 아니고 망치의 이름처럼 치고 빠지는 속전속결로이루어 진다

요원들은 시간만 되면 장비들을 점검하고 실 사격한 총구는 언제 어느 때고 즉시 사용할 수 있도록 준비하고 작전에 지장이 없는 가장 편한 상태로 본인과 관계된 장비들은 사용하기 좋도록 철저하게 손에 익히고 반복연습을 충분히 해둔다.

침투 시 기본자세는 훈련 시만 하는 것이 아니고 쉬는 시간에도 소리 없이 부단한 노력을 진지하게 한다. 적 해안 침투 시 생사를 넘나드는 100~200m를 수 시간에 걸쳐 침투하는 것은 보통의 인내심으로 견디기가 어렵지만 훈련과 작전 구분 없이 실전과 같이했다

백령도나 연평도 주민들은 처음에는 복장이 이상하고 무장을 한 모습에 진짜 간첩인줄 알고 신고를 하거나 무서워 나오지도 못하는 상황도 있었다. 어떤 이들은 저 사람들은 전과자이고 고아출신이며 밤만 되면 북에 가서 헤매다가 도대체 무슨 일을 하는지 모른다고 하면서 우리와 접촉을 꺼리기도 했다. 우리요원들은 때로는 마을을 대상으로 북파침투 훈련으로 주민을 상대로 밥을 훔쳐 먹거나 표시가 안 나게 가축을 소리 없이 잡아오기도 했다. 또 주민들에게 발각이 안 되게 이동 후 야지와 산악을 달려 비트를 파서 은신 기다리는 인내심과 고도의 심리전에 대한 적응력을 몸에 습득하는 것을 소홀히 하지 않았다.

외진 곳에서 생활하는데 어려움은 없으나 해안에 접근하는 기습침투는

남북한 어디나 어려움은 마찬가지가 아닌가 생각한다.

가장 어려운 것은 북파가 되었을 때 철조망과 지뢰지대만 통과하면 어떤 공격과 철수도 문제가 안 된다. 북은 인구밀도가 적고 산악지역이 많고 교통량도 적어서 온 사방천지가 무풍지대가 많다. 전방지역은 남한보다 군사시설도 많고 북한군이 곳곳에 주둔해있지만 주둔지 근처가 남한과 북한의 맹점이라고 이해하면 될 것이다. 망치는 은밀히 해안에 접근하여 정찰조의 안내로 철조망과 지뢰지대를 넘어서면 작전의 성공을 확신한다. 들어가서 폭파나 요인암살, 적 사살은 망치요원이라면 누구나 특별한 숙달이 되어 있었다.

가장 핵심은 돌격팀인데 정찰팀이 철조망이나 지뢰를 제거하면 그 나머지는 사주경계를 하면서 소리 없이 주어진 각자의 임무에 충실하게 진행하면 된다. 돌격팀은 폭파장치가 다 되면 다른 팀보다 빠르게 철수하는데 엄호팀은 어떻게 하든 엄호를 하고 철수를 해야 하는 것이다.

돌격팀은 베테랑 중에 선발되고 어떠한 경우라도 보호받아 살아서 가장 중요한 폭파를 해야만 한다. 모든 요원이 다 중요하지만 최후의 일각까지 폭파팀은 살아야 하고 임무를 달성해야만 한다. 그러나 적에게 체포되면 그 자리서 산화하라는 교육을 수 없이 받았다.

5. 망치 이야기 2

우리요원은 이미 군에서나 민간에서 특수교육을 이수한 자를 기본으로 침투공작에 필요한 체력과 정신력을 극도로 높여 고립무원의 적지에서 특수임무를 완수할 수 있는 자들로 그 임무는 북한에 침투하여 대북 응징·보복을 목적으로 하고 있었다.

망치요원들은 모래를 배낭에 매고 산악구보, 야지구보 등 들판과 산악을 오가며 '항상 북한의 124군 부대원들보다 빨라야 한다.'며 전통의 해병 혼으로 무장하여 피나는 훈련을 해야 했다. 북한에 북파하여 임무를 철저히 수행하기 위하여 침투훈련, 비트훈련, 지뢰제거, 장거리수영, 살인 기술, 맨손격투, 대검쓰기, 각검투척, 자갈과 돌을 이용한 무기를 만들어 소리 없이 죽이는 기술 등 틈만 나면 스스로 터득하며 숙달하였다. 사격은 조준사격, 자동 점사사격, 위협사격, 개할지 통과사격, 대오정렬사격 등 여러 가지가 있고 모든 사격 훈련은 실탄사격으로 항상 실전과 같이 병행하면서 특등사수가 되어 있었다. 여기에다 요원들은 요인암살, 생존훈련, 무성무기 사용법, 숫자 엄호 판독법, 무선 디지털사용법, 폭파전문 등 고도의 맞춤식 특수훈련이 되어 있는 전문요원들이었다.

탈출을 위한 수중은닉은 스트로(straw, 빨대)나 대나무를 이용한다. 어떠한 열악한 환경에 처해도 몸을 은닉하는 물이 있다면 잠수로 버티며 실제 상황에 대비하였다. 다시 말해서 일반군인들보다 상상을 초월하는 고도의 교육과 훈련으로 실전에 대비하며 적응하고 있었다. 나의 경우 주특기는 요인암살과 폭파였다. 하루에 평균 8파운드 이상을 폭파하며 눈 감고도 폭파할 수 있는 기술을 숙달하였다.

날마다 양말에 자갈이나 모래를 넣어 타격하는 연습을 반복 훈련 목표물을 정확히 가격하여 실신이나 살해하는 고도의 훈련을 숙달하였다. 우리 요원에게 부여된 북 지역 월래도 침투는 보트를 직접 이용해 접근한다. 특히 이 지역은 육지와 달리 바다에는 경계선이 없기 때문에 날마다 주 침투경로인 아군이 보호할 수 없는 NLL선상에서 기만작전을 실행하고 표적지의 지형지물을 반복하여 익히고 숙달하면서 실전과 같은 훈련과 임무수행을 병행했다. 특히 이 지역은 아군은 들어오지 못하는 지역이지만 혹시나 우리요원이 적이나 아군에게 발견 시 바로 교전이 일어나는 전쟁지역이다.

작전 도중 북의 경계병들의 경계로 감시가 강화되거나 서치라이트 (searchlight)가 비춰지면 적에게 노출되었다고 판단하고 은밀하게 이동 탈출을 시도한다. 그리고 재빠르게 다른 공작활동으로 전환하여 또 다른 작전활동을 하면서 상부의 명령을 기다린다. 명령이 하달되지 않으면 신속히 NLL선상을 벗어나 처음 출발한 루트로 철수한다. 이때도 아군에게 발각되지 않게 하면서 북의 표적지와 똑같이 설치된 모의교장이 있는 망치망치요원 숙소를 적의 표적지로 간주하고 반대로 실전과 같은 훈련을 감행한다. 가상표적지의 해상에 척후 스위머가 전투수영으로 해안에 은밀하게 접근하여 주변 장애물인 지뢰를 제거하고 철조망을 통과한다. 그리고 정찰팀, 엄호팀, 돌격팀이 각자 역할을 분담하면서 완벽한 임무 수행을 위해 무성무기 사용, 각검투척, 실제 TNT 폭파, 수류탄 투척, 실탄사격 등 실전과 똑같이 매일 반복 숙달훈련을 했다.

새벽 6시, 북파특수공작활동과 훈련이 끝나면 요원들은 여기서 멈추는 것이 아니라 이때부터 진지한 토론이 이어졌다. 언제라도 위험에 노출되어 있고 사방이 적으로 둘러싸여 있는 곳에서 살아남기 위한 몸부림은 처절하기까지 했다. 억눌리는 심리적 압박과 내륙침투 명령이 떨어지면 더 위험한 침투작전에 생사를 걸어야 하는 우리요원들은 서로가 서로를 의지해야 했다. 그래서 그런지 **기만작전과 침투훈련에 임할 때 요원 하나하나의 동작과 행동에 진지함이 묻어 있고 살기 띈 눈빛이 살아 있었다.**

우리요원들도 인간인지라 생존본능에 대한 갈구는 일반인과 별반 다름이 없었다. 혹시 작전에 성공하면 다행이지만 실패하면 같은 동료들을 위해 나를 어떻게 희생하면 이들이 살아남을 수 있는지 나보다 남을 위한 고민을 많이 하였다. 그래서 더욱더 똘똘 뭉쳤고 밀려오는 두려움을 이겨낼 수 있었다.

탈출하다가 보트에서 떨어지거나 전복 시 부상을 입을 때를 대비하여 생명줄을 보트에 매달기도 하였다. 탈출을 하지 못하고 보트의 생명줄을 놓치거나 고립 시에는 다른 요원들에게 불편은 주지 않을까 두려움과 회환의 소용돌이 속에서 냉정한 판단으로 침착하게 인내하며 기다리는 훈련에 블랙 홀 같이 물밀듯이 빨려들어 가는 망망대해에서 악마의 유혹을 뿌리치기는 정말 무간지옥 같았다.

빨대를 물고 물속에 잠입하여 인내심의 한계에 도전하는 것은 고통 그 자체였다. 그렇게 고통을 이겨내야만 순조롭게 탈출을 시도할 수 있는 것이다. 고통도 고통으로 느껴지지 않는 훈련을 반복하다 보면 고통 그 자체를 즐기는 단계에 오르게 된다. 이 경지가 되면 영혼이 흐트러지는지 육신이 망가지는지 몰아지경에 들어간다. 우리요원이 작전수행 후 공허감에 싸여 정신적 스트레스에 빠지는 주된 요인이 이때 겪은 후유증이 아닌가 생각된다. 여기에 생사의 갈림길에서 초조한 고도의 긴장감은 요원들의 머리 꼭대기에서 발끝까지 소름끼치게 한다. 이때 받은 가슴 속

상처는 평생을 옥죄는 멍울로 남아 있다. 우리요원들이 제대 후 사회에 적응하지 못하고 사회 변두리를 헤매는 주된 원인이기도 하다.

1월 달 바다 바람은 뼈까지 스며들었다. 추위를 막기 위해 내복은 입었지만 모터를 단 고무보트의 속력에 바람과 추위는 맨살을 파고들며 수회에 걸쳐 반복되는 훈련은 손 발 대부분 동상을 동반할 수밖에 없었다. 지금도 본인은 그 후유증으로 겨울이면 손가락 지문이 헤어지기를 반복하여 일어난다. 우리요원 대부분은 이때 입은 후유증으로 제대 후 한두 가지의 병마에 지금까지 힘겨워 하고 있다.

육지에서도 고립이나 적의 수색조에 발각되지 않기 위해 비트에 잠복하여 지루한 기다림을 반복하여 훈련했다. 은밀하고 긴밀한 이동으로 위급 사항을 모면하면서 도망친 자국을 손이나 나뭇가지를 이용해 반복적으로 흔적을 지우거나. 만약 체포되거나 부상이 심하여 팀원과 합류가 어려울시 적의 주요시설이나 주요 인물들과 함께 가지고 있는 무기를 최대한 이용하고 마지막으로 지니고 있는 수류탄을 이용하여 자폭하고 산화한다는. 이 말은 귀에 딱지가 않을 정도로 세뇌가 되어 있었다.

우리는 적을 섬멸 할 수 있는 고성능 보트, TNT 50파운드, 슈류탄 2발, 자동소총 180발, 무성무기, 독침, 대검 등을 소지하고 다녔다. 만약 고립무원 시 야지에서 동물이나 물고기를 잡아먹고 구워먹고 훔쳐 먹는 훈련도 했으며 격투술로 날마다 투창 던지기, 각검 던지기, 양말에 모래와 자갈을 섞어 머리를 치는 훈련 등을 하였다. 우리요원 중에는 이미 무술의 고단자들과 백발백중의 저격수들이 많았다. 날마다 산악구보와 야지구보는 필수이고 훈련이 잘되어 있는 관계로 체력들이 우수하였다. 그 당시 우리요원들은 최고의 장비와 최신형 무기들을 사용했으며 무기를 다루기 위해서는 체력도 우수해야 하지만 머리가 좋고 영리해야 임무완수를 할 수가 있었다.

우리들은 임무수행 시 실패하면 죽는다는 것에 두려워하지도 않았으며 중차대한 임무를 띠고 임무를 수행하다 체포되면 어차피 다 죽는 것으로 교육받았고 절대로 잡혀서는 안 된다고 교육받았다. 고무보트로 북파 특수훈련을 받다 사망한 사건들도 있었다. 그러나 누구하나 그들을 진정으로 책임지는 사람이 없었다. 제 생각에는 그 당시 국가를 운영하는 위정자들은 위기상황에 처해 있었으므로 '얼마간의 병력은 희생을 각오하지 않았냐.'는 생각이 든다.

그 당시 휴전선부근에 북한의 가장 강력한 부대가 배치되었고 우리나라는 군인이 정치개입으로 전방의 국방은 소홀히 하여 아주 위험한 상황이 아니었나 싶다. 그 당시 정부는 군인의 득세로 정당한 인권은 무시되고 군인 식 발상으로 몇 사람의 희생은 아무렇지도 않게 생각했을 것이라고 생각했을 것이다. 이러한 상황에서 잡히면 죽는다는 것을 알고도 국가와 민족을 위한다는 일념으로 각오를 하고 임무와 명령을 수행한 우리요원들은 정말 위대했다고 본다.

우리요원은 고향생각, 부모님생각, 친구생각 등 일반 군인들이 가지는 모든 것을 버리고 목숨을 담보로 책임을 다했고 해병대 망치요원이란 자부심을 가지고 참으로 열심히 했다. 사실 요원들은 백령도나 연평도에 죽으러 간 것이다. 넘어가면 80%는 죽는다고 이구동성으로 말하고 있었다. 우리요원에게 기습 침투하여 적의 전략적 요충지를 공격하는 임무달성은 있었으나 퇴로 즉 돌아오는 길은 없었다. 지금에는 상상도 할 수 없는 작전수행이었다. 말이 작전이지 자살특공대나 다름없었다. 그때 아무도 이에 대한 토를 달지 않은 것에 의아한 생각이 든다.

지금이야 장비와 무기의 성능이 좋았지만 그 당시는 좋다고 했던 무기들이 구식이었다. 현재는 첨단을 달리는 리모콘으로 조종하여 폭파하는 지금의 시대와는 판이하게 다르다. 과거에는 직접 들어가 임무를 완수하고 헤엄쳐서 돌아오거나 또는 고무보트를 이용해서 돌아오는 방법밖에 별 도리가 없다. 하지만 몸으로 때우다 사고를 당하면 조용히 죽어 가야 한다. 즉 훈련과 작전을 수행하다가 사고를 당하면 조용히 죽어가야만 하는 억울한 죽음 밖에 별 도리가 없었다는 얘기다. 이 대목에서 누구에게 하소연을 할 수 없는 어떠한 장치가 없었다는 것은 그때보다 지금이 더 억울하고 기가 막힌다.

우리요원들은 야간훈련 도중에도 간간이 들려오는 북의 확성기 소리를 들으면서 훈련을 한다. 멀리서 보이는 북한의 해안가에 근무하는 초병의 서치라이트는 우리요원의 활동을 북한은 훤히 알고 있었다고 짐작된다. 이들이 야간에까지 대남방송을 하고 서치라이트를 비추는 것을 보면 우리와 부딪치기 부담스러워 간접적으로 수색하고 정찰하고 있다는 무언의 표시이며 방어와 반항을 표시하는 것이라 생각한다. 그 당시 개인무기를 보면 북한보다 남한이 월등하게 좋았다. 우리요원은 그때만 해도 북한의 해안가에 침투하기 위하여 야간투시경으로 그들의 근무인원과 위치, 무기들을 정확히 파악할 수가 있었다.

망치요원 시절 망망대해에서 가장 많이 생각나는 것은 부모님과 가족들이지만 믿을 수 있는 것은 우리 전우들뿐이다. 그 누구도 우리를 도와주지 않았다. 도와주지 않은 것이 아니라 도와 줄 수 없다는 것이 더 옳은 표현일 것이다. 물론 임무를 마치고 돌아가야 한다는 생각으로 정해진 코스에서 공작훈련과 작전을 하지만 우리요원들도 사람인지라 순간적으로 스쳐가는 두려운 공포와 생과 사의 갈림길에서 고민들 참 많이도 했었다. 그 당시 백령도와 연평도에 근무했던 해병들은 망치요원의 침투훈련 내용을 잘 알 것이다. 망치요원들이 침투훈련을 하는 것은 전방인 백령도와 연평도에서는 주변 인접 부대의 공조가 되지 않으면 침투훈련이 어렵고 할 수가 없었다.

작전하다가 조금만 항로를 이탈하면 위험에 노출되고, 들어간 루트로 나오지 않으면 사방이 적으로 둘러싸인다. 한번은 이런 일도 있었다. 처음 현장에 투입된 요원들이 자신감만 믿고 먼 바다로 나갔다가 돌발적인 해풍과 해무를 만나 한치 앞을 보지 못하고 먼 바다에서 밤새워 헤맨 일이 있었다. 전방에는 불빛 하나 없고 칠흑 같이 어두운 망망대해에서 사방에는 적들로 둘러싸인 가운데 처음 출발한 루트를 찾지 못하고 당황하는 모습을 상상해 보라. 얼마나 억장이 무너지고 오금이 저릴 만큼 공포에 두려웠겠는가?

요원들은 낮에 시간이 허락되는 동안, 망원경이나 잠망경으로 우리가 침투해야 할 적 지역을 꼼꼼히 숙지하여 살피고 반복적으로 관찰하였다. 그리고 날마다 훈련하는 과정에서 그 데이타를 대입하여 코스를 이 잡듯이 살폈다. 실전에 대비해서 아주 세밀하고 현실적으로 침투로를 연구하고 숙지했다. 사전에 자기들이 들어갈 통로를 철저하게 하나하나 익히고 적 경계병의 무기위치, 근무자세 연구, 무성살해 등 사전 예행연습도 수없이 하면서 머리속에 그리며 상상을 많이도 했다. 그래서 그런지 꿈속에서도 작전이 생시나 다름없이 전개되는 꿈을 자주 꾼다.

어떤 때는 해안에 근무하는 해병들의 협조 하에 바다로 나간 요원들은 더 가까이서 적진을 살피고 마음으로 본인들이 침투할 통로의 장단점을 살폈다. 어쩌면 우리요원들은 노골적으로 북한군에 노출시켜 너희들 금방에 위협적인 존재가 있다는 것을 과시하여 엄연 중에 그들을 주눅 들게 하는 전략을 구사하여 이의 극대화를 노렸을 것이다. 낮 시간에는 아군지역에 있는 해병들의 협조 하에 해안에 접안을 해야 하지만 야간에는 인접부대 외에는 어떤 부대와도 공조를 할 수가 없었다. 때로는 백령지역이나 연평지역을 비공식 외출하면 처음에는 주민들과 마찰이 많았으나 나중에는 유대관계도 좋았다.

처음에는 우리요원들은 고아나 사고뭉치라는 인식을 가지고 접근조차 하지를 않았지만 요원들이 정예해병이고 국가의 부름에 의해 최선을 다하는 북파요원이란 사실에 주민들에게도 환영을 받기도 했었다. 그 당시의 망치요원들은 정식 엘리트 교육을 받은 국가관과 책임감이 확고하고 뚜렷한 군 복무자들이 대다수였다. 고아나 사고자, 전과자, 사회의 문제아들은 군대도 올 수가 없었다.

제가 알고 있는 북한은 얼마 전 까지만 해도 남파공작원을 보낼 때 겨울을 택하여 보냈으며 그들은 남침을 대비해 항상 선발대로 역할을 자임하고 얼어붙은 임진강을 돌파하여 전면전을 하겠다는 계획을 가지고 있는 것으로 안다.

삼척 무장공비, 김신조 청와대 습격 등등 겨울을 예상하고 왔지만 번번이 실패를 하였다. 남한은 높은 파도와 해상의 풍향을 예측하여 겨울보다는 나무가 우거지는 계절을 택하는 것이 그들과 차이라 할 수가 있겠다. 우리는 북침이 목적이 아니라 첩보를 수집하고 국가의 특별한 사유가 인정될 시 보복이나 테러를 방지하고 자위하는 경우라 보면 된다.

그러나 망치요원은 국가가 유지하는 방법과 차이가 분명이 있었고 명령만 떨어지면 적을 초토화 하고 주요시설 폭파와 요인암살의 목적이 있었다. 북파공작원의 편제는 여러 가지 방법이 있으나 2인 1조에서 7~8명에 이르기까지 북한에 잠입하여 고정간첩들과 접선하고 주요사안을 받는 조들이 있고 공작원들이 호송하여 현역이 침투하여 목적을 행사하는 조도 있다. 이러한 내용들은 북에서도 이미 다 알고 있는 사실들이지만 망치요원과 같은 각 팀으로 구성되어 임무를 수행하는 방법들은 그 당시 북한은 잘 알지 못하였을 것이다.

실미도 공군 684부대는 비정규군으로 훈련만 하다가 보장된 대우가 없자 청와대에 항의하다 죽음을 맞이하였고 망치요원은 정규 정예부대로서 훈련과 임무수행을 하였지만 살아 있는 자가 대부분이다.

6. 오해와 편견

우리요원들은 임무수행 기간 동안 전 병력이 함께 동고동락해야 하고 임무가 끝나면 사단으로 함께 복귀해야 했기 때문에 일반 부대처럼 선임이 전역하고 그 빈자리를 신임이 수시로 배치되어 메우는 구조가 아니었다. 우리요원은 24명이 팀을 이루어 있었고, 사고 등으로 결원이 생길 경우에만 즉시 충원되었다. 그러므로 한번 고참은 영원한 고참이요. 한 번 쫄따구는 영원한 쫄따구일 수밖에 없었다.

2차 망치 때 나와 박 요원은 쫄따구로 가서 원대복귀할 때까지 약 4개월간 쫄따구로 고생 무지하게 했다. 과업이 끝나면 선임들 사소한 심부름에서부터 주변정리와 청소는 물론이요, 입맛 떨어진 선임들을 위해 그 지겨운 바닷물 속으로 잠수해 들어가 해산물을 따다 진상해야 했다. 선임들 입맛도 제각각이어서 해산물 중에서도 생선은 기본이고, 소라, 전복, 고동 등 어패류와 게 등의 갑각류, 미역이나 톳 따위의 해초까지 선임들 구미에 맞추어 메뉴를 마련해야 했다.

부대부근에는 소개한 것처럼 민가는 물론 구멍가게조차 없어서 산과 주변 바다에서 자생하는 자연산 제철 특산물을 수확해서 바치는 일이 쫄따구들이 수행해야 할 주요임무 중 하나였다. 부대 뒷산 도라지도 훌륭한 반찬거리였다.

산악훈련 중이었다. 우리요원의 훈련은 밤낮이 따로 없다. 어느 지역에서 비트 파고 은신하며 그 지형에 맞는 훈련을 하며 대기하다가 또 출동명령이 하달되면 전진하고, 적당한 지역에서 대기하다가 다시 출동하곤 했다. 부대에서 산을 넘고 내륙 쪽으로 약 10㎞ 전진 중이었다. 몇 채의 민가가 듬성듬성 시야에 들어왔고 그 가운데 구멍가게가 하나 발견되었다.

고참이 라이터와 간식거리 그리고 또 무엇을 사오라고 했다. 밤새우며 작전 중, 정글모를 푹 눌러쓴 채 위장복에 명찰도 없고, 허리에는 대검과 로프 그리고 자동소총으로 무장한 병사. 얼굴조차 위장 크림으로 검게 덧칠하고 흙 범벅으로 가게에 들어서자 가게를 보던 주인아주머니가 후다닥 방으로 뛰어 들어가 숨더니 안 나오는 거였다. 백령도에서는 쉽게 눈에 띄는 이가 군인이고, 군인들 훈련모습도 심심치 않게 지켜보아 왔겠지만, 이런 살벌한 병사는 처음인가 보았다.

낌새를 챈 나는 가능한 부드러운 목소리로 우리를 소개하고, 우리는 지금 훈련 중이며, 무엇 무엇을 구입하기 위해 들렀노라고 육하원칙에 입각해서 차분하게 설명했다. 숨어버린 아주머니는 떨리는 음성으로 돈도 필요 없으니 그냥 다 가져가라는 거였다.

나는 목소리를 조금 더 가다듬고서 재차 차분하게 설명하자 한 참 후에야 그 아주머니는 방문 틈새로 빠끔 내다보며 놀란 토끼 눈으로 물었다.

"정말 괜찮은가요?"

나는 일부러 부드럽게 미소도 지어보였다.

'웃는 낯에 침 뱉으랴.' 라는 속담은 있지만, '웃는 낯을 보여야만 물건도 살 수 있을 것.' 이라는 초조함은 그때가 처음이었다.

휴가 때에도 가끔 친구나 지인들로부터 눈빛에 살기가 있다는 지적을 받곤 했었다. 나뿐만 아니라 대부분의 요원들이 같은 지적을 받았다고 한다. 밤에 안광이 빛난다는 말까지도. 인간의 한계를 극복해야하는 강도 높은 훈련을 이수한 병사. 또렷한 목표의식으로 무장한 군인들에게는 저절로 그런 모습이 엿보였나 보다.

지금은 영화로도 소개되어 널리 알려진 71년 8월 23일 실미도 684 대원들의 사건. 아직은 미흡하지만, 여러 경로로 그들의 실체가 밝혀지고 명예회복도 어느 정도 이루어지고 있는 것으로 알고 있다. 사건 당시에는 유한양행 앞 사건으로 신문에 대서특필했었다.

정부는 처음에 무장공비들의 소행이라고 왜곡 발표하며 사건을 조작하려 하다가 나중에 북파목적으로 창설한 민간인 중심의 군인이라고 정정 발표했다. 그 시절, 요즘말로 '카더라' 통신에는 그들은 사형수, 무기수 등의 흉악범 그룹과 부랑자를 중심으로 구성된 난폭한 범죄 집단이라고 보도되고 있었다.

우리 2차 요원들이 백령도에 도착했을 때에도 주민 대부분이 우리를 그들과 유사한 집단으로 인식하고 있었다. 이미 임무수행을 마치고 귀대한 1차 선임들의 복장이나 행동, 베일에 싸인 훈련 상황. 그리고 철저히 통제된 부대 내의 출입. 기타의 정황들이 주민들로 하여금 우리요원들은 사회범법자 무리로 구성된?북파 공작부대라는 오해를 낳게 한 것 같다. 실례로, 연평요원으로 근무했던 후임 요원에게 친분이 생긴 주민 한 사람이 조심스럽게 물어보기도 했다고 들었다.

"댁들 다 고아 출신이지요?"

거듭 설명하지만 우리망치(8 · 12)요원에는 자원하여 온 사람이 단 한 명도 없었다.

83년 이후에는 내무생활이 고달픈 일부 후임병들이 우리요원으로 지원했다고도 한다. 물론 이들도 사전에 혹독한 망치교육을 이수한 이들이다. 우리요원들 대부분은 당시 해병대 내에서도 학력이 높은 편이었고, 가혹한 교육을 통하여 체력이 뛰어난 우수 병력만 선발하였다. 임지에 투입된 망치요원은 철저한 신원조회로 엄선, 차출된 해병 정예요원들이었다.

신원조회 중에는 가족관계는 물론이고 시위경력 등 투철한 국가관 여부에 관해서는 더욱 정밀한 검증이 있었다고 들었다. 5~6차례에 걸친 조회로 대부분의 요원 부모들은 우리 자식이 군에 가서 행여 사고나 저지른 것이 아닌가 하고 몹시 걱정했다고들 한다.

우리는 북파공작을 위해 특수교육을 받고 엄선된 대한민국 해병대의 정예요원이었다는 사실.

이 점을 꼭 밝히고 싶은 것도 이 글을 쓰는 이유 중 하나다.

7. 알 수 없는 이상한 체계

망치(8·12)요원 시절. 우리요원은 대한민국 해병이면서도 부여된 임무 때문인지 명령계통을 이해하기에 몹시 헷갈렸다. 우리 본적지는 해병 ○사단이고 백령도, 연평도에서 임무수행을 마치면 귀대할 곳도 ○사단 내 각 소속 중대겠지만, 임무수행 중에는 소속감이 애매모호해진다.

부대 구성원 중 제일 높은 장교라고 해야 소대장인 해병 중위. 정작 문제는 소대장조차도 어디로부터 어떤 명령을 받고 수행하는지조차 잘 모르고 있다는 것이다. 임무수행 시마다 상부로부터 명령이 하달되는데, 그 상부라는 곳이, 해병대 지휘부로부터 수임 받아 지역에 주둔을 허락한 ○여단인지, 우리 본대인 ○사단인지, 아니면 해군본부인지조차 알 수가 없다.

우리요원과 상부 사이에 ○여단 내 작전 라인에서 윗선의 명령을 전달하는 정도의 역할을 하는 하급 장교가 연결고리인 모양이었다. 다만, 우리가 임무수행을 위해 본대를 떠나올 때마다 인천항에서 환송하던 해군 작전라인의 장성이 우리 명령계통의 윗선 중 하나라는 것 정도만 추측하고 있었다.

당시 우리 해병대가 해군에 병합되어 있던 시절이라고는 하지만, 일개 소대병력에 불과한 우리요원의 이동 때마다 그 장성이 몸소 항에 나와 우리 임무의 중요성을 역설하고, 신형무기 사용법 등을 자상하게 설명하는 배려를 하였으니 말이다. 그러나 이 명령계통이 임지에 나가보면 간혹 엉키거나 먹통이 되는 수가 있어 체계적으로 일사분란하게 운용되는?라인은 아닐 것이라는 의심을 품게 했다. 유사시에 단 1초라도 서둘러 적진에 투입해야할 우리요원들의 임무에 반해 명령계통은 핫라인으로 전달되는 것이 아니라 황포돛대 배편으로 수송되어 오는 것은 아니었던지. 아무튼 신속, 정확하게 체계화된 시스템이 아니었음은 확실했다.

다음 두 사례에서 보면 확연해진다.

사례 1

82년 1차 요원시절 연평요원 408기 한 모 요원이 부친상을 당했다는 기별이 왔다. 소대장은 상부에 보고했다는 말을 들었음에도 불구하고 며칠

째 꿩 구워먹은 소식이었다. **부친상을 통보 받고도 황당하게 불효자가 된 한 요원은 속절없이 애를 태우며 발만 동동 구르고 있었다.** 보다 못한 고참 하사관인 김 중사가 사흘 만에 한 요원을 보트에 태워 1시간 여 항해 끝에 인천으로 가는 어선을 정지시킨 후에 한 요원을 태워서 귀가시킨 적이 있었다. 한 요원이 도착했을 때에는 이미 장사를 치룬 후라서, 한 요원은 죄스러운 마음에 무덤가에 홀로 앉아 한없이 통곡했다고 한다.

사례 2

84년 백령요원이었던 450기 이 모 요원은 대학재학 시 교련과목 이수로 3개월 반의 병역단축 수혜자였다. 제대일자가 지났음에도 그는 망치작전 임무 완료시기를 기다려 요원들과 함께 포항으로 돌아왔다고 한다. 10일을 초과하여 복무한 셈이었다. 그 요원은 이미 자신의 제대일자를 소대장에게 알렸고, 소대장도 분명히 상급라인에 보고했을 터인데, 제대병력은 마땅히 일반선박 편을 통해서라도 먼저 귀대조치 했어야 할 것이 아닌가?

그 요원이 귀대했을 때 사단에서는 이미 제대처리 되어 있었다고 한다. 제대병이면 누구에게나 지급되는 군 복무 기념품인 꿈의 개구리복도 수령하지 못하고 작업복바람에 도망치듯 정문을 나왔다고 한다. 정문 헌병의 황당해 하는 표정을 여태 잊지 못한다고.

전설의 해병대 망치

그때의 핫라인은 요원들의 개인적인 문제에만 있던 것일까? 아니면 요원 개개인에 관한 문제는 철저히 묵살되었음이 자명하다.

8. 휴가 길에서

수색교육을 마치고 귀대하고 나자 15일간의 정기휴가가 주어졌다. 일정
도 넉넉하고, 그동안 모은 월급과 수당으로 주머니도 두둑해져서 양 어
깨에 힘이 실렸다. 많은 사람들이 느꼈겠지만 군대에서 맞는 첫 휴가의
기쁨은 말로 형용할 수가 없다. 병영을 벗어나는 순간 발이 땅에 닿지 않
는다. 얼마 전까지 같이 지낸 민간인들이 이방인으로 보이고 여자를 보
면 이 지구상에 같이 사는 사람으로 보이지 않는다. 나도 이런 들뜬 기분
으로 첫 휴가를 맞고 있었다.

7월 중순경. 광주에 사는 동기인 박 모 대원과 나는 함께 귀향길에 올랐
다. 포항 터미널에서 버스 편으로 동대구역에 도착한 후, 열차를 갈아타
서 대전에 도착하면 고향이 광주인 그는 호남선으로 귀향하고, 나는 곧
장 서울로 이동해 형네 집에 들렀다가 귀향할 예정이었다. 열차에는 휴

가 장병들로 가득했다. 그런데 유독 공수부대원 4명이 차지한 좌석 부근만 한가했다.

우리가 한산한 그쪽으로 이동해서 자리하자 공수부대원 한 명이 괜스레 시비를 걸어왔다. 그린베레에 계급장도 없는 해병대원들이 거슬리나 보았다. 나는 대수롭지 않게 여겨 눈길도 주지 않았는데 박 대원이 발끈했다. 상대는 네 명, 우린 둘. 수적으로도 불리했지만 박 대원이 염려되었다. 체구도 자그마하고 평소에 얌전한 전우였기 때문에. 나는 오랜 운동으로 싸움에는 자신이 있었다. 욕 짓거리를 주고받던 공수부대원 두 명과 박 대원이 화장실 쪽으로 이동했다. 이어서 퍽, 퍽 하는 소리가 들려왔다. 첫 휴가의 설레이는 기쁨도 잠시.

드디어 시작됐구나. 내가 후다닥 화장실 쪽으로 달려가자 나머지 공수부대원 두 명도 따라 일어났다. 그런데 웬일. 박 대원 손아귀에 멱살이 잡힌 공수대원 둘이 박 대원 박치기 공격에 속수무책으로 당하여 얼굴엔 피범벅이 되어있었다. 2 대 4의 전투가 말리다 붙다 이상한 양상으로 흐르다, 우리 둘은 상처 하나 없이 대전역에서 내렸다.

역전 부근 선술집에 마주 앉았다. 박 대원은 아직 분이 풀리지 않는 듯 씩씩거렸다. 술잔을 따르며 내가 물었다.

"니 싸움 잘 하드라. 사회 있을 때 싸움꾼이었나?"

"나 뭐땀시 해병왔는 줄 아냐? 쩌놈들보다 더 센 군인될라고 해병대왔다."

"?"

"나 눈에는 쩌긋들이 김일성이고 빨갱이여."

"???."

소주 두어 잔을 거푸 들이키고 난 후 박 대원이 다시 이었다.

"나 눈에는 저늠들이 적으로 보인당께. 부모 형제 이웃을 무참히 죽인 웬수늠들."

박 대원은 5 · 18 광주 이야기했다. 치를 떨면서 이야기 했다. 진압군으로 광주에 들어왔던 공수부대원들. 그들의 만행에 진저리를 쳤다. 박 대원은 술병이 바뀔수록, 술잔이 거듭될수록 말 수가 적어졌고 침울해졌다. 적당히 취기 오른 둘은 다시 대전역으로 와서 그를 내려 보내고 나는 서울로 향했다. 그의 어깨를 토닥이며 잘 다녀오라 인사 했고, 그는 나중에 보자고 짤막하게 답했다.

나이 들어 생각해보면, 그때 공수부대원들. 그들도 같은 시대를 살던 피 끓는 젊은이들이었다. 부모와 가족과 이웃이 있는 대한민국 사내들이었다. 당시 참여를 했었는지 하지 않았는지 모르나 피해 당사자인 박 대원의 눈에는 검정 베레모에 공수부대 복장이 적대감을 불러 일으켰던 것으로 추측된다. 엄밀한 의미에서의 동지와 적의 구분이란 내 기준과 내 입장에 의해 판단되는 것이다. 즉, 지극히 주관적인 평가에 의한 구분일 수밖에 없는 것이다. 나와 내가 속한 집단에 위해를 가했거나 위해를 가할 가능성이 있다고 판단이 되면 그 상대나, 그가 속한 집단은 적으로 간주될 수밖에 없다. 그것이 이념이든 물리력이든 말이다. 사회적 동물이라는 인간의 삶 자체가 본의든, 필요에 의해서든 편을 가르며 살고 있지 않는가. 나와 내가 속한 집단의 반대편에 선 세력은 경멸하고, 무시하고, 견제하면서. 그와는 반대로 나와 내가 속한 집단을 단속하고 추스르며 나와 내가 속한 집단이 택한 방식의 삶을 고집하며 삶을 지탱해 나가고 있는 것이 아닌가. 생각만 달리하고 의견만 나뉘어도 가족이나 친구조차 적으로 구분되어 증오하고 혐오하도록 너무도 쉽고 간단하게 바뀌어지는 것. 인간 세상의 잔인한 법칙이라는 말 외에 어떻게 설명할 수 있을까?

서울 형네서 이틀 머물고 귀향했다. 고향은 집중호우로 물난리였다. 하천 제방이 유실되고 도로와 논은 범람한 물로 경계가 사라진 듯했다. 오랜만의 큰물에 마을 사람들은 당황했으나 내게는 물에 대한 두려움이 없었다. 마을 언저리를 휘돌며, 탄가루와 산천의 토사를 쓸고 내리느라 검붉게 변한 급류가 오히려 친숙한 느낌이었다. 앞장서서 복구에 나섰다. 힘이 펄펄 넘쳤다. 그렇게 며칠을 마을 사람들과 함께 씨름하며 수해복구를 했다.

소희를 찾았다. 대구 방직공장에 취직해 나가고 없었다. 검게 그을리고 늠름해진, 멋진 해병이 되어 돌아온 내 모습을 꼭 보여주고 싶었는데. 그립던 벗들과 지인들과 어울려 술도 마시며 그렇게 고향 품에서 달콤한 휴가를 마쳤다.

귀대하면 어떤 일들이 펼쳐질지 아직 상상도 못한 채.

전설의 해병대 망치

9. 드러나는 진실

대한민국은 주권국가면서도 임의로 군사작전 통제권을 행사할 수 없는 나라다.

1950년 7월 17일

6 · 25 전쟁이 발발한 후, 이승만 대통령은 더글러스 맥아더 연합군 사령관에게 우리나라의 작전 지휘권을 위임하면서 미군에 이양된 것이다. 1954년 11월 한미 상호 방위조약이 체결되면서 작전 지휘권은 작전 통제권으로 명칭이 변경된다. 1978년 11월 한미연합사령부가 창설되면서 국제 연합군 사령관이 갖고 있던 작전 통제권이 한미연합사령관에게 이관되어 지금에 이른다. 한미연합사령관은 미군 4성 장군이 맡는 것으로 되어 있어 우리의 작전통제권은 미국에 있다 할 수 있다. 1994년 전시 작전통제권은 한미연합사에 그대로 둔 채, 평시 작전 통제권은 회수하였

으나 별 의미가 없다. 만일 한반도에 전쟁이 발발하면, 수도방위사령부 예하 병력을 제외한 한국군 전 병력이 한미연합사령관의 명령에 따르도록 되어 있기 때문이다. 우리요원의 탄생 배경에도 한미 양국 간 협력과 조율의 흔적이 여러 정황으로 드러나고 있다.

1981년 8월 12일 미그기 백령도 상공 침범에 이은 대통령의 대북 보복 공격 준비지시.

사흘 후 전두환 대통령이 8·15일 광복절 경축사를 통해 북한에 보복 공격을 암시하는 대북 강경 메시지에 이어.

1981년 8월 26일. 16시 43분경

일본 오키나와 카데나 공군기지에 본부를 둔, 미 전략공군 사령부(SAC) 제9전략 정찰단 소속 SR-71 정찰기(일명 블랙 버드)가 서해 상공을 정찰 비행 중, 옹진반도 죽다리부근에 위치한 북한군 미사일 기지로부터 이동식 지대공 미사일인 SA-2, 2기의 공격을 받는다. 미사일은 기체 앞뒤에서 폭발하여 항공기에 직접적인 피해는 발생하지 않았다.

제9전략 정찰단은 1968년부터 1987년까지 21년 동안 월평균 6회, 고도 24km 상공을 마하 3의 속도로 날며 DMZ 남쪽으로 동해까지 북한군의 통신 감청, 레이더 및 미사일 정보를 수집하여왔다. 아군지역을 비행중인 정찰기에 대한 미사일 공격이 있자, 한미연합사령부는 즉각 워치콘 3 와 데프콘을 발령하였으며 한미연합사령관 워컴 대장과 작전참모 세네월드 소장은 북한의 도발을 비난하며 북측에 즉각적인 군사정전위원회 개최를 촉구했다. 이틀 후인 8월 28일 전 두환 대통령은 특별 담화를 통하여 북한과의 모든 대화를 단절할 것임을 천명했다.

1981년 9월 1일

판문점에서 개최된 군사정전위원회 본회의에서,

"또 다시 이런 도발을 감행할 경우, 정찰기와 승무원의 안전을 보장하기 위해 어떤 조취도 취할 것이다. 도발행위가 재발될 경우 그 근원지를 공격할 것이다. 우리의 경고를 오산하는 것은 아주 중대한 과실이 될 것이다."

라고 북측에 경고했다. (유엔 사령부 특별고문 제임스 리의 증언.)

미군은 발 빠르게 움직였다. 수일 후 주한미군 정보팀은 해병대 포항 ○사단 수색대장 홍 모 소령을 만나 특수 임무를 수행할 자원을 선발하여 교육할 것을 의뢰했다. 홍 모 수색대장은 유 모 ○사단장과 상의하여 당시 교육을 마치고 휴가 중이던 23차 수색교육 수료생들을 중심으로 밀봉교육 준비에 들어갔다.

1981년 9월 19일

대부분의 대원들이 휴가지에서 귀대하자마자 3주간의 밀봉교육이 실시
되었다. 다음해인 1982년 1월 4일부터 대부분 같은 대원들을 대상으로
보수교육이라는 미명 아래 9주간의 혹한기 망치교육이 실시되었다.

1981년 9월 15일

상부의 승인이 나자 ○사단 사단본부 내에서 특명서류(대북 보복·응징부대
창설에 관한 건, 작전명 망치.)를 펼쳐놓고 사단장 유 모, 작전과장 고 곽 모,
작전 참모 고 정 모, 수색대장 홍 모, ○○대대 장교 김 모 등이 참석한
자리에서 향후 요원 양성 교육과 백령, 연평도 임지에 요원들 파견에 관
한 논의를 심도 있게 하였다.

이 무렵 백령도 주둔 해병 제○여단장 차 모 장군도 상부로부터 명을 받
고 부대 시설물 신축계획 등을 점검하고 요원들 수임을 위한 준비에 만
전을 기했다.

당시 계획을 수립했던 모 장교가 증언하는 우리요원의 창설 배경이다.

전설의 해병대 망치

10. 드러난 진실

밀봉교육은 망치라는 작전명으로 진행되었다. 우리의 작전교범은 정보기관에서 제공하였고, 기습교육 교재는 박 모 대령이 담당했다. 또한 미군 측에서 제공한 정밀 위성사진(토끼길까지 드러날 정도의 세밀한 사진이었음.)을 토대로 공격목표인 해주지역과 유사한 지형을 밀봉교육 장소로 선정했다. 밀봉교육 장소는 경북 영일군 죽장면 하옥(상옥)리 1200고지인 향로봉 일원.

해안 침투부터 은신, 사격 산악 레펠과 북한군 소총분해, 결합교육도 했다. 침투 시 북한군의 총기를 탈취하여 사용하기 위해서다. 이 총기들은 우리나라 정보기관에서 제공한 것으로 알려졌다. 교육기간동안 수색대장 홍 모 소령은 침투임무 근접지역인 백령도와 연평도를 방문, 위성사진을 토대로 북한군 기지 지형과 유사한 지역을 선정하여 망치(8 · 12)요원 주둔지로 결정하고 주둔지 내에 백령도에는 월래도, 연평도에는 대수압도에 북한군 군사 시설물을 그대로 재현한 건물을 축조한다.

작전에 사용된 위성사진은 판독이나 확대, 인화 기술에 있어 당시의 우리 기술로는 도저히 불가능했었다. 우리요원이 북파공작 교육을 받는 동안, 당시 국방부 장관 윤 모 씨, 해군 참모총장 이 모 장군, 해군 2차장이며 해병대 사령관인 최 모 장군 등도 참관했었다.

우리요원의 최첨단장비였던 위성추적 장치가 부착된 야간투시경 등은 국내 유일한 것으로 미군 정보팀에서 제공했다고 한다. 결국 우리의 임무는 특명작전으로 대통령과 한미 양국 정보팀과의 조율을 거쳐 국방부 장관, 해군 참모총장, 해군 작전라인, 해병 ○사단장, 해병 ○사단 작전참모 고 곽 모, 작전 과장 고 정 모, 교육대장 홍 모 라인으로 이어졌다. 주둔지였던 ○여단장 차 모 장군은 상부의 명에 따라 우리요원의 군수지원과 행정지원을 하는 정도의 역할만 한 것으로 여겨진다.

군의 임무는 크게 2가지로 구분된다.

추정임무와 명시임무가 그것이다. 추정임무는 전쟁발발 시 공격과 방어를 위해서 대비하는 일반 군에 해당되는 것이고, 명시임무는 특정한 목표의 임무가 하달되어 병력은 그 임무에 맞게 조련되고 작전 명령 하달

시 명시된 목표물을 향해 즉각 투입되어 임무를 수행할 수 있는 맞춤형 군을 뜻한다. 명시임무를 부여 받은 우리요원들은 이런 어마어마한 조직적 움직임 속에 최 일선 행동대원으로 영문도 모르는 채 생사를 넘나들었다.

11. 밝혀진 진실

망치(8·12)요원 시절 초기 기무사 요원으로부터 북한에 관한 교육을 받았다. 북한의 언어와 체계, 그리고 북한 지역 침투 시 지역주민들에게 발각되면 모두 사살해서 증거를 인멸해야 한다는 당부도 받았다. 우리는 작전 시 북한 인민군복도 입고 활동도 했다. 우리가 임무를 수행하던 야간에는, 남북 당사자 간 합의결과인지 모르나 아군지역에서 해상으로 1㎞가 북방한계선(NLL)에 해당한다고 들었다.

그렇다면 우리요원들은 매일 밤 군사분계선을 넘나들었다는 것인가. 확인할 길이 없다. 작전명령에 따라 해상한계선을 넘어 무력행사를 했다는 것인가. 연봉바위 부근으로 돌아와서 대기하다 침투하는 요령을 늘 반복해왔기 때문에 그럴 가능성도 배제할 수 없을 것이다. 하지만 그런 일은 없었을 것이다. 즉, 국가를 포함한 어느 누구의 보호도 받을 수 없는 지역에서 임무를 수행해왔다면 누가 책임을 질 것인가. 한미연합사나 유엔군의 감시 하에서. 더군다나 북한의 경계태세가 만만치 않은 곳에서. 우리는 대북응징보복공작대로서 특수임무를 수행했다. 군에 따르면, 1972년 이후, 공식적이건 비공식적 방법이든 북파 된 요원이 단 한 명도 없는 것으로 기록되어 있다고 한다.

그러면 우리의 행위는 무엇이었을까?

우리가 주둔하고 있던 서해 5도는 인천에서 191.4㎞나 되는 먼 거리지만 북한 지역은 10㎞에 불과하다. 기상이 좋은 날에는 북한지역의 닭울음소리가 들릴 정도로 북한과는 지척이다. 우리는 밤마다 먼 바다로 나갔다가 돌아오면서 폭파를 하거나 군 시설 내에서 야간 자동화 사격을 했다. 적진 목전에서 모터소리를 울리며 적을 긴장하게 하고 불안하게 했다. 폭발음과 수백, 수천 발에 이르는 탄환을 소모하며 총성을 울렸다. 아마 그 당시 북한군 관계자들은 결코 편한 잠을 이루지는 못했을 것이라고 생각된다. 우리의 임무, 즉 '적진에 침투하여 적의 시설물을 파괴하고 요인을 납치, 또는 암살하거나 적을 교란하는 행위' 중에 야간에 해상 1㎞라는 북방한계선에서 적을 교란한 것도 사실이므로 우리의 임무는 완수한 것이 아니냐는 것이다. 해병대 사령부와 당시 고위 군 관계자들 중 일부는 아직도 당시 우리요원들의 행위가 전지훈련이었다고 주장하고 있다. 이제 더 이상은 사실을 왜곡하지 말 것을 당부한다.

12. 메모

연평요원 막내 기수(병 492기)로 추정되는 요원의 메모가 전우회 카페에서 발견되었다. 바다 색깔을 닮은 메모지에 사인펜을 사용해서 쓴 글씨로 짐작되고, 하단에는 그린베레에 얼룩무늬 해병대 복장을 한 요원이 한 손에는 대검, 나머지 한 손에는 자동소총을 들고 서있다. 필체는 해병 특수요원의 포스를 느끼게 했다. 고된 망치교육과 해병의 자부심을 공감하기에 충분한 메모, 글쓴이의 감정을 손상하지 않기 위해 원문 그대로 싣는다.

「망치(8 · 12)망치훈련」

나의 길
나는 아무런 할 말도 없이 선택된 몸이다.

전설의 해병대 망치

그 누구도 감당하기 어려운 모진 훈련과 고통도 참고 견디어 왔다.

– 비행기에서 뛰어내리는 공수훈련,
– 불과 4분의 1인치의 로프 한 가닥에 인생의 삶을 걸었던 아찔한
  백암지 유격훈련.
– 눈 덮인 산천을 먹이를 찾아 헤매던 향로봉의 생식 주.
– 시커먼 보트를 머리에 이고 백사장, 그리고 산과 들을 선착순에
  메아리치던 특공훈련.

다시 못 볼 것만 같았던 어머니 그리고 그녀. 이 세상의 극과 극을 하루에도 몇 번씩 치닫는 특수훈련을 받아야 하는 선택된 몸이 되었다. 그러나 이제 머지않아 굳센 해병의 사나이가 되어 어머니 곁으로 달려가고 싶다.

13. 어원

망치는 우리의 작전명이라고 한다. 누가 작명했는지는 아직 밝혀지지 않고 있다. 우리 망치(8·12)요원이 망치라는 별칭으로 불리게 된 때가 1981년 9월 19일부터 시작된 우리요원 1차의 MBS 교육, 즉 밀봉교육 때부터라고 기억되고 있다.

망치란, 망치로 가격하듯 한 방에 해결한다는 의미를 지닌다. 적에게 신속·정확하고 치명적인 일격을 가한다는 내용이 함축된 용어라고 생각된다. 대부분의 1차 요원들은 밀봉교육 입교 시부터 북파공작을 위한 특수부대원, 즉 우리요원으로 차출되었음을 인지하고 매우 두렵고 불안했었다고 회고한다.

그러나 어쩌겠는가. 군대는 명령에 복종할 의무를 지닌 집단이 아닌가.

전설의 해병대 망치

거부하거나 저항한다는 것은 명령 불복종을 뜻하고 결과는 죽지 않을 만큼 얻어터진 후에, 사단 영창을 거쳐 남한산성에서 죄수로 옥살이 하고 불명예 제대하는 일뿐이다.

망치라는 우리부대 명을 다른 한편으로 해석하면, 망치가 적에게는 치명적인 무기가 되지만 아군에게는 초석을 다지는 귀한 연장으로 쓰이기도 한다는 것이다. 예컨대, 성을 축조할 때 망치로 돌을 다듬어서 적당한 크기로 조형된 돌을 차곡차곡 쌓아 올려야 튼튼한 성이 완성되는 것이 아닌가.

우리요원들은 3년간의 임무수행 기간을 통해서 적들에게는 두렵고, 위협적이고, 성가신 존재였음이 틀림없는 사실이었다. 그러나 조국을 위해서는 철옹성 같은 성체를 축조하는 망치가 되어, 강한 나라의 초석을 다지는 데 큰 기여를 했다고 감히 자부한다. 망치라는 이름, 곱씹을수록 정감이 가고 느낌이 좋다. 작명한 이에게 감사의 박수라도 보내고 싶어진다.

우리와 비슷한 시기에 육군 공수특전단 소속 벌초계획에 의한 벌초부대가 있었다. 우리와 비슷한 임무와 비슷한 훈련을 받았다.

망치요원과 두번째 사진에서 멀리보이는 곳은 북의 표적지와 똑같은 가건물

전설의 해병대 망치

14. 망치의 오늘

망치(8·12)요원이 해체된 해가 1984년 10월 말 경이니까 올해로 만 29
년이 된다. 패기 넘치던 청년들이 지금은 손자의 재롱에 푹 빠져 사는 할
아버지도 있고, 막내 기수가 벌써 지천명을 바라보는 중늙은이가 되어간
다. 지난 해 말 후임인 김 모 요원의 노고로 우리요원 인터넷 카페가 신
설되고, 2010년 들어서 해병 망치요원동지회를 창설하여 그동안 궁금했
던 전우들과 이런 저런 모임을 통해서 해후하고 있다.

놀라운 사실은, 조국의 부름에 따라 내일을 기약할 수 없는 길을 나섰던
망치요원전우들 대부분이, 자랑스러워해야 할 그 시절의 기억들을 지워
내고 싶은 악몽으로 여기고 있다는 점이었다. 안타까운 일이었다. 군은
임무수행 당시 보안이라는 재갈로 우리의 입을 봉했고, 정신과 육체가
모두 피폐해져 만신창이가 된 요원들 중 대다수는 제대 후 사회의 비주

류로 곤고한 삶을 지탱해오고 있었다.

내 한 생명 바쳐 지켜내려 했던 조국이 혹독한 훈련을 통하여 조련하고 위험지역으로 내몰아서 악전고투를 거쳐 살아 돌아온 우리요원들을 외면하고 있었다. 맞춤형 인간병기로 키워내려는 목적으로 요원들에게 실시했던 무지막지한 훈련. 대북파괴공작요원으로 최전방에 배치되어 칠흑 같은 어둠을 뚫고, 험한 파도와 산재한 위험 속에 무사히 돌아온 용사들. 생명의 위협을 무릅쓰며 적진 코앞에서 무력시위를 하며 부여된 임무를 수행하고 자랑스럽게 귀환한 요원들에게 남은 것은 극심한 정신적 충격과 육체적 후유증뿐이었다.

대부분의 전우들이 크고 작은 후유증에 시달리고 있었다. 폭파병이었던 내 경우는 좀 양호한 편이다. 연일 계속되는 폭파임무와 다연발 사격훈련 등으로 청각장애(가는 귀가 먹었다고 함.)가 생겼고, 잠수후유증인지 호흡기에 문제가 좀 있지만 사지는 아직 멀쩡한 편이니까. 굳이 덧붙여 말을 한다면 교육을 통해 민감해진 오관 때문에 숙면을 하지 못하고, 가끔은 잠결에 얹어놓는 아내의 팔을 반사적으로 쳐내어 아내를 무안하게 하곤 한다. 이미 몸에 배어버린 경계와 방어본능 탓인가 보다. 아내에게 미안해서 슬그머니 베개를 들고 소파에서 혼자 잠을 청하기도 한다.

혈육 같던 전우가 훈련 도중 순직하고, 스스로 목숨을 끊는 현장을 목격

전설의 해병대 망치

한 김 모 하사는 정신적 충격으로 대인기피증까지 생겨 사회부적응자로 힘겹게 살아가고 있다.

알코올에 의존하다 일찍 생을 접은 경우도 여럿이라고 들었다.

보트를 이고 다니느라 목뼈나 허리에 이상이 생긴 경우는 부지기수고, 병명을 다 열거할 수는 없지만 어깨와 무릎, 팔과 다리를 비롯한 관절 부위는 성한 이가 거의 없을 정도다. 병명도 생소한, 무릎에 고름이 차오르는 질환으로 수시로 고름을 뽑아내며 진통제 없이는 잠을 이루지 못한다는 전우. 진통제 한두 알로는 약발이 안 받는다는 그 전우를 만난 날. 전우는 누구를 원망할 기력도 없는 듯, 세월 탓만 하며 초점 풀린 눈으로 먼 곳만 응시하고 있었다.

젊어서는 모르고, 혹은 대수롭지 않게 여기고 지내왔던 이런저런 증상들이 나이가 들면서 조금씩 구체적으로 모습을 드러내는 것이라 생각된다. 누가 요원들의 이 모든 증세를 군 시절과 인과관계가 없다고 잘라 말할 수 있겠는가?

국가를 위해 소임을 다하다 그로 인해 고통 받는 이가 있다면, 국가는 마땅히 상처를 쓰다듬어줘야 할 것이다.

15. 요원들이 겪는 트라우마

외상 후 스트레스 장애(P T S D)는 전쟁을 경험하거나 큰 사고를 겪었던 경우, 혹은 어린 시절 성폭행이나 학대를 당한 사람들에게서 흔히 나타나는 증세다. 우리나라의 경우 6·25 동란을 거치고 베트남 파병과, 일상생활의 큰 충격에서도 자주 발견되는 증세다. 우리요원들 대부분이 상상을 초월하는 혹독한 훈련을 거치며 사고사망자 목격, 위험한 임무수행에 따르는 긴장과 불안 등을 경험한 후유증으로 이런 증세를 보이는 요원들이 많다. 살인병기로 조련되는 동안 얼마나 많은 분노와 긴장, 적개심이 축적되었겠는가.

전역 후 26~28년이 세월이 흘렀지만 아직도 이런 증세를 호소하는 전우들이 너무도 많다. 가혹한 훈련으로 인한 육체적 고통도 나이가 들면서 점점 더 깊어지고 있지만, 외상 후 스트레스 장애에 의한 고통은 일상적 사회생활조차 어렵게 한다. 민감한 성격과 분노나 이유 없는 불안감, 피해의식, 적대감 등으로 대인관계도 어렵게 만들어서 정상적인 사회활동도 어려워 이중 삼중의 고통을 겪으며 하루하루를 겨우 연명하고 있는 전우들도 수두룩하다. 망치작전 임무를 완수하고 원대복귀하면 선후임 대원들도 슬금슬금 경계를 해서 왕따가 되는 일이 흔하다. 특수교육을 거치며 살기가 도는 눈빛에서부터 대체로 성격도 과묵해지고 신경이 예민한 요원들과는 접촉을 꺼리는 것이다. 행여 이 살벌한 대원들의 비위라도 거스르면 해코지나 당하지 않을까 하는 염려 때문이었을 것이다. 그래서 결국은 8 · 12요원인 우 하사와 홍 대원의 비극적 상황이 발생하듯 우리요원끼리만 서로 의지하고 교감하며 지내는 경우가 대부분이다. 그러므로 우리요원끼리의 연대감은 남다르게 돈독할 수밖에 없다.

만일에, 우 하사나 홍 대원이 외상 후 스트레스 장애가 없었다면 그런 사소한 일로 세상에 하나 뿐인 고귀한 생명을 그토록 쉽게 접을 수가 있었을까?

지금도 가끔씩 술자리가 길어지다 보면, 사소한 시비에도 민감하게 반응하며 공격적인 성향을 보이는 전우들이 많다. 요원들끼리는 동병상련의 심정이 되어 불상사가 생기지는 않지만 옆 좌석의 손님들과는 마찰이 생기는 경우가 가끔 발생한다. 전우 모두가 지천명에 접어든 적지 않은 나이임에도 불구하고 말이다. 이 증세는 평화롭고 행복해야만 할 가정에서

조차 가족 간의 불화와 반목의 요인이 되기도 한다.

사랑스런 가족들이 무슨 죄가 있는가?

만성 외상 후 스트레스 장애는 전문가에 의해 장기간의 집중치료가 필요한 사회적 불안 요소이기도 하다. 대다수의 요원들이 병역의무를 이행하기 위해 군에 입대했지만, 특별한 시기에 특정한 임무가 주어져서 결국은 남보다 특별한 군복무로 인해 발생한 장애로 고통 받고 있는 것이다.

미국인들이 다른 나라 사람들에게 존중받는 몇 가지 이유는 정의와 불의를 무서울 정도로 갈라내는 민족이기 때문이다. 그들은 자녀들에게 어린 시절부터 우선적으로 옳음과 그름에 대한 정의에 대해 먼저 가르치고, 성공이나 이익에 대해 가르친다고 한다. 성공도 이익도 지도자가 되는 것도 옳음과 그름의 정의가 바로 선 이후의 일이다. 그러기에 그들은 전쟁의 와중에도 자국민이 저지른 죄수학대까지 들춰내 문책하고 전사한 병사는 아무리 세월이 흘러도 찾아내어 국가가 책임지는 민족이다.

하지만 지금 한국인들은 추악함이 극에 달하고 있다. 정의는 온데간데없고 매사에 오로지 자기편 또는 혈연, 지연, 학연 등이 우선시 되고 있다. 자기의 이익이 계속적으로 승승장구하느냐, 우리 편이 이기고 있느냐, 어떻게 하면 이익을 최대로 벌어들일 수 있느냐 에만 집착하고 있다. 거기에 저질스런 인터넷 문화까지 가세하여, 떼거리로 좌·우, 편을 갈라 자기의 집단이기주의에 의한 여론몰이를 하고 있다. 천안함이 폭침되었는데도 주적을 향하여 꽥 소리도 한번 지르지 못하고 오로지 무슨 회담에 걸림돌이 된다, 경제에 큰 마이너스다. 북한이 아닌 다른 부분을 조사 해봐야 하다는 소리가 무성하다. 대한민국 국민이면 삼척동자도 다 알고 있는 엄연한 사실을. 나만의 편견 된 생각일까.

8·12요원들은 대다수가 학창시절 무에서 유를 창조하여 잘 살아 보자는 신념과 새마을 운동의 정신을 받아들이면서 성장해온 순수한 청년들이다. 그리고 1979년 10·26사태와 광주사태를 거쳐 1980년 이후 정치적, 군사적인 전쟁 위기의 불안 속에서 입대한 병역의무 병들이었다. 이들은 병역의무 도중 강제 차출되어 일반 편제부대가 아닌 다른 목적으로 편성되어 전쟁과 다름없는 인간 이하의 교육과 작전수행을 했다. 하지만 아무런 예방이나 정화과정 없이 제대하였다. 밖에 나와서는 보안이란 이유로 오랜 세월을 조국에 충성했다는 말도 못하고 살아가고 있다. 이로 인하여 '트라우마' 라 불리는 외상 후 스트레스 장애로 심한 정신적 고통을 받고 있지만 언젠가는 국가가 보상해 주겠지 하는 마음을 가지고 조국을 짝 사랑하면서 가슴에 묻어 두고 있다.

이들은 전쟁터와 다름없는 최전선의 막다름에서 보이지 않는 상처를 안고 사회로 돌아왔다. 국가는 현대 의학에서 인정하고 주목하고 있듯이 망치요원들과 같은 사람들을 그냥 방치해서는 안 된다. 그들이 치열한 전투의 실전과 같은 작전수행에서 극도의 긴장이 지속적으로 이어지는 훈련과 임무를 수행하는 과정을 상상해보라.

5분 전까지 보트에서 같이 승선해 있던 동료가 머리통이 터져 나가고, 한 시간 전에 같이 밥을 먹었던 동료가 목에서 피를 뿜고 악을 질러대는 비명소리를 듣고 어떻게 견딜 수 있었겠는가.

귀가 멍멍할 정도의 소음이 진동하고, 지뢰를 밟아 피비린내와 화약 냄새가 섞여있는 철조망 속에 시체가 걸려있는 현장을 어찌 씻을 수 있겠는가. 어젯밤 내 옆에서 자고 있던 동료가 낙하산 훈련 도중 죽어나가는 광경을 목격하는 병사들의 모습을 상상해보라. 망치요원들은 이처럼 동료들의 수많은 사건사고를 접하면서 정신적, 육체적으로 처절한 지옥의 광경을 수 없이 목격했다.

'나도 언젠가는 저렇게 될 수 있다. 한 순간의 실수는 죽음이다.' 는 것을 실시간 리얼타임으로 온 몸의 감각기관을 긴장시키는 이런 참혹하고 처절한 경험을 이 세상 어디에서 겪어 볼 수 있을까. 그들은 전쟁터에서만 느끼고 볼 수 있는 광경을 수 없이 목격했었다. 이 지옥 같은 악몽의 구렁텅이에서 이를 극복해야 하는 것은 요원들 당사자의 책임이지만 그들을 죽음의 구렁텅이로 몰아 간 당사자는 바로 국가이고 국가가 응당 책임지는 것은 당연한 의무다.

전설의 해병대 망치

망치요원들

셋째 마당 – 망치를 아십니까?

전설의 해병대 망치

- 친구에게 -

친구여,
나의 가슴에 두 발의 수류탄 달려 있네.
나는 대한민국 해병 망치부대 용사
나는 살아서 돌아가고 싶네.
임무 완수하고.
그리고 자네와 만나고 싶네.

친구여,
나는 지금 무서운 폭발무기 들고
적을 죽이라는 명령 기다리고 있네.

이 무기들이 적지에 설치되고 폭발되면
나는 살아서 돌아갈 수 있겠지만
적들은 팔다리 찢어지고 떨어져 나가겠지.
그리고 우리는 승리 하겠지.

친구여,
우리가 살기위해 살인마가 되어야하는 나는
가슴 답답하고 생각조차 하기 싫네.

왜 내가 이렇게 해야 하는지
복잡한 마음 괴로운 심정
친구에게 알려야 한다는 마음이
나를 편안하게 하네.

친구여,
나는 무서운
생각조차 할 수가 없는 쫄병이지만
지금 내 옆에서는 수많은 전우들이
죽음의 소굴로 들어갈 채비하고
어두운 밤바다에서 덤벼들 적들 두려워하네.
엎드려 눈가에 빛을 발하며
적지로 들어가는 24명의 용사
이들과 함께 이제 무섭지 않네.

친구여,
오늘도 밤바다에 나오면서 내복 갈아입었네.
이 옷이 나의 마지막 수의될지도 모른다는 생각에
왠지 하늘을 보며
그리운 얼굴 하나하나
생각하며 눈물 훔치네.

친구여,

어쩌면 오늘 죽을지도 모른다네.

달 빛 아래 뚜렷하게

피어오르는 적진 기운이

오늘은 호락호락 할 것 같지 않네.

친구여,

그리운 친구여,

갑자기 무서워지네.

그대를 다시 못 만난다고 생각하니.

우리 해병대 8 · 12망치

살아서 가겠네. 꼭 살아서 가겠네.

친구여,

이제 겨우 마음이 안정되네.

꼭 살아서 다시 친구 곁으로 가겠네.

친구와 함께 놀던 고향 산천에서

물장구 치고 고기 잡고 싶네.

벌써 매운탕 냄새 진동하네.

친구여,

이 시리도록 차가운 냉수 한없이 들이키고 싶네.

운암사 수각에 흐르는 물을

오늘도 적들과 가슴 쓰려 내리는 만남하고

험난한 바다에서 돌아 왔다네.

이제 그들과도 친구 되었다네.

대한민국 해병 망치용사가 백령도에서

전설의 해병대 망치

16. 누구를 위하여 종을 울렸나?

우리요원의 정체성 확인과 명예회복을 위한 노력이 연일 계속되고 있다. 이런 노력 속에 망치(8·12)요원 창설배경과 우리요원창설의 당위성을 뒷받침하는 증언들도 잇따르고 있다. 우리요원창설을 일선에서 이끌었던, 장교나 당시 지휘관들의 증언과 격려도 뒤따르고 있다. 이 분들 휘하에서 젊음을 바쳤던 해병대원이었음이 자랑스럽다. 가끔은 예외적인 상황도 발생한다. 몇 해 전의 경우다. 당시 해군 2차장이었던 제14대 해병대 사령관(재임기간 : 1981년 3월 6일~1982년 12월 28일.) 최 모 전 중장과 어렵사리 통화가 되었다. 일전에 명예회복을 위해 우리요원의 창설배경에 대한 질의서를 발송한 데 따른 답변을 듣기 위해서다.

그 분의 답변에 따르면, 망치라는 이름도 생소하고, 8·12요원창설에 국가나 정보기관이 개입되었다는 것은 사실무근이다. 다만 전쟁발발 시를 대비하여 준비하는 차원에서 전지훈련으로 우리 해병을 적진과 가까운 지역인 백령도와 연평도에 파견한 사실은 보고받은 바 있다는 것이다. 대원들을 파견한 목적은 훈련도중 대원들의 고무보트가 레이더에 잘 잡히는지, 보트소리가 육지에서는 잘 들리는지 시험한 정도였다고 한다. 참으로 어의를 상실하게 하는 답변이었다. 책임을 회피하는 방법 또한 가지각색이었다. 이에 한술 더 떠서 최 전 사령관은 당시 부하 장성이었던 전 ○여단장 차 모 장군께 전화해서 무엇 때문에 망치요원동지회에 사실확인서를 작성해주어서 평지풍파를 일으키느냐고 꾸중도 한 모양이다. 차 모 장군은 당시 상관이지만 군인으로서 책임회피만이 능사가 아니라는 생각에 조목조목 반박했다고 한다.

"○여단에도 해병병력이 있는데 전투사단인 ○사단에서 최전방까지 온데에는 뚜렷한 목적이 있었을 것이고, 해군본부 차원의 특별지시가 있지 않았겠느냐, 나는 당시 지역책임자인 여단장으로서 상부의 명령에 따라 그들을 지원하고 집행한 업무에 대해 정직하게 답변했노라."

최 전 사령관과 통화를 마친 후, 차 전 장군께 전화를 드렸더니 망치요원 동지회가 지금까지 확보한 자료만 갖고서도 명예를 회복하는데 큰 어려움이 없을 것이라며 힘내라고 격려를 해주셨다.

군 병력의 이동과 작전에 대한 최고위 결재권자인 사령관은 모르쇠고,

단지 우리요원들을 수임 받아 임지를 제공하고 병참과 행정지원만 해주었던, 우리요원들에 관해서는 아무런 실권이 없었던 지역지휘관인 여단장은 우리요원을 옹호하는 아이러니한 상황이 발생한 것이다. 물론, 차모 장군은 우리요원들의 임무수행과정을 지근거리에서 지켜보아 누구보다도 우리요원의 고행을 이해하고 공감하는 면이 많은 분이었을 것이다. 하지만 이에 앞서 해병장성 출신으로서 부하해병을 각별히 아끼고 사랑하는 마음이 우리요원 전우들 모두를 감동으로 물들게 했다.

군이 최 전 사령관의 주장을 반박한다면, 최 전 사령관은 1981년 3월 16일에 해병대 사령관으로 취임하여, 당시의 시대적 상황과 망치요원의 창설배경에 관해서는 어느 누구보다 깊은 이해가 있었을 것이다. 그리고 우리망치 1차와 2차 요원들이 임무수행을 마치고 원대복귀한 후인 1982년 12월 28일에 퇴임한 그가 우리요원의 존재를 몰랐다는 사실은 어불성설이다. 이 지역은 지역적으로도 우리 군의 영향력이 미치지 않는 유엔군 관할 비무장지대다. 바로 코앞에 북한과 마주보이는 군사적으로 민감한 해상에서 위험한 임무를 수행하고 있는 우리요원의 창설배경에 국가와 정보기관이 개입이 없었다는 것도 우리에게 모욕적일 만큼 왜곡된 주장이다. 보트가 레이더에 잡히는지, 보트소리가 육지에 들리는지 시험을 하려면 군이 전투사단인 O사단 병력을 많은 군비를 들여가며 최전방까지 불러들일 이유가 없었다는 것이다. O여단 해병병력도 고무보트가 있고, 그 정도의 시험이야 2~3일이면 충분할 터인데, 어째서 우리요원들이 3년이나 주둔해야 했냐는 얘기다. 그리고 적진의 모형을 축조하고, 우리요원들이 임무수행 시 사용하는 최첨단 무기와 폭약이며 유류비, 사격훈련으로 긁어대는 실탄 등으로 소모되는 천문학적인 군비를 최고 책임자가 결재도 하지 않았다.

또한, 일반사병 10배가 넘는 생명수당이며, 부식지원금 따위도 최고 책임자의 결재 없이 가능한 일일까?

그분은 1930년 생으로 올해 우리 나이 80줄이 넘었다. 이미 역사가 되어버린 망치요원을 아직도 굳이 왜곡하고 은폐하려는 이유를 이해할 수가 없다. 아니, 그분으로서는 딜레마에 허덕일 이유가 충분히 있다. 만일 은폐하는 것이 아니라 정말로 망치요원의 정체를 모르고 있었다면 자신 휘하의 사병들이 위험에 노출된 채 사선을 넘나들고 있었다는 사실을 바로 인지하지 못하고 있었다는 비난으로부터도 자유롭지 못할 것이기 때문이다. 그 분의 주장에 일부 수긍이 가는 정황들도 있다. 그분의 뒤를 이어 사령관에 취임한 제 15대 해병대 사령관인 박 모 전 중장(재임기간 : 1982년 12월 28일~1984년 9월 4일.)이 순시 차 ○사단에 들렀다가 우리요원들의 교육현장을 방문했을 때의 일이다.

당시 도구 앞바다 우리요원훈련소에는 '모조리 죽여라. 심판은 하느님에게 맡기고' 등의 살벌한 구호가 적혀 있

는 구호판이 즐비했다. 이 분위기를 보고 이 부대가 무엇 하는 부대인지 의문을 가지지 않는 지휘관이 있을까. 그래서인지 우리요원 교육현장숙소인 벙커에 모래가 가득한 것을 보고 이렇게 열악한 환경에서 대원들에게 이토록 강도 높은 훈련을 시키는 목적이 무엇이냐고 당시 사단장이었던 성 모 소장에게 물었다고 한다. 성 모 장군은 배석 중이던 홍 모 수색대장에게 답변을 미루며 우물쭈물 했다고 한다. 홍 수색대장도 별다른 답변을 하지 않고 적당히 둘러 넘겼다고 한다. 홍 수색대장의 증언에 의하면 사령관의 태도로 보아 우리요원의 존재 자체를 모르고 있는 것이 아닌가 하는 생각이 들었다고 했다. 우리에 관한 명령은 관계자 외 개봉금지라는 특명봉투에 밀봉되어 하달되었는데, 사단장은 인지하고 있는 것으로 추측되었고, 사단 내에서는 작전참모 고 박 모, 작전과장 고 정 모에 이어 수색대장에게 전달되고 개봉 후 즉시 폐기하였다고 한다.

우리가 요구하고 있는 것은, 우리요원들의 존재가 표면 위에 떠오르고 있는 지금, 상식이 있는 지휘관이라면 솔직해 져야 한다는 생각이다. 진정으로 부하를 사랑할 줄 아는 책임 있는 지휘관들이었다면 모르쇠로 일관하거나 책임회피에 급급 하는 것은 군인정신을 떠나 인간의 도리가 아니라고 본다. 만약 당신들의 자식들이 이 참혹한 시련을 당했다면 그대로 방치하고 외면했겠는가. 국가와 군의 명령에 따라 혹독한 임무수행으로 인한 여러 후유증으로 고통 받는 부하들을 위해서 앞장서서 진실을 밝히고, 국가를 위해 헌신한 부하들이 국가로부터 마땅히 치료와 예우를 받도록 협조해야 한다. 당시 최고 지휘관들 마음먹기에 따라 우리요원들의 실체를 밝히는 일이 훨씬 수월할 것이라 기대하는 것이다. 자랑스러운 지휘관을 모셨던 기억으로 행복해지고 싶은 것은 나뿐 아니라 우리요원 모든 전우들, 나아가서 모든 해병가족의 바람이리라.

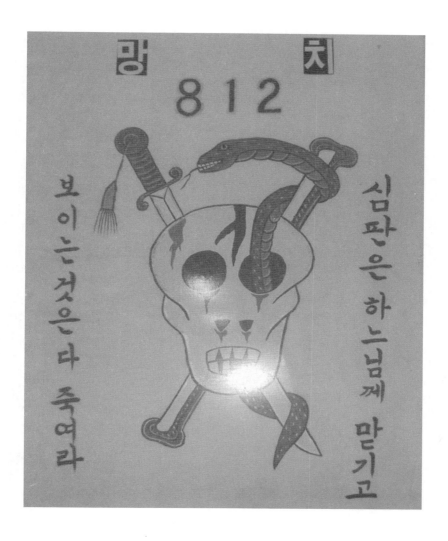

17. 그들은 왜 침묵하고 있을까?

해병 망치(8·12)요원은 소수병력으로 일선 지휘자라야 소대장 한 명에 불과했다. 우리요원은 백령도와 연평도 양 진영에 소대장을 포함하여 각 25명의 병력으로 운용되던 비 편제 특수부대였다. 이런 소수병력에 불과한 우리요원들이 어째서 당시에는 정부와 군 고위인사들 관심의 대상 이었을까?

우리요원이 움직일 때마다 군악대가 환송 연주를 하고, 장성들이 환송했으며, 우리요원들의 작전 상황을 국방부 장관을 비롯한 각 군 장성들이 관심 깊게 지켜보았다. 25명에 불과한 소수병력의 움직임을 말이다. 그 이유는 우리요원에게 부여된 명시임무 때문이었다고 확신한다.

우리요원에게는 북한의 월래도와 용매도, 대수압도라는 파괴 공작목표가 지정되었다. 그리고 그 목표물의 사판과 모형이 우리요원 부대시설 내에 축조되었으며 명령이 하달되면 하시라도 침투, 파괴임무를 완수할 수 있도록 날마다 실전훈련을 반복해왔다. 목표지점에서 불과 10여 km 에 위치한 지역에 군영을 설치하고, 목표지점과 유사한 지형을 선정하여 침투, 폭파를 거듭해왔던 것이다. 우리요원은 국제정세와 남북 간, 또한 국내의 정치적 이해관계로 인해 우리요원의 존속가치가 없다는 판단에 따라 84년 10월을 기해 임지에서 철수하며 자연스럽게 해체되었다. 우리요원은 소수병력임에도 불구하고 임무수행에 관한 한 기대치 이상을 완수했다고 자부할 수 있다.

우리요원은 휴전선 중 서부전선에서 우리 안보를 위협하던 적의 사단병력을 서해안으로 이동 배치하는 결과로 북한군 진영의 균형을 무너트리는 데 기여하였다. 그리고 북한지역 부근 해상에서 연일 실시되는 우리요원의 순회 해상시위와 폭파 등의 작전으로 심한 부담과 위협을 느낀 북한 측이 군사 정전위원회에서 우리요원의 존재를 수차례 언급하며 무력시위를 중단해줄 것을 한미연합사령부에 거듭 촉구하게도 했다. 우리요원은 늘 위험한 임무를 수행하면서도 묵묵하게 주어진 소임을 다하였다. 긴급 상황이 예견되면, 머리카락과 손톱, 발톱을 깎아 봉투에 싸서 반납하는 의식도 치루며 일촉즉발의 긴장감 속에 임무를 수행해왔다.

30년 가까운 세월이 흐른 지금, 정치적으로도 많은 변화가 있었고, 피

끓는 젊은이의 모습이던 요원들도 어느덧 지천명이 되었다. 이제 역사와 전설이 되어버린 우리의 명예를 회복하고 제자리를 찾아 많은 해병 후배들에게도 자랑스러운 선배로 자리매김하고자 한다.

18. 해병대 짜빈동 영웅들의 후예 망치요원

우리해병의 신화 중 하나로 꼽히는 유명한 전투가 있다. 베트남전 당시 우리 ○해병여단 청룡부대 3대대 11중대가 주둔하고 있던 짜빈동. 11중대는 파월 한국군 진지로는 최북단에 위치하고 있었다.

11중대 병력은 불과 2개월 전에 청룡 9중대와 진지방어 임무를 교대를 한 후였다. 우리 군 전투 병력이 파견된 지 한 해 반 남짓한 1967년 2월 14일 밤과 15일 새벽. 2차례에 걸쳐 북베트남군 제1연대 예하 60대대, 제21연대 예하 40대대 병력과 꽝나이성 소속 해방전선 지방게릴라 병력까지 무려 2,400여 명에 달하는 대군이 주둔 중인 해병 11중대 방어진지를 향해 세 방향으로 침공을 감행한다.

수적으로 확연히 열세인 중대병력이 방어하기에는 계란으로 바위를 막는 격이었다. 그야말로 풍전등화. 그러나 중대장 정경진과 대원들은 지혜로운 대처와 용맹한 해병정신으로 4시간여에 걸친 적의 집중 공세를 막아내며 진지를 사수했다. 지형지물을 최대한 이용한 적극적인 육탄방어로 2차에 걸친 도발을 필사적으로 막아낸 대원들은 세계전투사에 그 유례를 찾아보기 힘든 대승을 거둔다. 대한 해병의 용맹함을 적에게 각인시키고 철저하게 적의 기선을 제압하는 쾌거였다. 이후 이 승전은 중대급 지역방어 작전으로는 현대전술의 교과서로 전 세계에 자리매김했다. 교전 도중 3소대 진영이 뚫리자 소대원들 중 일부 대원은 수류탄을 안고 적에게 뛰어들어 장렬하게 산화했다는 이야기도 전해진다.

이날 전과는 적 사살 243명(공식 집계), 추정 포함 300여 명, 포로 2명이다. 아군 피해는 전사 15명, 부상 33명.

이 전투에 참가한 장병 전원에게 1계급 특진의 영예도 주어졌다. 부대원 전원 1계급 특진이라는 영예는 우리 해병대만이 갖게 되는 건군 이래 두 번째 기록이다. 첫 번째 기록은 6·25 당시 진동리 전투를 승전으로 이끈 해병 김성은 부대다. 짜빈동 승전으로 우리해병 두 장교에게 태극무공훈장이 추서되었다. 대한민국 건군 이래 단일 전투로 태극무공훈장 둘이 동시에 추서된 것도 전무후무한 일이었다.

영광의 주인공들은 중대장 정경진 대위와 1소대장 신원배 소위였다. 적은 짜빈동 우리 진지를 1시간 내에 격파하고 인근에 있는 우리 청룡 포병대대를 격파한 후, 추라이 비행장을 최종 공격할 계획이었다. 만일 짜빈동 진지가 무너졌다면 방어능력이 제한적일 수밖에 없는 우리 포병대대나 추라이 비행장이 커다란 피해를 입었음은 너무도 자명한 일. 우리 청룡부대와 미군은 극심한 타격을 입었을 것이다.

나는 이 전투의 영웅들 중 지휘관 2분을 모시는 영광을 누렸다. 당시 ○사단 우리 본대인 ○○대대장 신원배 중령이 그 당시 소위 계급으로 1소대장이었다. 월남전의 영웅 신원배 소위는 특공대를 구성해 적의 기관포 진지를 파괴해서 적의 예봉을 꺾고 다연발 살상 화기를 포획하는 등, 특별한 공로를 인정받아 미국 은성무공훈장까지 받았다. 그리고 우리요원들이 주둔하고 있던 백령도 ○여단장 차 모 준장이 3대대 부대대장이었다.

해병대의 신화에는 적 1개 연대의 공격을 해병 1개 중대의 병력이 막아내면서 대승을 거둔 제2차 세계대전 이래 최고의 승전보, 짜빈동 전투가 있다. 해병 망치(8 · 12)요원은 짜빈동 전투 영웅 신원배 장군의 후예들이었다. 그분께서 대대장 재임시절 우리요원들이 만들어 졌다. 백령도와 연평도에서 어쩌면 해병 1개 여단이 북한 해상육전대 6만 명을 상대로 전투를 해야 하는 현실이 될 수도 있을 것이다. 북한 해상육전대는 백령도와 연평도를 상륙하기 위한 부대이다. 그러나 제발 현실이 아니길 바란다. 하지만 근래에 일어나고 있는 현실은 가능성을 둘 수도 있을 것 같다. 마지막 궁지에 몰린 쥐는 물불을 가리지 않는다.

짜빈동 전투는 1967년 2월 14일 북베트남군 제40, 제60여단병력(2,400여 명)이 대한민국 제○해병여단 11중대의(249명) 기지를 공격하는 것으로 시작되었다.

1967년 2월 15일 새벽 4시 10분, 3소대 1분대 정면 청음초 도성용 일병 조정남 일병이 "베트콩이 철조망을 끊는다!"는 보고가 되었고 이중석 상병의 자동소총이 불을 뿜기 시작하면서 적의 박격포 공격이 시작되었다. 정경진 중대장은 청음초를 철수시키고 전원에게 전투배치 명령을 하달하고 다음과 같은 사항을 강조했다.

첫째 : 적이 유효 사정거리 내에 접근할 때까지 사격을 보류하라!
둘째 : 국군의 명예와 해병대 전통을 위해 최후의 일각까지 분투하라!
셋째 : 죽음으로 진지를 사수하라!

명령이 끝나기가 무섭게 하늘에는 적색 5성 조명탄이 터져 올랐고, 전방 철조망에 적이 새까맣게 관측되었다. 중대장은 침착하게, "수원시(1소대) 대전시(2소대) 여기는 서울(중대본부)의 장이다. 천안시(3소대)전방으로 일제 사격을 가하라!" 런닝샤스에 방탄조끼만을 걸친 중대장의 냉랭한 목소리는 전 대원에게 비장한 각오를 갖도록 했고, 순간 피아간에 알아 볼 수 없는 어둠 속에서 총성이 온 산하를 뒤흔들기 시작했다. 순식간에 빗발치는 화염이 하늘을 붉게 물들었다. 적은 아군의 사격과 포사격에도 불구하고 결사적으로 기어들었으며, 3소대 정면에서 적이 설치한 방가로 로피도 폭약으로 철조망이 절단, 1분대 쪽 철조망이 뚫렸고, 5~6백 명의 적이 새까맣게 밀려들었다. 이때 중대 OP로 3소대장 이수현 소위의 무전보고가 날아들었다 "적의 대부대 기습입니다. 적은 소초 전방 25m까지 진출!" 이미 3소대 1분대가 적의 주공부대와 육박전을 벌이고 있었다. 중대장 정경진 대위는 계속 상황판단을 해 가며 중대를 지휘하기에 바빴고 화기소대장 김기홍 중위는 대대장에게 시시각각 상황 보고를 하고 있었다. 보고를 접한 대대장(조형남 중령)은 상황이 긴박함을 판단하고 최대한 모든 지원을 할 수 있도록 여단본부에 요청하는 한편 중대장에게 다음과 같이 격려했다.

1. 당황하지 말고 침착하라!
2. 각자가 위치를 사수하고 적을 격퇴하라!
3. 3대대의 또 하나의 전통을 위해서 확고한 필승의 신념을 가지고 용전분투하라!
4. 필요한 모든 지원과 반격부대 투입이 잘되어 있으니 안심하고 싸워라! 대대장은 중대장에게 계속 작전지시를 내렸고, 여단에 반격 부대 투입을 요청했다. 또한 항공 연락장교를 불러 항공 조명과 항공 사격 지원을 요청하였다.

도성룡 일병과 소총수 김동제 일병이 부상 그러나 그들은 개의치 않고 계속 수류탄을 투척해 가며 진지를 사수했다. 그리고 분대장 배장춘 하사는 야전삽과 곡괭이로 닥치는 대로 휘두르며 적 5명을 쓰러트리며 분대원을 격려했다. 도성용 일병은 사태의 긴급함을 깨닫고 부상한 몸을 이끈 채 포복 전진, 오물구덩이에 은신하고 있던 적 5~6명에게 수류탄 1발을 투척 폭파하고 돌아왔다. 적은 자동화기를 든 채 일렬횡대로 사격하며 공격을 계속해왔다.

이를 본 사수 김명덕 일병은 자동소총으로 허리 총 자세를 한 채 좌우측으로 난사 해댔고 모든 분대원이 일제사격으로 맞서고 있었다. 이때 좌측 편에서 수류탄 1발이 교통호에 투척되어, 김동제 일병이 전사하고 김명덕 일병은 심한 파편상을 입고 쓰러졌다. 이 순간을 이용 적은 1분대 교통호 10야드 전방까지 육박, 피아간에 수류탄 투척전이 전개되었다. "만일 기동할 수 없게 되면 먼저 소총을 땅에 묻고 진지를 사수하라!" 분대장 배장춘 하사는 목이 터져라 분대원을 격려하면서 부상병 김명덕 일병의 자동소총을 집어 들고 맹렬히 사격을 가해 엉금엉금 다가오는 적 10명을 해치웠다. 이때 또다시 수류탄 1발이 교통호로 날아들어 분대장 배장춘 하사, 이기창 상병, 이영복 일병을 제외한 분대원 모두가 파편상을 입었다.

적과 함께 자폭으로 장열하게 전사하며!

이때까지 3분대는 3차에 걸쳐 적의 침투를 저지, 1개 소대의 적을 섬멸하였으나 적은 드디어 분대 진지까지 기어 들어왔다. 이학현 일병은 적과 교전을 하면서 수류탄으로 여러 명의 적을 제압해 피습 위기에 빠졌던 분대장을 구했다. 그러나 적의 총탄에 발목을 맞게 되자 부상을 당한 몸으로는 육박전이 불가능하다는 걸 깨닫고 실탄을 장전한 총을 동료에게 넘겨주며 "죽기 전에 적군을 한 놈이라도 더 처치해야 한다."고 말한 뒤 수류탄을 까들고 몰려오는 월맹군 5명을 끌어안고 자폭하여 장렬하게 전사하였다.

육박전으로 모두가 전사 내지 부상을 당했으나 이영복 일병만은 이때까지 무사, 유일한 생존자로 새까맣게 몰려오는 적을 교통호로 유인, 자신은 '토끼굴'에 숨어 가까이 오는 적에게 수류탄을 던지며 저지하고 있었다. 분대장 배장춘 하사는 오른쪽 어깨에 심한 부상을 입고 쓰러진 후 총을 땅에 묻고 다음 수류탄을 모아 놓고 교통호 속에 수류탄을 까 넣어 끝까지 위치를 고수하며 선임하사 김선관 중사에게 무전으로 보고했다. "소대 통신마비, 1분대는 전멸상태!" 또한 경기관총 1는 순간까지 계속 사격했다. 사수가 전사하자 부사수 이내수 일병은 즉각 사수를 대신하여 싸우다 적포탄 파편으로 중상을 입었고, 제 1탄약수 우춘매 일병이 사수를 대신하여 싸웠으나 얼마 버티지 못하고 우 일병 마저 장렬하게 전사했다. 마지막으로 남은 제2탄약수 송영섭 일병은 최후까지 혼자 기관총 사격을 가하다 심한 중상을 입고는 쓰러졌다. 그러나 총을 지키기 위해

총열을 뽑아 숲속에 감춘 후 수류탄을 양손에 까들고 죽은 것으로 가장하고, 적이 가까이 오기를 기다렸다가 적 4~5명이 자신의 몸에 손을 대는 순간 자폭, 장열한 최후를 마쳤다.

특화점을 분쇄하라! 한편 1소대 지역에서 계속 적의 직격탄이 중대 CP와 진지 중요부분을 향해 끊임없이 쏟아지고 특화점이 있는 한 버틸 수 없음을 판단한 1소대장 신원배, 선임하사 김용길 중사와 이 진 병장, 조용구 일병이 6발의 수류탄을 각기 던져 적 20명을 폭사시키는데 성공했다.

잔적 3명을 김용길 중사가 사살을 확인하고 유탄포 3문을 노획한 후 김용길 중사의 엄호아래 한 명씩 무사히 철수한 후 적의 계속적인 집요한 공격을 저지하고 있었다. 적은 3소대 1분대를 공격해오더니 계속 3소대 전면으로 육박해 왔다. 3소대 전 지역에서 육박전이 전개되었다. 손순태 일병은 힘이 지쳐 총을 휘두를 수 없게 되자 달려드는 적을 끌어안고 이빨로 물어 쓰러트린 후 새까맣게 오는 적을 어찌할 수 없음을 깨닫고 자신이 지닌 소총을 즉각 분해하여 각각 다른 풀숲으로 집어 던진 후 최후를 마쳤다. 3소대 전원의 필사적인 저항으로 그토록 거세던 적의 공격은 주춤해졌다. 새벽 5시가 지날 즈음, 적의 저항은 약해진 듯 했지만 적의 각종 포탄은 이미 500여 발이나 진지에 계속 떨어지고 있었다. 5시 10분쯤 일단 약화한 듯 했던 적은 부대를 재정비, 최초 돌파구인 3소대 지점으로 밀물처럼 진격, 순식간에 아군 교통호까지 육박, 그중 일부는 교통호에 침입하고 일부는 60㎜ 박격포 진지에 침입, 다시 육박전이 전개되었다. 탄약수 김보현 일병 과 윤상열 일병은 우군의 엄호아래 돌진, 적화염방사기 조를 폭파시키고 경기관총 1문을 노획하고 돌아 왔다. 이때 1소대장 신원배 소위는 오승환 하사와 함께 소련제 화염방사기 2문을 노획했다. 김광정 하사는 106㎜ 총을 분해하여 숲속에 은익시키고, 106㎜ 무반동총에서 가장 중요한 폐식기를 뽑아서 사수 김은태 일병에게 후방으로 갖고 가게 한 후 소총으로 적을 처치, 106㎜ 무반동총을 전혀 피해 없이 잘 보호할 수 있었다.

죽음의 협공을 감행하라! 새벽 6시 30분, 105㎜ 관측장교 김세창 중위는 적의 지휘소로 간주되는 지점을 완전 제압. 적의 지휘력을 마비시켰고 관측하사 김현철은 무수한 유탄에도 불구하고 쌍안경을 눈에서 떼지 않고 관측, 적의 81㎜, 61㎜, 120㎜ 진지를 발견, 김세창 중위에게 보고했다. 또한 김 중위는 계속 적이 밀고 오는 것을 포로 차단 진내에 진입한 적을 고립시켰다. 6시 40분, 중대장은 최종적으로 반격부대의 투입을 결심하고, 1소대와 2소대에서 1개 분대씩을 차출 교통호를 따라 적 배후를 차단시키기로 했다. 중대본부 요원과 3소대 일부 병력으로 역습대를 만들었는데 화기소대장 김기홍 중위가 자진하여 직접 지휘, 중앙으로 육박해 들어갔다. 진지 외곽은 지원포 사격으로 적의 엄호사격이 제압당하고 있었으며 적 후면이 차단됨으로써 좌우로 양단된 적은 오도 가도 못하고 우왕좌왕하고만 있었다. 6시 52분, 이들 특공대는 중대 OP

바로 밑에서 치열한 육박전을 전개, 화기소대장은 권총손잡이로 적 5명을 순식간에 쓰러뜨렸다. 마침내 적은 최초 돌파지점으로 밀려나가기 시작, 이에 용기를 얻은 3소대 선임하사 김선관 하사는 선두에 서서 고함을 지르며 닥치는 대로 치고 쏘아 적에게 결정적인 타격을 주었다. 열세해진 적이 퇴각을 기도하자 진내 적을 좌우로 포위했던 1, 2소대의 2개 분대는 돌파구를 폐쇄하고 적을 완전히 아군 교통호에 몰아넣은 후 무수히 수류탄을 까 넣었다.

그중 생존한 적 10명을 생포하려고 몇 번이나 '라이 라이(이리나와라)' 소리를 치며 항복을 권유했으나 악착같이 항거함으로 부득불 모조리 사살하고 부상당한 1명만 생포했다. 105㎜ 포 관측장교 김세창 중위는 적의 저격탄이 철모를 관통해 출혈로 의식을 잃고 말았다.

아침 7시 24분, 하사 김광정은 즉각 106㎜ 무반동총을 결합, 중대장의 지시에 따라 도주하는 적을 사정없이 공격했다.

중대장 정경진 대위는, 적의 대 부대를 유인하라! 아군의 위장전술에 넘어간 적들은 3소대가 후퇴한 80야드 길을 빽빽이 메운 채 계속 밀고 들어왔다. 마치 적은 승리를 과시라도 하는 양 꽹과리와 징을 치며 밀려왔다. 최후의 공격명령만을 기다리고 있었다. "이때다!" 적의 병력이 유인지대로 접어들자 정 대위가 일제 사격명령을 내렸다. "사격개시!" 적의 심장부를 때리기 시작, 우군의 기습공격에 아비규한을 이루고 있었다. 적은 일시에 퇴각하기 시작했다. 이를 본 중대장 정경진 대위는 "최후의 한 사람 까지 목숨을 각오하고 적병을 추격하라. 3소대는 원진지로 돌격하라!" 완전히 사기를 잃고 도주하는 적을 추격하고 김준관 중사는 M16을 내갈기며, "위장복 위에 풀과 나뭇가지로 다시 위장한 것은 모두 베트콩이다, 마음 놓고 갈겨 버려라." 어둠이 거치고 날이 밝아왔다. 최후의 반격 작전을 세운 중대장 정진경 대위는, "적은 모두 팔다리를 끊기고 기진맥진 했다. 해병의 마지막 힘을 보여줄 때가 왔다. 전 해병은 후퇴하지 말고 싸워라!" 중대장의 피맺힌 절규였다. 적은 몇 차례나 인해전술로 아군 교통호 전방으로 진출을 꾀했으나 이때마다 포병의 시한탄이 투하되어 진내 직경 300m의 지상을 쑥밭으로 만들었다. 포병의 외곽 포격 속에 적과의 사투는 계속되었다.

아! 짜빈동이여, 고이 잠들라!.

생지옥으로 변한 아군 진지 내에서 피의 공방전이 멈춘 것은 아침 7시 30분. 희뿌연 포연 속의 진지에는 적의 시체가 즐비하게 널려 있었다.

하늘에서는 미리 대기하고 있던 미 해병 젯트폭격기 4대가 도주하는 패잔병을 향해 급강하 해가며 무차별 기총소사를 되풀이 하고, 해병 헬리콥타가 적 주위를 맴돌며 적 퇴로를 차단하고 있었다. 미 해병 폭격기에서의 기총소사는 마치 하늘에서 조루로 물을 뿌리고 있는 것 같았다.

아침 8시, 청룡 11중대 전술기지 상공에는 헬리콥타 16대가 맴돌고 있었다. 여단 본부에서 증원부대를 공수해 온 것이다. 공수되어 온 증원부대 2대대 6중대는 즉각 착륙하자마자 철조망 외곽으로 산개하여 패주하는 적의 소탕작전을 벌였다.

보슬비가 내리고 있는 가운데 수색작전에 들어갔는데 무수히 파인 포탄 구멍 안팎에는 참담한 몰골로 죽어 있는 적 시체가 즐비했고, 진지 이곳저곳에 동강이 난 채 난마처럼 헝클어져 있는 철조망과 시체들이 혈투 4시간을 말해주고 있었다.

그러는 동안 11중대원들은 흩어져 있는 적 시체를 한곳으로 옮기고, 그토록 끔찍했던 죽음의 생지옥을 정리했다. 정경진 대위가 이끄는 11중대가 적과 치열한 전투가 시작되기 전인 새벽 3시 46분, 여단장 김영상 장군은 적정을 보고 받고는 즉각 전 청룡부대에 비상을 걸었고 상황실에서 참모회의를 주재하는 동시에 지휘망 무전기를 잡고 함께 날을 지새웠다. 실로 가장 길고 지루했던 4시간의 혈투가 끝나자 여단장 김영상 장군은 참모장과 작전참모, 정보참모를 대동하고 11중대 진지로 날아왔다.

살아남은 전 중대원이 한 자리에 모였다. 이 자리에 도착한 여단장은 중대장과 소대장, 그리고 각 병사들의 손을 잡으며, 목이 맨 채 말을 잊지 못했다. "참으로 훌륭히 싸웠다." 생과 사의 기로에서 살아남은 11중대의 전 장병과 중대장은 고개를 숙이고 있을 뿐이다. 한참 말문을 닫고 있던 중대장 정경진 대위는, "여단장님! 부하들이 전사해서 칭찬받을 면목조차 없습니다." 중대장의 보고하는 목소리는 역시 눈물로 끝을 흐리고 있었다. 이에 여단장 김영상 장군은 중대장의 손을 잡으며 "전사자가 10명 선에서 멈춘 것은 귀관의 탁월한 지휘력과 책임감 때문임을 감사한다. 전사한 청룡(靑龍)은 군신(軍神)으로서 청사에 빛날 것이다. 그대들의 공적은 세계만방에 울려 퍼질 것이다."(『실록 청룡부대』에서 발췌인용)

짜빈동 전투는 북베트남군 여단 병력 2,400명이 대한민국 해병대 1개 중대 249명을 상대로 기지를 공격하는 것으로 시작되었다. 그리고 해병대 신화로 역사에 기록되고 세계2차 대전 이후 최고의 전투 승전보가 되었다.

저자는 1981년 2월 7일 포항 해병 ○사단 ○○대대 ○중대 본부소대 60M 탄약수로 실무 생활을 시작하게 되었다. 중대 병력이라 해봐야 약 50명 정도였고 나머지는 해안방어 지원을 나갔다고 했다. 그해 2월 13일 포항 ○사단 대대 식당 저녁 식사 시간에 대대장님의 훈시가 있다고 했다. 짜빈동 전투의 영웅 신원배 대대장이었다. 식당에서 훈시가 시작되었다. 나는 이날만 되면 전우들 생각에 잠을 못 잔다고 했다. 한참을 허공을 쳐다보며 눈시울을 붉힌 신원배 대대장님은 군인은 불굴의 전투정신이 전장에서 나라를 구하고 나를 구할 수 있다고 하였다.

칠흑 같은 어두운 밤 쉬쉬하며 올라오는 적들에게 사람이라면 본능적으로 불안하지만 어느 순간 우리 진지로 수백 명이 뛰어들은 적군이 화염방사기로 불을 뿜자 대원들과 나는 미친 듯이 방아쇠를 당기고 피가 튀는 백병전 속에 성공 할 수 있다는 것은 오직 해병대란 정신, 나가자 해병대의 죽음을 두려워하지 않는 해병정신이 살아 있다는 것을 나는 보았고 여러분도 반드시 그렇게 선배들의 정신을 이어가야 한다. 나는 살아남아 미안한 마음으로 짜빈동에서 전사한 15명의 전우들 영전에 삼가 머리 숙여 명복을 빌 것이다.

훈시를 마치자 막걸리로 호국영령과 무적해병을 위하여 건배를 외치며 그날의 훈시는 끝났지만 참으로 짜빈동에서 해병정신을 이어받아 계승한다는 마음으로 해병대 생활이 시작되었고 조국을 위해 한 목숨 바쳐 산화해도 좋겠다는 마음으로 8·12요원이 되었다. 우리요원들도 짜빈동의 신화를 재현해야 되겠다는 굳은 맹세를 하였다. 하지만 그 치열했던 전투가 남의 일이 아니라 바로 우리에게 펼쳐질 실제상황이 아닐까 생각하면서 옷깃이 여미어진다. 하지만 나도 그렇게 그들처럼 용맹해야 되겠다고 다짐하고 다짐하였다.

전설의 해병대 망치